古典文獻研究輯刊

四 編

曾 永 義 主編

第 20 冊

湯顯祖愛情戲曲取材再創作之研究（上）

陳 貞 吟 著

國家圖書館出版品預行編目資料

湯顯祖愛情戲曲取材再創作之研究（上）／陳貞吟 著 — 初版
— 新北市：花木蘭文化出版社，2012〔民 101〕
序 2+ 目 4+162 面；19×26 公分
（古典文學研究輯刊　四編：第 20 冊）
ISBN：978-986-254-769-4（精裝）
1.（明）湯顯祖 2.學術思想 3.明代戲曲 4.戲曲評論
820.8　　　　　　　　　　　　　　　　101001745

ISBN-978-986-254-769-4

古典文學研究輯刊
四　編　第二十冊　　　　　ISBN：978-986-254-769-4

湯顯祖愛情戲曲取材再創作之研究（上）

作　　者　陳貞吟
主　　編　曾永義
總 編 輯　杜潔祥
出　　版　花木蘭文化出版社
發 行 所　花木蘭文化出版社
發 行 人　高小娟
聯絡地址　新北市永和區中正路五九五號七樓
　　　　　電話：02-2923-1455／傳眞：02-2923-1452
網　　址　http://www.huamulan.tw 信箱 sut81518@ms59.hinet.net
印　　刷　普羅文化出版廣告事業
初　　版　2012 年 3 月
定　　價　四編 32 冊（精裝）新台幣 52,000 元　　　　版權所有‧請勿翻印

湯顯祖愛情戲曲取材再創作之研究（上）

陳貞吟　著

作者簡介

陳貞吟，民國四十四年生，高雄市人。政治大學中文學士、輔仁大學中文碩士、高雄師範大學國文博士，曾任教於婦嬰護理專科學校、空軍軍官學校文史系，目前任教於高雄師範大學國文系，教授詞曲、古典戲曲、現代散文等課程；主要研究領域為中國古典戲曲。研究論文有明傳奇夢的運用及明雜劇作家賈仲明、朱有燉、康海、葉憲祖等劇作家之研究。

提　　要

　　湯顯祖是明代最負盛名的戲曲大家，自明清迄今，有關湯顯祖及其作品之研究、論述，可謂汗牛充棟，難以勝數；然而，湯氏一生共有五本戲曲創作，學者之研究偏向其後三本劇作，至於其最早創作的《紫簫記》與《紫釵記》，則未獲積極之研究，此不能不說是湯顯祖研究之一缺憾。

　　古典戲曲自小說中汲取故事題材，此為一普遍現象，湯顯祖取材唐人傳奇、宋人話本來創作其愛情戲曲，於再創作之際其實寫入作者之人生思想與時代現實。本論文之撰寫，乃以戲曲與原傳小說之異同比較為緯，以湯顯祖其人其時為經，深入分析湯氏愛情戲曲之主題、情節與人物。湯顯祖為標舉「曲意」之作家，故若不從作者本身去瞭解，則無法探討其作品之內蘊精神；瞭解作者，此亦本論文立論之主要基礎。

　　本論文共分六章，近四十二萬字。第一章「緒論」，從湯氏詩文集中去瞭解其人之品格志節與文學創作思想。第二章「湯顯祖戲曲的創作年代」，歷來學者對愛情三戲曲的創作年代，說法並不一致，故探論之。第三章「《紫簫記》對〈霍小玉傳〉的再創作」，第四章「《紫釵記》對〈霍小玉傳〉的再創作」，第五章「《牡丹亭》對〈杜麗娘慕色還魂〉的再創作」，以上三章分別先綜論明清以來學者對湯氏該劇作的評論，其次依主題思想、關目情節、人物刻劃三方面作深入分析與探討。第六章「結論」，總結全文，提出（一）愛情與婚姻，追求尊重當事人與家庭和諧。（二）主題思想反映作者人生之經歷。（三）取材再創作，由實到虛。（四）三劇六夢與作者之夢經驗相關。（五）腳色分配與上場之安排更臻完善。（六）愛情三劇各有所長。（七）兩點看法，提出對湯顯祖與張居正關係之看法，及對湯顯祖之「情」與「理」的看法。

目次

序

　　湯顯祖是明代最負盛名的戲曲大家，自明清迄今，有關湯顯祖及其戲曲作品之研究、論述，可謂汗牛充棟，難以勝數。民國以來，海峽兩岸的湯顯祖研究，成績斐然，尤其大陸地區出版的幾本有關湯氏生平傳記之專著，如徐朔方先生的《湯顯祖年譜》、《湯顯祖評傳》，黃芝岡先生的《湯顯祖編年評傳》，龔重謨、羅傳奇、周悅文等的《湯顯祖傳》，都有相當豐碩之研究成果。一九八二年十月，在江西省南昌所舉辦紀念湯顯祖逝世三百六十六年之學術討論會，又為湯顯祖研究帶來一波高潮。

　　台灣地區以湯顯祖為研究之學位論文，自民國四十五年以來，計有十一篇，其中全面性研究有兩篇：民國五十二年台灣大學金學主的碩士論文《湯顯祖研究》及六十三年台灣師範大學凌靜濤的碩士論文《湯顯祖考述》。有關《牡丹亭》之研究有四篇：五十四年台灣大學宋丹昂的碩士論文《湯顯祖與牡丹亭還魂記》，五十六年政治大學潘群英的碩士論文《湯顯祖牡丹亭考述》，六十二年文化大學藝術研究所侯啓平的碩士論文《還魂記中杜麗娘之分析》，七十七年台灣師範大學楊振良的博士論文《牡丹亭研究》。有關後二夢的研究有四篇：五十八年政治大學呂凱的碩士論文《湯顯祖南柯記考述》，六十六年文化大學李景雲的碩士論文《湯顯祖邯鄲記研究》，七十八年台灣師範大學姜姈妹的碩士論文《湯顯祖邯鄲夢記研究》，七十七年台灣師範大學盧惠淑的博士論文《枕中記、南柯太守傳與邯鄲記、南柯記之比較研究》。另有一篇《沈璟與湯顯祖之比較研究》為六十五年政治大學孫小英的碩士論文；以上十一篇學位論文為以湯顯祖之戲曲為研究者，其中未見《紫簫記》及《紫釵記》之深入研究。

　　湯顯祖一生有五本戲曲創作，海峽兩岸之研究者固已有不少論文發表，然大多偏向其後三本劇作之研究；今存之三十四齣《紫簫記》，以其未完成而被今人忽略，《紫釵記》亦未獲積極之研究，此不能不說是湯顯祖研究之一缺憾。湯顯祖爲明代中葉主情文藝思潮之最重要代表，其於萬曆二十六年（1598），湯氏四十九歲以前所創作的三本以愛情爲主的劇作，切合時代思潮，尤應值得深入研究與認識。愛情三戲曲充分體現湯顯祖主情主眞之人格與精神，作品與作者有其高度之統一性；深入其中，更欽敬其人。愛情三戲曲之研究，對湯顯祖創作歷程之瞭解，尤具深刻之意義。

　　古典戲曲自小說中汲取故事題材，此爲一普遍現象，湯顯祖取材唐傳奇、宋話本來創作其愛情戲曲，於再創作之際其實已寫入作者之人生思想與時代現象。本論文之撰寫，乃以戲曲取材再創作時與原小說之異同比較爲緯，以湯顯祖其人其時爲經，深入分析湯氏愛情戲曲之主題、情節與人物。湯顯祖爲標舉「曲意」之作家，故若不從作者本身去瞭解，則無法探討其作品之內蘊精神；瞭解作者，此亦本論文立論之主要基礎。

　　戲曲爲文學與藝術之結合，其領域浩瀚，不易窮盡。愚不敏，自六十八年以《六十種曲》爲範圍，研究明代傳奇中之夢運用；爾後，又嘗閱《全明雜劇》一百六十八種劇作，以知明雜劇之題材內容；然古典戲曲之內涵繁富，尚待學習者仍多。本論文之研究過程，感謝應師裕康耐心指導與啓發，感謝諸多師長之關懷與教誨，點點滴滴，永誌心底；外子及子女之體貼，亦使論文得以順利進行。研究期間，父親病逝，是心中最大的傷痛；葉師慶炳於病重之際，猶殷殷關切，謹以本論文之完成告慰之。

貞吟識於乙亥年十一月

第一章 緒 論

　　湯顯祖以《牡丹亭還魂記》（以下簡稱《牡丹亭》）的創作，成爲中國文學史上傑出不朽的大家，有明三百年的戲曲作家，無人能出其右。他留給後人的瑰麗文學，除戲曲作品《紫簫記》、《紫釵記》、《牡丹亭》、《南柯夢記》、《邯鄲夢記》五本劇作外，還有豐富的詩文作品：（一）《紅泉逸草》。明萬曆三年刊本，今存。收詩七十六首。（二）《雍藻》。此書早已散佚，湯顯祖〈寄何濱巖先生〉書中曾提及此集：「《雍藻》請正函丈，惟不惜金聲。」清康熙三十二年陳石麟〈玉茗堂集序〉已言其佚。（三）《問棘郵草》。明萬曆刻本，今存，收賦三篇，詩一百六十六首，贊七篇。（四）《玉茗堂集》。明天啓元年（1621）韓敬刊本，今存。收文十六卷，詩十八卷，賦六卷，尺牘六卷，共四十六卷。此集所收與《紅泉》、《問棘》無重出者。今人徐朔方先生校箋《湯顯祖集》，收補若干逸篇，然今日所見，已非湯氏著作之全部。

　　湯顯祖以戲曲創作享譽後世，然於其時，他是當代時文高手；而《明史》爲之立傳，乃因其政治活動之操守氣節。不論視之爲政治家抑或文學家，湯氏表裡如一、眞誠不阿的人格特質，令人嘆美。處在晚明昏濁複雜的政治社會中，湯顯祖不偏不倚，便見其卓然不群；同時代的沈演（1566～1638）評之曰：「當代史筆無雙，千古才名可念」〔註1〕，誠爲知人之論。「當代史筆」可細讀湯氏文集中論人論事之文章見之，「千古才名」更爲世所公認。

〔註1〕見《湯顯祖集》附錄〈尺牘原序〉。本論文所引皆採洪氏出版社之《湯顯祖集》。後文引注不再標明出版社。

第一節 湯顯祖生平傳略

湯顯祖字義仍，或作義人，一作義，號海若、海若士、若士，自署清遠道人，晚年又號繭翁。江西撫州府臨川縣人，故世稱臨川先生。生於明世宗嘉靖二十九年（1550）八月十四日，卒於神宗萬曆四十四年（1616）六月十四日，享年六十七歲。

湯顯祖一生之經歷可分爲三個時期，第一階段爲其求學、科舉之時期，第二階段爲其仕宦時期，第三階段爲辭官退隱之時期。

一、求學時期

萬曆十一年（1583），湯顯祖中進士之前，爲其求學時期。

湯顯祖聰明早慧，鄒迪光〈臨川湯先生傳〉云：

> 生而穎異不群。體玉立，眉目朗秀。見者嘖嘖曰：「湯氏寧馨兒」，五歲能屬對。試之即應，又試之又應，立課數對無難色。十三歲，就督學公試，舉書案爲破。曰：「形而上者謂之道，形而下者謂之器。」督學奇之。補邑弟子員，每試必雄其曹耦。彼其時，於帖括而外，已能爲古文詞；五經而外，讀諸史百家汲冢連山諸書矣。〔註2〕

鄒氏此傳，記載詳盡，湯顯祖讀後有〈謝鄒愚公〉書，他說：「始而欣然，繼之咽泣。弟何修而得此于鴻鉅也！」此傳之內容爲湯氏認同可知。他十三歲時爲江西提學使何鏜所贊許稱異，此事在湯顯祖心中留下深刻印象，甚至在去世前所作〈負負吟〉詩序中又回憶起這段年少往事，當時何鏜稱許他：「文章名世者，必子也。」〔註3〕長者「見異」之期許，曾爲他帶來莫大的鼓舞，乃至垂老暮年，猶記憶之。除了何鏜之外，〈負負吟〉序又提及：「爲諸生時，太倉張公振之期予以季札之才，婺源余公懋學、仁和沈公楠並承異識。」偌多人對湯氏「並承異識」，可見他求學時期已才華出眾，倍受時人肯定。

湯顯祖的父祖輩，雅愛讀書，家中藏書有四萬多卷，十三歲時他學古文詞於徐良傳，後又從羅汝芳游。此外，朋友交誼亦豐富湯顯祖的求學生活，如帥機、梅禹金、丁右武、饒崙、周宗鎬、謝廷諒、龍宗武、姜奇方等，皆一時俊彥才士，批覽湯氏詩文，每見其與友人深摯情誼，其曾語「文情不厭

〔註2〕見《湯顯祖集》附錄傳記。
〔註3〕《湯顯祖集》詩文集卷十六。

新，交情不厭陳」〔註4〕，重情之性情可知。再看他〈與帥公子從升從龍〉書中流露之情：

> 謁上官不得意，忽忽思歸，輒思惟審。或舟車中念及半生遊跡，論心慟世，未嘗不一呼惟審也。惟審仙去，里中誰與晤言，浪跡遲歸，殆亦以此。（詩文集卷四十五）

「未嘗不一呼惟審」沈痛情感，油然可見；淡淡數語，感慨淋漓。又，〈憶無懷伯宗〉詩有：

> 抗壯成三友，摧藏見一翁。吞聲九泉下，流淚寸心中。（詩文集卷十一）

三友即年少知交周宗鎬（無懷）、饒崙及自己，如今僅他一人，沈沈傷痛在簡短詩句中流出。其求學時代之師友交遊，大都情誼匪淺，蓋湯氏實一至情至性之人。

隆慶四年庚午（1570），湯顯祖舉鄉試，時年二十一。此後，科考輒受挫，隆慶五年、萬曆二年、五年、八年，四次春試皆不第。萬曆五年與八年之不第，與其未依附首輔張居正有關，《明史》卷二三〇本傳云：

> 張居正欲其子及第，羅海內名士以張之。聞顯祖及沈懋學名，命諸子延致。顯祖謝弗往，懋學遂與居正子嗣修皆及第。

不依附人是湯顯祖忠於自我的行事風格，非僅對張居正如此，湯、張二人關係，下章有論之，此略。萬曆十一年，張居正卒後第二年，顯祖乃考中進士，步入仕途。

讀書、交遊、科考為湯氏求學期的主要生活內容，然其涉獵頗廣，非僅帖括經書而已。此外，隆慶三年己巳（1569），娶婦吳氏，亦其人生之一大事，時年二十；〈送張伯昇世兄歸吳序〉一文提及此婚事：「猶記己巳臘之四日，余婚焉」〔註5〕。此外，《問棘郵草》之〈以詩代書奉寄舉主張龍峰令弟對都水〉詩有：「山妻惟女息，買妾望男祥」，知有買妾事。

二、仕宦時期

萬曆十一年（1583）中舉到萬曆二十六年（1598）棄官歸隱，為湯顯祖

〔註4〕同註3，見〈得吉水劉年侄同升書喟然二首〉詩：悽然來問病，滿紙不勝情。異日西州慟，餘生識晉卿。文情不厭新，交情不厭陳。能存先昔友，留示後來人。

〔註5〕見《湯顯祖集》補遺。

仕宦生涯，計僅有十六年。

（一）任職南京

湯顯祖中舉後，先於北京禮部觀政，此時他又拒絕首輔張四維、申時行的拉攏，放棄在北京的有利前途。萬曆十二年，他往任南京太常寺博士，後又任詹事府主簿、禮部祠祭司等職。南京六年，生活在讀書、寫作、遊覽山川名勝中，鄒迪光〈臨川湯先生傳〉云：

> 以樂留都山川，乞得南京太常博士。至則閉門距躍，絕不懷半刺津上。擲書萬卷，作蠹魚其中。每至丙夜，聲琅琅不輟。家人笑之，老博士何以書爲？曰：「吾讀吾書，不問博士不博士也。」聞策蹇驢，探雨花木末，鳥榜燕磯，莫愁秦淮，平陂長干之勝，而舒之毫楮。都人士展相傳誦，至今紙貴。

讀書、寫作、寄情山水，談經說道是其南京任官時的生活，這也因爲「南都多暇」，官職無事。

湯顯祖並未因「閒居」而「稍自隕阤」，他關心民生疾苦的心情，可以在詩作中看到。萬曆十六、十七年江南的水災、饑荒、疫疾、旱災，都在湯氏心眼中，其詩作有〈丁亥戊子大饑疫〉、〈疫〉、〈聞北土饑麥無收者〉、〈內弟吳繼文訴家口絕糧有嘆〉、〈江西米信〉、〈饑〉、〈六月苦旱渴，偶就弘濟寺得江水飲〉等詩，表達出關懷民生疾苦的情緒，「西河尸若魚，東嶽鬼全瘦」、「猶聞吳越間，積骨與城厚」（〈丁亥戊子大饑疫〉）的寫實詩句，何其警人！「恩澤豈不洗，鼎鬲多旁漏。精華豪家取，害氣疲民受。」（〈疫〉）陳述出小老百姓的受害情形。這些詩作具有深刻的寫實色彩，意義非凡。

萬曆十九年（1591），湯顯祖上〈論輔臣科臣疏〉，大膽地揭發時政積弊，指責輔臣申時行，科臣楊文舉、胡汝寧等人阻塞言路，非法循私，他痛惜「皇上之爵祿可惜」、「皇上之人才可惜」、「皇上之法度可惜」、「皇上大有爲之時可惜」，間接也指出皇帝有所失；此疏震動朝廷，神宗大怒，湯顯祖因而被貶謫廣東徐聞縣典史。

（二）謫貶徐聞

徐聞位於廣東雷州半島南端，地處僻遠，湯氏〈寄帥惟審膳部〉詩云：「弟去嶺南，如在金陵。清虛可以殺人，瘴厲可以活人。此中殺活之機，於界局

何與邪！」〔註6〕可見貶謫徐聞之打擊，使其對人生有更深層體悟。他告訴同鄉好友劉應秋：「逐臣無所忻，喜清人得政耳。」(〈與劉士和司業〉)忠臣之心跡如是。

鄒迪光〈臨川湯先生傳〉形容徐聞之地：「徐聞吞吐大海，白日不朗，紅霧四障，猩猩𧴬𧴬，短狐暴鱷，啼煙嘯雨，跳波弄漲」，嶺南異樣風土，寫進了他第三本戲曲創作《牡丹亭》中，生活閱歷增廣了作者的視野，此或一得也。在徐聞知縣熊敏（江西新昌人）協助下，建立「貴生書院」，這是湯顯祖謫徐聞任上最大事；因為「其地人輕生，不知禮義」〔註7〕，湯氏因而於此創書院，講習禮義。他在徐聞僅一年，臨行有〈徐聞留別貴生書院〉詩云：

　　天地孰為貴，乾坤只此生。

　　海波終日鼓，誰悉貴生情。（詩文集卷十一）

（三）量移遂昌

萬曆二十年（1592）自徐聞歸臨川，二十一年量移浙江遂昌，三月十八日上任，至二十六年（1598）三月棄官，遂昌任上前後計有五年。

遂昌地處萬山之中，湯顯祖在此實現自己的一些政治理想，他以「清靜」來治理地方，其原則乃為人民「去其害而已」，此外，又建相圃書院、尊經閣，提倡耕讀。五年中，自許不曾打死一囚犯，不曾拘一婦女，曾於除夕縱囚觀燈，又為人民滅除虎患；這些施政「因百姓所欲去留，時為陳說天性大義」〔註8〕深獲百姓好評，贏得「一時醇吏聲為兩浙冠」（〈臨川湯先生傳〉）之美譽。十年之後，遂昌士民還繪像立祠來紀念他，湯氏有〈十年後，平昌士民齋發徐畫師來畫像以祠，遺之四首〉即此事。遂昌人民對「湯公」德政的懷念綿綿不斷，至清代依然不衰。

雖然在遂昌實現了自己的一些政治理念，但他對時局是不滿的，〈寄吳汝則郡丞〉書表露心中不得意：

　　兄之貳杭也，即真何日？弟事益復可知。斗大縣，面壁數年，求二
　　三府不可得，通公亦貴重物哉。三生扞網，似有入為主之。滿而待
　　遷，又不能使人不保為愧。大段浙中士民，揭噪上不必任怨，保留
　　上不必任德，直芻狗之可也。搜山使者如何，地無一以寧，將恐

〔註6〕《湯顯祖集》詩文集卷四十四。
〔註7〕見〈與汪雲陽〉，《湯顯祖集》詩文集卷四十八。
〔註8〕見〈答吳四明〉，《湯顯祖集》詩文集卷四十五。

裂。（詩文集卷四十五）

在遂昌五年，「滿而待遷」卻未如意，神宗又遣太監曹全往兩浙開礦〔註9〕，為此，〈感事〉詩他語頗激切：

> 中涓鑿空山河盡，聖主求金日夜勞。賴是年來稀駿骨，黃金應與築臺高。（詩文集卷十二）

仕途不如意，萬曆二十六年他主動棄官，三年之後（二十九年）卻被以「浮躁」罷職。

三、歸隱時期

萬曆二十六年（1598）三月，湯顯祖棄官回臨川，從此歸隱居家，至萬曆四十四年（1616）去世。棄官歸里後的戲曲創作活動，也成為其一生最重要的成就，《牡丹亭》、《南柯夢記》、《邯鄲夢記》皆完成於此期。

湯顯祖於臨川城內香楠峰下沙井巷，建「玉茗堂」新居。玉茗，本白色山茶花之名，用此名堂，亦表其高潔心志。退隱之後的玉茗堂生活，錢謙益〈湯遂昌顯祖傳〉云：

> 窮老蹭蹬，所居玉茗堂，文史狼藉，賓朋雜坐。雞塒豕圈，接跡庭戶。蕭閒詠歌，俯仰自得。……晚年師旴江而友紫柏，翛然有度世之志。胸中魁壘，陶寫未盡，則發而為詞曲。四夢之書，雖復留連風懷，感激物態，要於洗蕩情塵，銷歸空有，則義仍之所存略可見矣。〔註10〕

讀書與寫作是湯氏退隱後精神上的寄託，誠然，他碰到生活貧困的現實，晚年作〈貧老嘆〉詩有云：「一壽二曰富，常疑斯言否。末路始知難，速貧寧速朽。」〔註11〕其貧苦之慨嘆如是。詩文中他曾多次提及退官後生活的貧窶，〈寄李季宣〉云：

> 弟棄官速窶，日甚一日。幸二尊人健飲，三兒粗能讀書，不至憂能傷人耳。（詩文集卷四十九）

〈與門人許伯厚〉也說：「不佞棄一官而速貧」。〔註12〕

一生貧困其實和湯氏清廉自持有關，〈答黃荊卿〉書記載一段往事：

〔註9〕見〈答吳四明〉，《湯顯祖集》詩文集卷四十五。
〔註10〕錢謙益，《列朝詩集小傳》丁集中，收於《湯顯祖集》附錄。
〔註11〕《湯顯祖集》詩文集卷十六。
〔註12〕同註11，詩文集卷四十四。

太守蘇公課賦，見弟家准兌米止一十二石，問曰：「國租本折相半，
公歲穀當不能滿六百石。且公爲宰幾何年？」弟對曰：「四年矣。」
蘇公嘆曰：「人言何足信。」弟笑而謝之。古稱知己之難，世豈有達
觀佈死，義人要錢者耶！（詩文集卷四十七）

達觀不怕死，義人不要錢，道出湯氏的品格；〈與門人時君可〉有云：「昔人
云：天下太平，必須不要錢不惜死。生或不媿此文官耶！」〔註13〕湯顯祖自認
清廉不媿於此文官之職。他曾以「寶精神則本業固，謹財用而高志全」〔註14〕
來勉其三子開遠；無欲則剛，謹慎財用才能保全志節，這是湯顯祖於身體力
行中得到的體悟，也以此訓子。

退隱後湯顯祖在貧困中以讀書自娛，鄒迪光〈臨川湯先生傳〉記載：

居家……人勸之請托，曰：「吾不能以面皮口舌博錢刀，爲所不知後
人計。」指床上書示之：「有此不貧矣。」朝夕與古人居。評某氏某
氏，誰可誰否。雌黃上下，不遺餘力，千載如對。

傳神道出臨川歸隱之後勤於讀書之景況，再看湯顯祖這一首別具味道的〈粒
粒歌〉：

米粒粒，我所入，不愛惜之眞可泣。書篇篇，我所笈，不愛惜之眞
可憐。何足可憐何足泣，窖粟藏書爭緩急。清遠樓頭笑一場，後輩
誰開玉茗堂。無人解種豐年玉，不作書囊作飯囊。（詩文集卷十七）

書囊飯囊之說，恐怕是貧困中讀書的一段「神思」，饒富趣味，亦「自娛」
也。

此期，湯顯祖對人情冷暖亦有感觸，其〈芳草集題詞〉云：「辛丑夏五，
予坐廢，交遊殆絕。」萬曆二十九年辛丑，湯顯祖已棄官歸三年，是年正月
大計竟以「浮躁」被罷職，這事湯顯祖心中是重視的，因此，他幾次提及爲
他力爭的李本寧，感激之情溢於言表。此事《萬曆野獲篇》卷十一「吏部堂
屬」條記載：

辛丑外計，……初過堂時，李（本寧）之屬吏遂昌知縣湯顯祖議斥，
李至以去就爭之。不能得，幾乎墮淚。

李本寧名維楨，是當時的浙江按察使。湯顯祖有〈答李本寧〉書言：「辛丑之
計，門下獨於銓部堂中，淵洄山立，矗矗於不肖，若恐其一日去國。此所謂

〔註13〕同註11，詩文集卷四十七。
〔註14〕見〈與男開遠〉，《湯顯祖集》詩文集卷四十九。

得一人知己爲已足也。」（詩文集卷四十六）；〈答黃貞父〉書論及人生交誼深淺也說：

> 弟之知遊，臥起論心，經有年歲者四五人，今皆開府而去。獨郭希老能於吏部堂上昌言留遂昌令，魏見泉、石楚陽逢人作不平語，李翼軒生未一面，而爲弟高談。人生何必深也。（詩文集卷四十六）

他視未曾謀面的李本寧爲「知己」，「人生何必深」才算知己，事實上他看到周遭一些忘恩之人，對此他有批評。〈與吳繼疎〉書肯定王宇泰之護王錫爵，他說「自是師友之情，弟最疾賣恩爲名者」〔註15〕。〈答沈華東〉又云：

> 不根之譚，出弟門人之口，誠然。因新知而賣故知，借舊師以贊新師，已遍南部洲矣。豈吾鄉爲甚。（詩文集卷四十九）

可見辛丑坐廢事，湯氏心中耿耿，也感激爲他仗義執言的人，人情冷暖在官途上感受最爲深刻。他也曾說：「此時世路人情，大非昔比。做官人失勢，出遊亦難如意。」〔註16〕棄官後湯氏更有慨於此世態炎涼。

從詩作〈唱二夢〉、〈作紫襴戲衣二首〉、〈聽于采唱牡丹〉、〈滕王閣看王有信演牡丹亭二首〉、〈越舸以吳伶來，期之元夕，漫成二首〉、〈王孫家踏歌偶同黃大次，時粵姬初唱夜難禁之曲四首〉、〈聞拾之遠信慘然二首〉、〈傷歌者〉、〈九日遣宜伶赴甘參知永新〉、〈見改竄牡丹詞者失笑〉等詩，可見其退隱生活中有許多戲曲演唱活動，成爲精神的依託。他在〈書瓢笠卷示沙彌修問三懷〉一詩寫道：

> 東歸見耆宿，問我心何寄？經典欲無學，歌舞時作伎。（詩文集卷十七）

萬曆三十六年所寫〈如蘭一集序〉說自己「遊於伶黨之中」，又說「余宦遊倦，而禪寂意多，漸致枯槁」〔註17〕，知歸隱之後，他寄託歌舞之際，有寂然悟道心境。

回歸鄉里，對湯氏而言，他首重克盡人子之孝道，時時以二尊人之憂喜爲念，這是他最重視的事，湯顯祖的純孝，正是他至情至性的眞人性格。萬曆四十二年湯母吳氏亡，四十三年湯父尚賢卒，他〈答馬糠遙〉書云：

> 先慈之哀，繼之先嚴。創鉅痛深。加以衰贏，溢粥強杖，不能起此

〔註15〕見《湯顯祖集》詩文集卷四十八。
〔註16〕〈答樂愚上人〉，見《湯顯祖集》詩文集卷四十九。
〔註17〕見《湯顯祖集》詩文集卷三十一。

壞牆，何暇及硯席間事。（詩文集卷四十九）

孝子哀毀逾骨之情，非文字可以言傳。他說「爲子之節已終，何必求餘也」
〔註18〕，又說「弟朽人也。父母朽則朽矣」〔註19〕，傷痛難已，夫復何言，
於萬曆四十四年六月十六日亦溘然離世。原葬於臨川東門外靈芝園，1982 年
遷葬於撫州市人民公園。昔日玉茗堂舊址，今興建有玉茗堂影劇院，湯顯祖
紀念館。

　　哲人遠去，湯顯祖留下的〈訣世語〉七首，交待喪事從簡，不欲以其後
事累人，體貼敦厚之性情油然見之。面對生死大事，他一貫求眞不虛僞之精
神，又見於此〈訣世語〉中；豁達之胸襟器識，即令今人，亦有弗及之者，
其於三百八十年前，尤屬難得。敬錄其文並序如下：

　　僕老矣。幸畢二尊人大事。苫塊中發疾彌留，已不可起。愼終之
　　容，仍用麻衣冠草屨以襲。厝二尊人之側，庶便晨昏恆見。達人返
　　虛，俗禮繁窒。怪之，恨之。恐遂溘焉，先茲乞免。遂成短絕，用
　　寄哀鳴。

　　　一祈免哭
　　生平畏聞哭聲。兒女孝敬，自有至性，不可強也。愼無倩哭成禮。
　　善哭已無取，佞哀非所懷。帷宮都過密，偏覺有餘哀。

　　　一祈免僧度
　　僧舊在門下者，無煩俗七。兒輩持半偈齋僧，念心經數週足矣。
　　便作普度事，都無清淨僧。灑水奉心經，聊爲破暗燈。

　　　一祈免牲
　　肉食而鄙，六十七年於斯矣。殺業有徵，報何所底？每見牲奠，
　　腥污塗藉，大非清虛所宜。乞哀嬋遊，幸免牲命，止求蔬水見遺。
　　非徒省穢存潔，亦大爲鄙人資冥福也。更煩屠宰到門不預乞免者，
　　子爲不孝。
　　豕首高刺天，羊子隨墮地。何當魂魄前，作此不淨事？

　　　一祈免冥錢
　　奠者楮幣相見，無煩金銀山錠等物。

〔註18〕見〈答門人李實夫〉，《湯顯祖集》詩文集卷四十九。
〔註19〕見〈答羅匡湖〉，《湯顯祖集》詩文集卷四十九。

生不名一錢，自分作窮鬼。峨峨金銀山，不如一端綺。

一祈免奠章

人生而偽，聞譽則悅。既反而眞，聞諛則赧。往見奠章，誇揚爛
熳。長跪高誦，兩爲失體。竊不自揣，代中表門生預爲數語，無
煩登軸，第書素紙，奠畢焚之，殊覺雅便。萬乞俯從。維某年某
月日，某某祝曰：「惟靈歸虛返眞，顧在嫺知遊，良深悲悼。茲陳
素筵，附於蘭菊，用妥靈心。嗚呼上饗。」

不煩奠者苦，我代作斯文。昨日巳陳跡，今日復何云？

一祈免崖木

化者須材，沙木堅厚爲度，崖不足眩也。至囑，至囑。

千祀同一土，隨宜集沙板。闊崖無厚質，虛花誆人眼。

一祈免久露

地形取遠所忌，無久留。

世故不可測，隨在便安置。借問地上人，安知地中事。

第二節　湯顯祖之品格志節

一、平生只爲認眞

　　湯顯祖令人敬佩的是他一生表裡如一的眞誠，文行皆見如此。〈與宜伶羅
章二〉有云：

往人家搬演，俱宜守分，莫因人家愛我的戲，便過求他酒食錢物。

如今世事總難認眞，而況戲乎！若認眞，并酒食錢物也不可久。我
平生只爲認眞，所以做官做家，都不起耳。（詩文集卷四十九）

「平生只爲認眞」六字，確爲湯氏一生行事的最佳註腳。身爲明代大戲曲家，
其主情思想得到後代學者極高的重視，文如其人，創作上的主張眞情其實是
他「認眞」之一；對湯顯祖而言，「平生只爲認眞」是他立身行事全方位的表
現，爲始終一貫的原則。

　　就做官而言，從南京、徐聞到遂昌，任途未曾一日顯達，但即使是在僻
遠的徐聞，他也認眞於應盡職事；其〈答徐聞鄉紳〉言：

獨念「君子學道則愛人」，常見古人雖流寓一時，不肯儳焉如不終日，

　　誠愛人也。無論與諸生相勸屬，不敢虛其來，即樸蓮編民，流離蛋

　　戶，有見，未嘗不咰尉而提誘之。(詩文集卷四十四)

「不敢虛其來」便是一種認眞，他效法古人「君子學道則愛人」的理念來行
事，湯顯祖有著濃厚的傳統儒家道德觀，他常說「直心便是道場」，也努力去
實踐君子之道。曾讚美臨川縣孫耀祖驛丞爲民造橋之功，大吏所不能辦的利
民之事，小小驛丞完成了，因此他說「爲民決計便利，雖一事，非仁智以勇
不能。官雖卑，亦能有所發憤。」〔註20〕官位卑小，依舊可以發憤爲民決便
利，他即是以這樣認眞的態度任官。

　　做官的認眞，必與湯氏尊重人格的貴生思想相關，其言：「子曰：『天地
之大德曰生，聖人之大寶曰位』，何以寶此位，有位者能爲天地大生廣生。」
〔註21〕擁有地位的人，要善寶其位來造福生民，故亦嘗言「大修行人何地不
爲福田」〔註22〕。不論在徐聞，抑或遂昌，他都注重「講德絃歌」，爲人民「去
其害馬者」，遂昌五年能深獲百姓之心，正因他認眞做官所得。

　　看看他怎樣教人做官，〈答李孺德〉云：

　　聞孺德成進士，殊快。以孺德恂恂孝友，他日當不負此科名也。吾

　　輩初入仕路，眼宜大，骨宜勁，心宜平。勿乘一時意興，便輕落足，

　　後費洗祓也。顧僕一生拙宦，而教人宦乎。然亦以拙教也。(詩文集

　　卷四十九)

「勿乘一時意興，便輕落足，後費洗祓也。」強調謹愼愛惜自己的重要，
在晚明一片朋黨循私的政壇上，湯氏此語自有其深刻體悟。既「拙宦」卻又
「教人宦」，亦知其不悔於宦途之拙，但求認眞無愧於道德良知。〈復汪雲
陽〉云：

　　弟觀邇來言不忠信行不篤敬，州里蠻貊，都不可行，而可行於銓省

　　之上。名利兩盛者有之，然或不可久行耶！(詩文集卷四十九)

言行不忠信篤敬的人，即使宦達，恐也「不可久行」，他寧願認眞於守本分，
其餘歸於性命；平昌任上如是認爲：「昔人性之所不通，歸之命；命之所不
通，歸之性。性命通則出入以度而無礙。恨復未臻茲境耳。」〔註23〕這是他
面對宦途不遇的心態。

〔註20〕見〈臨川縣孫驛丞去思碑〉，《湯顯祖集》詩文集卷三十五。

〔註21〕見〈貴生書院說〉，《湯顯祖集》詩文集卷三十七。

〔註22〕見〈寄曾大理〉，《湯顯祖集》詩文集卷四十四。

〔註23〕見〈答李舜若觀察〉，《湯顯祖集》詩文集卷四十五。

本著貴生的良知，故能認眞於每一個職守，融入其中而自得其樂，試看以下二尺牘，〈寄曾大理〉云：

> 至如不佞，割雞之材，會於一試，小國寡民，服食淳足。縣官居之數月，芒然化之，如三家曄主人，不復記城市喧美。見桑麻牛畜成行，都無復徒去意。（詩文集卷四十四）

〈答余內齋〉書亦云：

> 平昌擁萬家爲長，含峰漱谷，大類五松。風謠近勝，琴歌餘暇，戲叟遊童，時來笑語。當其得意，不知陳眞長未得爲三公也。（詩文集卷四十五）

「無復徒去意」及「當其得意」都見其認眞於職守，全心投入而樂在其中，他本著「君子學道則愛人」的精神行其所當行，獲得「一時醇吏聲爲兩浙冠」，正是做官認眞的最好證明。

與人相交往時，湯氏亦認眞守其道，對人對己都秉持眞誠不虛，這是他一貫的人格特質；〈答黃右文〉書云：「弟學殖淺騫，然語人未嘗不盡其誠」〔註24〕；雖然世事未盡令人滿意，但他〈答陳如吉給諫〉云：

> 朝論固如沸，聖明在上，終是君子多，小人少。但我輩不宜急以小人與人耳。（詩文集卷四十六）

忠厚心腸可於此見之。〈答屠緯眞〉書又云：「寧人負我，我無負人」〔註25〕，他有「四香戒」的勉勵語：「不亂財，手香；不淫色，體香；不誑訟，口香；不嫉害，心香。常奉四香戒，於世得安樂。」〔註26〕「平生只爲認眞」是湯顯祖人格性情的一大特色，崇禎年間陳洪謐稱頌曰：「其文弗可及，其人愈弗可及也。」文章是人格的外現，湯氏誠爲可敬之人。

湯顯祖去世之後的第二年，其三子開遠爲乃父尺牘作序，有言：

> 祠部公歸來，卜築沙井，一歲不再見郡縣。有問之者，曰：「時官難對也」。有丐文者，多并書幣還之。曰：「吾耐鬻文，亦耐鬻爵也。」食貧二十餘年，而阮嘯自如，萊舞無缺。易簀之夕尚爲孺子哭，命以麻衣冠就斂。若祠部公者，眞所謂有易天下之賢，而無逢天下之意；有名後世之具，而無名後世之心。其體不可而窺，其用亦不可

〔註24〕《湯顯祖集》詩文集卷四十七。
〔註25〕《湯顯祖集》詩文集卷四十四。
〔註26〕見〈與無去上人〉，《湯顯祖集》詩文集卷四十九。

得而竟者矣。祠部公嘗語人曰：「吾欲以無可傳者傳」，安在不以有
可傳者傳也。

知父莫若子，開遠之言應有相當深入處，其言乃父不求外在虛假名利，「有易
天下之賢，而無逢天下之意；有名後世之具，而無名後世之心」；湯顯祖只是
認眞地盡其良知，行所當行，所謂「吾欲以無可傳者傳」者，他重視的是身
體力行的實踐其道德心，平生只爲認眞而已，「認眞」二字何其平凡，又何其
難得。

二、世局何常根性已定

　　敏澤《中國文學理論批評史》曾言湯顯祖「具有鮮明的叛逆性格」〔註27〕，
許多研究論文，也強調湯氏「反封建禮教」，「反程朱理學」，似乎他是一個叛
逆傳統的人；然而細讀湯顯祖的文章、尺牘，卻嗅不到這種氣息，看到的是
一個具有傳統讀書人道德觀的儒雅之士，他有一份堅持，不變的堅持，永不
違背道德良知，他自己說「根性已定」。確實而言，他不是「叛逆」，只是不
同流合污，堅持根性，如是而已。

　　在湯氏任職南京時，有一封〈答舒司寇〉的信，可以看到他追求和諧的
心態。舒司寇，名位，亦臨川人，他曾勸湯顯祖「宜近老成人，今滿朝鬥氣
者多惡少」，對這種老少朝官之間的問題，湯顯祖有一番希望雙方和諧的看
法，〈答舒司寇〉言：

> 傾朝中尊卑老壯交口相惡，莫甚此一二年餘。人各有心，明公以諸
> 言事者多惡少，正恐諸言事者聞之，又未肯以諸大臣爲善老耳。以
> 不佞當之，與其開而兩傷，不如交而兩成。諸少年宜上遊於諸老，
> 領所宜學，時觀而勿語，以深厚其器，而須厥成。諸老亦宜稍進諸
> 年少好事者，把其盛氣，以自壯自補，無爲執政者所柔，因以益知
> 外事。蓋不佞竊唯以血氣損益相補之誼，年少之資於老成人，猶老
> 成人之資年少。鬥在不得，得在不鬥，二也交而用之，以二爲一。（詩
> 文集卷四十四）

主張老少之間相補相成，湯顯祖對事情的態度，大都是不偏不倚，甚少激烈
之言行，此信或可作爲一例。「叛逆」二字用在湯顯祖身上，其實不適切於其

〔註27〕敏澤著，《中國文學理論批評史》下冊，吉林教育出版社，1993 年 3 月，頁
　　　962。

人之生平行事；他有讀書人明是非的堅持，從不苟合名利之追求。若用他自己所說「根性已定」，則較符合其實際。

〈答于中父〉書云：

> 極感仁兄垂言卷卷。弟堂上人已踰八望九，老萊子何當去斑斕，向
> 人跪拜著公服也。拔蚊睫者能斬鵬翼耶？世局何常，根性已定，惟
> 門下謹身以待。（詩文集卷四十七）

明人沈際飛評「世局何常，根性已定」云：「極警策。」湯氏文章每有意趣神色，造語不凡之佳者。此書信表明願居家如老萊子娛親，不願著公服向人跪拜，此固本性使然。世局常變，但其性如此，難隨世而變，湯氏重視自我良知，「根性已定」的堅持，是湯顯祖人格又一令人景仰處。隆慶四年舉鄉試後，湯顯祖便因堅持自己為人原則，不肯循私依附權勢，乃至萬曆十一年才中舉；也因為他總是堅持是非道德原則，不敢違背一己良知，一個「認真」的人，首先要面對的是自己的「心」；他讓自己活得心安理得，卻也終其一生「遊宦不達」。

對於時局世事，湯顯祖有許多慨嘆，他說「今之世卒卒不可得行」〔註28〕，每說自己「不習為吏」〔註29〕。南京任官時，他尤其看到虛假、循私的官場現象，偏其心中自有主見，〈答王宇泰太史〉言：

> 世之假人，常為真人苦。真人得意，假人影響而附之，以相得意。
> 真人失意，假人影響而伺之，以自得意。……僕不敢自謂聖地中
> 人，亦幾乎真者也。……大勢真之得意處少，而假之得意時多。
> 僕欲門下深言無由矣。門下宜遵時養晦，以存其真。（詩文集卷四
> 十四）

如此局勢，既不願失去自己的本真，不願同流合污，於是以「遵時養晦，以存其真」來互勉。當時七子派的王敬美為湯氏長官，但他不與之唱和，〈復費文孫〉書自云：「雖坐才短，亦以意不在是也。」無欲則剛，故湯氏能秉自己主見行事，不屈意附和當權之人。

〈答王澹生〉云：

> 時知公子之意，雅在氣節，不在文章。文章已矣。而竊觀其時所號

〔註28〕見〈答余中宇先生〉，《湯顯祖集》詩文集卷四十四。
〔註29〕見〈寄馬心易比部〉、〈寄荊州姜孟穎〉等書信，《湯顯祖集》詩文集卷四十五。

氣節諸君者，弟亦未敢深附。《易》不云乎：「定其交而後求，平其
心而後語，安其身而後動。」不然，「莫益之，莫擊之」矣。迨其擊
之也，而悔其交，容有及乎！（詩文集卷四十四）

《易經》這段論文的話，湯氏深表同意，張居正身後的遭遇，便是一個鮮活
例證，故其嘆道：「假令予以依附起，不以依附敗乎？」〔註30〕錢謙益在〈玉
茗堂文集序〉言：「義仍故不以風節自命」，此言甚是，從他長長的書信，力
勸「有美才而負意氣」的王澹生，能以其身為執政的通家戚里子弟，出來任
官，可有助天下大計；又勸「閱世已深，名德素著」的朱澹菴司空，不要「久
南都而不悔」，凡此都看到他「忘天下難」（〈答牛春宇中丞〉）的心意。湯氏
雖不附和他人，但亦不抹煞別人，他說：「即世喜名好事之英，弟亦敬之。」
〔註31〕其心甚明；未能深附他人，只為了保持真我，保持道心，他了解自己
及所面臨的時局，心中自有清明理智的抉擇，其言：「世實需才，亦實憎才。
願時虛中以鎮之。人愛不如自愛也。」〔註32〕

根性已定，至老不變；〈與鄒南皋〉云：

兄說講學老人不宜走公門，真法言也。根底有病，老亦須發。弟自
賀長至到今，未一面郡縣。然反得嗔。（詩文集卷四十六）

未一面郡縣，反得其嗔，此湯氏之行事，正如其筆下《紫釵記》中不謁盧太
尉而反被太尉所嗔之李益。〈答王宇泰〉書，更淋漓表現不委蛇郡縣之自我
根性：

來教令僕稍委蛇郡縣，或可助三遷之資，且不致得嗔。宇泰意良
厚。第僕年來衰憒，歲時上謁，每不能如人。且近蒞吾土者，多新
貴人，氣方盛，意未必有所把。而欲以三十餘年進士，六十餘歲老
人，時與末流後進，魚貫雁序於郡縣之前，卻步而行，伺色而聲，
誠自覺其不類；因以自遠。至若應付文字，原非僕所長。必糜肉調
飴，作餬餬中扁食，令市人盡鼓腹去，又竊自醜；因益以自遠。其
以遠得嗔，僕因甘之矣。所行雞肋尊拳，長人者或為我一哄耳。然
因是益貧。田可耕，子可教，利用安身，僕亦有以觀頤也。（詩文集
卷四十九）

〔註30〕鄒迪光，〈臨川湯先生傳〉。
〔註31〕見〈答岳石帆〉，《湯顯祖集》詩文集卷四十四。
〔註32〕見〈答陸景鄴〉，《湯顯祖集》詩文集卷四十七。

在行事上不能「卻步而行，伺色而聲」，乃因自覺不類，故遠之；在文章上，也不願作應付文字來討好別人，以小巷中販賣的扁食爲喻，著實生動有致；扁食令人鼓腹，但需先糜肉調飴，使自己糢糊，湯氏眼中的應付文字，即如扁食般。他行事、爲文，皆不願失去自我，二言「自遠」，「甘」於得嗔，皆見湯氏持其根性之堅持，故言耕田教子，自有其樂，世俗名利則有其所不願爲，捨之可也。此〈答王宇泰〉，湯氏自明心跡，介氣可風，行文措辭復有可觀。

棄官歸里，代表對世局的失望，世局不僅無常，且甚可笑，其言：「顧世局無一處非可笑，茲且日新。」〔註33〕在歲月中湯氏看到的是一個愈趨荒唐的世局，這也是他後二夢的創作背景。處在如是令人不滿的時代，他能貞定根性，俯仰無愧於道，便甚難得。〈負負吟〉詩他對自己下了「平生與德鄰」的注腳，誠可見其一生行事之大概；他守著道德良知，在紛紛世局中，不隨波逐流，固守其「根性」。

三、人間至樂在親情

湯顯祖對親情倫理甚爲重視，眞情至性令人景慕，其立身處世，把儒家精神實踐於生活中，每以「忠臣孝子」、「仁孝」、「孝友」等語來稱許他人，如〈與李還素〉言：「君家兄弟，每以孝友相先，名爲相讓，恆令人朵頤。」〔註34〕正見此亦皆其所肯定之人生價值。〈春秋輯略序〉文中言：

> 孔子曰：「吾志在《春秋》，行在《孝經》。」吾師明德先生，時提仁
> 孝之緒，可以動天。融融熙熙，令人蓄焉有以自興。（詩文集卷三
> 十一）

其師羅汝芳之重視仁孝，對湯顯祖自有相當引導作用。

湯氏時以其父母爲慮，此即反映心中所重視。〈與司吏部〉書言他選擇南京任職，不北去，其中有五「私願」，第一原因即北去離家鄉太遠，「子不知父母」故，把雙親列爲重要考慮，孝心如是。再看〈答眞寧趙仲一〉書：

> 兄與弟俱有二尊人，官根斷續何論，但勿斷命根爾。（詩文集卷四
> 十六）

勉勵趙仲一努力加餐，保重身體，因爲上有雙親要奉養，湯氏自己亦如是努

〔註33〕見〈與岳石帆〉，《湯顯祖集》詩文集卷四十八。
〔註34〕《湯顯祖集》詩文集卷四十八。

力，他曾說「人生，火傳也」〔註35〕，這簡短言語，卻也吐露作者面對生命思索的一個結論，薪火相傳，是生命的一種意義。

〈與李孺德〉書提到人間至樂：

> 尊公允稱人師，忽忽左遷，直道不可行，亦其時也。天逸我以老，人子之心，能無快乎！舞班之暇，加以絃誦，自是人間至樂。殘梅落盡，春杏當開，萬惟努力。（詩文集卷四十八）

能萊舞孝親，絃誦讀書，便是人間至樂；遂昌任上曾有〈答李舜若觀察〉書，亦以此勉勵對方：

> 弟時念仁兄，如在祠署中夜語時也。歸養疏，初以孝爲忠，今以忠爲孝，皆臣子佳事。此時家居，惟以葆神讀書，觀朝家故典，爲第一義。幸無悠悠度此時日。（詩文集卷四十五）

以忠爲孝，葆神讀書，卻正是湯氏晚年所務；他是一個眞誠如一的人，給朋友的書信，道出的都是胸中塊壘。

看看這首辭官居家的〈卻喜〉詩：

> 卻喜家公似壯年，登山著屐快鳴鞭。遲回阿母加餐少，早作休官侍藥便。舞袖尚連金鸑補，歌笙時間白華篇。南遊北望成何事，且及春光報眼前。

此詩充分表露共享家庭天倫之樂的愉悅，南遊北望的仕官生涯，究竟成就何事？還不如及時把握光陰，盡爲人子女的孝道。〈卻喜〉可以看到湯氏重視親情倫理的價值觀，尤其退隱之後，他更加重視侍奉堂上二尊人，時刻引以爲念。因此，父母去世，他「如割之懷，重創莫比」〔註36〕，湯氏母於萬曆四十二年十二月亡故，次年正月父亦亡，接連之打擊，使其幾難承受，〈答馬稺遙〉自述：「先慈之哀，繼之先嚴。創鉅痛深。加以衰羸，溢粥強杖，不能起此壞牆」，哀哀孝子，創痛至深，終至不起；他於萬曆四十四年辭世前所預作〈訣世語〉序文中且交待：「厝二尊人之側，庶便晨昏恆見」，念茲在茲，其孝心如是。

除了上對堂上雙親的孝心外，湯氏對子女的慈愛亦屢見於詩文中，如〈平昌哭殤女詹秀七女二絕〉、〈第五子生〉、〈平昌哭兩歲呂兒二絕〉、〈七月念日移宅沙井，八月十九日殤我西兒，慘然成韻〉、〈庚子八月四日五鼓，忽然煩

〔註35〕見〈與門人余成輔〉，《湯顯祖集》詩文集卷四十八。
〔註36〕見〈答劉宗魯〉，《湯顯祖集》詩文集卷四十九。

悶，起作三首〉、〈庚子八月五日得南京七月十六日亡蘧十首〉、〈重得亡蘧訃二十二絕〉、〈亡蘧四異〉、〈憶耆兒南都〉、〈耆兒之秣陵，懷永慶寺眞空，并傷蘧兒也〉、〈送仲子太耆入南雍，感舊奉贈大司成太原傅公三十韻〉、〈念大耆久秣陵，訊王巽父堪汪生繼曾〉、〈望耆兒二首〉、〈丁未浴佛日，夢蘧兒持書頗樂，且語地下成進士，嘆笑久之，覺而成句〉、〈亡蘧庚子至今十稔秋闈矣，偶檢敝篋，得其七、八歲所讀文賦，俱經厚紙黏襯，祖父前背誦再四，硃記年月重復，中有蟲蟻水跡穿爛，兩京、三都斷污過半，不覺哽咽垂涕，呼蘧向中霤焚燒之，蟲有知乎？二首〉、〈過蘧兒墳有嘆示念父兄〉、〈看幼孫誦千字文，破卷狼藉，戲示〉、〈辛丑五日又病，聽稚兒念書〉、〈答龍凌玉痛蘧兒〉等等，這些寫給兒女子孫的詩作，流露的是作者最眞實的心腸；尤其長子士蘧於萬曆二十八年卒於南京，湯氏痛心不已，十年之後依然哽咽垂涕，甚至還夢見士蘧地下成進士；對次子太耆的關懷亦俱在文字中，套句他自己的話：「詩言志，庶幾情見乎詞」。

對父母、子女的親情外，如同一般傳統士人，夫妻之情較少見諸文字。隆慶三年己巳（1569），湯顯祖娶婦吳氏，時年二十，〈送張伯昇世兄歸吳序〉提及婚事：「猶記己巳臘之四日，余婚焉」，此實人生一大事。其〈辛丑社日至良岡，憶壬申數年事，泫然口號〉詩，深情可見：

> 十上曾歸此讀書，病妻羸女正愁予。重來眷屬俱黃土，夜雨燈花灑淚初。（詩文集卷十四）

這是萬曆二十九年（辛丑）回憶隆慶六年（壬申）之事，時隔近三十年，仍泫然傷懷，此般夫妻情感，雖不常形諸文字，但深藏內心於此已可窺見。

乞留南都任官時，湯顯祖便是慮及父母、子女的照顧，棄官之後更以二尊人爲念，他孝慈兼具，體悟到「人生，火傳也」的生命意義，沒有太高遠的奢求，只是盡其在我的認眞守分而已，尤其對周遭相關的人，必克盡其應盡之職。

第三節　湯顯祖的文學創作思想

明代中後期，中國戲曲藝術進入一個新的繁榮時期，眾聲競奏，南曲傳奇劇作鼎盛；沈德符《顧曲雜言》「塡詞名手」條曰：「年來俚儒之稍通音律者，伶人之稍習文墨者，動輒編一傳奇」，無怪乎沈寵綏《度曲須知》「曲運

隆衰」條言：「曲海詞山，於今爲烈」〔註37〕。湯顯祖生長於戲曲蓬勃發展的時期，這也是他能成爲戲曲史上最耀眼的大家之一因素，「時」是不可忽略的造就原因，正如盛唐的李白、杜甫，北宋的蘇東坡，他們雄距詩壇，皆處於一個文體發展成熟，作品數量豐富的時代，時也、命也、才也。

湯顯祖所處的萬曆時期，是戲曲創作與戲曲理論均盛的光輝年代，除了「曲海詞山」的作品外，理論研究亦蔚成風氣，葉長海《中國戲劇學史》言：

> 萬曆時期的戲劇學，其特點是研究家多、著作多、理論性強、氣派大。如湯顯祖、沈璟、潘之恆、王驥德、臧懋循、呂天成等中國古代戲劇學名家都出現在這一時期。著名的《曲律》、《曲品》成爲中國戲劇學著作的雙璧；選家如臧懋循、格律學家如沈璟，都是開一代風氣的代表人物；湯顯祖的創作論、潘之恆的表演論，其理論精華至今依然光彩照人。〔註38〕

湯顯祖的戲曲理論是他整體文學思想的一部分，他沒有專著來闡述理論，其文學思想與主張，主要分散在詩文集中的題詞、序記、尺牘等文章中，必須從湯氏文集去了解與把握，本節所述由此而來。

一、從立言傳世到小文自娛的學文歷程

立言傳世是湯顯祖在文章中明確表露的心志與觀念。〈義墨齋近稿序〉言：「凡爲文，苟有材力志意之士，咸欲有以傳其人。」（詩文集卷三十一）文章傳世固有志之士所願，湯氏自不例外。於其個人學文之歷程，他在文章中多次提及，自言早期習文選、六朝文，後來爲舉業作制義文，對於當時文壇復古剽竊的文風，他不苟同；本期望能於館閣典制著記，然未能如願；欲成一家之言又自認不足，最後只能作小文以自娛。他懷著讀書人立言傳世的心願，惜時不我與，於是用道學之心經營戲曲創作，但以戲曲在一般人心目中不居大雅之堂的地位，傳世與否實是個未知數，湯氏心中，有著不得志之喟嘆。這樣的心情，在〈答張夢澤〉書中有清楚說明，試錄其文一見之：

> 丈書來，欲取弟長行文字以行。弟平生學爲古人文字不滿百首，要不足行於世。其大致有五。弟十七八歲時，喜爲韻語，已熟騷賦六

〔註37〕沈寵綏，《度曲須知》，收於《中國古典戲曲論著集成》第五冊。前引之沈德符，《顧曲雜言》，收於《中國古典戲曲論著集成》第四冊。

〔註38〕葉長海，《中國戲劇學史稿》上冊，駱駝出版社，頁171。

朝之文。然亦時爲舉子業所奪，心散而不精。鄉舉後乃工韻語。三
變而力窮，詩賦外無追琢功。不足行一也。我朝文字，宋學士而止。
方遜志已弱，李夢陽而下，至琅邪，氣力強弱巨細不同，等贗文爾。
弟何人能爲其眞？不眞不足行，二也。又其贗者，名位頗顯，而家
通都要區，卿相故家求文字者道便，其文事關國體，得以冠玉欺人。
且多藏書，纂割盈帙，亦借以傳。弟既名位沮落，復住臨樊僻絕之
路。間求文字者，多村翁寒儒小墓銘時義序耳。常自恨不得館閣典
制著記。餘皆小文，因自頹廢。不足行三也。不得與於館閣大記，
常欲作子書自見。復自循省，必參極天人微竅，世故物情，變化無
餘，乃可精洞弘麗，成一家言。貧病早衰，終不能爾。時爲小文，
用以自嬉。不足行四也。元以前文字，除名人外，不可多見。頗得
天下郡縣志讀之，其中文字不讓名人者，往往而是。然皆湮沒無能
爲名。名亦命也，如弟薄命，韻語自謂積精焦志，行未可知。韻語
行，無容兼取。不行，則故命也。故時有小文，輒不自惜，多隨手
散去。在者固不足行。五也。嗟夫夢澤，僕非衰病，尚思立言。茲
已矣！微君知而好我，誰令言之，誰爲聽之。極知知愛，無能爲報，
喟然長嘆而已。（詩文集卷四十七）

此書信指出自己文章「五不足行於世」，歸納言之，有三方面：一爲客觀環境
因素，如「舉業之耗」〔註39〕，如「贗文」流行，如一己「名位不顯」等外
在因素。二爲個人本身因素，他自認貧病早衰，又力未逮於成一家言。三爲
天命不知，小文不足行世，韻語則視天命，行否未可預知於當時。

　　從〈答張夢澤〉書，湯氏心願可知，他說「常自恨不得館閣典制著記」，
又言「不得館閣大記，常欲作子書自見。復自循省，必參極天人微竅，世故
物情，變化無餘，乃可精洞弘麗，成一家言。貧病早衰，終不能爾。」因
經史子書未能如願，於是轉而爲「韻語」。他惋惜前代文人中「文字不讓名
人」，卻「湮沒無能爲名」者，體悟到「名亦命也」；他「積精焦志」的戲曲
創作能否傳世，也只好歸於命了。至於那些「自嬉」、「自娛」的「小文」，他
的自評是「輒不自惜，多隨手散去，在者固不足行」，可見他是不在意所寫的

<hr>

〔註39〕湯顯祖多次提及舉業消耗精神，如〈答凌初成〉言：「不佞生非吳越通，智意
　　　　短陋，加以舉業之耗，道學之牽，不得一意橫絕流暢於文賦律呂之事」（詩文
　　　　集卷四十七）。〈答余中宇先生〉言：「某少有伉壯不阿之氣，爲秀才業所消，
　　　　復爲屢上春官所消。」（詩文集卷四十四）

「小文」。

　　提出五項「不足行於世」，可見「行世」其實是湯氏所關注，文末語張夢澤：「僕非衰病，尚思立言。茲已矣！微君知而好我，誰令言之，誰爲聽之。極知知愛，無能爲報，喟然長嘆而已。」立言傳世之心耿耿，語語懇切，亦知該書信眞湯氏抒發胸臆之喟嘆。張夢澤的爲人，頗多似於湯顯祖，湯氏曾受託於臨江新渝縣民而寫〈渝水明府夢澤張侯去思碑〉，文中記載張夢澤任官時「施行便民」，解決百姓歲賦逋負的困難，本身自養則「粗厲取具而已」，貧困到「上計至無以爲資，都下呼爲窮新渝」；渝縣產銀，因爲張侯的堅意不屈，中使乃未至渝，反對礦稅爲其又一德事。上述湯顯祖在文中稱頌的張侯，何其相似於湯氏自己的行事，由此亦可明白〈答張夢澤〉書中言辭懇切之情，必屬句句爲實之傾訴，二人論交非淺也。

　　文章傳世之願，又見於〈答李乃始〉書，其云：

> 弟妄意漢唐人作者，亦不數首而傳，傳亦空名之寄耳。今日倘得詩賦三四十首行爲已足。材氣不能多取，且自傷名第卑遠，絕於史氏之觀。徒寒淺零辭，爲民間小作，亦何關人世，而必欲其傳。詞家四種，里巷兒童之技，人知其樂，不知其悲。大者不傳，或傳其小者。制舉義雖傳，不可以久。（詩文集卷四十八）

「名第卑遠，絕於史氏之觀」及言「小作」無可傳之價值，這些和〈答張夢澤〉書所述相同；湯氏重視可傳與否，「大者不傳，或傳其小者」，亦見此爲其著眼處。他自認爲可傳世的不是制舉之文，而是「詞家四種」，但「韻語行，無容兼取。不行，則故命也。」戲曲雖已盛行，然地位命運尚未卜，一般人仍以小道視之，湯氏〈宜黃縣戲神清源師廟記〉有言：「清源師號爲得道，弟子盈天下，不減二氏（按：儒道與佛老），而無祠者。豈非非樂之徒，以其道爲戲相詬病耶。」戲神無祠，地位之低落如是；故戲曲創作能否傳世，只好歸於天命。

　　湯顯祖自述其學文歷程，又可見於〈答馬仲良〉：

> 不佞少頗能爲偶語，長習聲病之學，因學爲詩，稍進而詞賦。想慕古人之爲，久之亦有似者。總之，有韻之文，可循習而似，至於長行文字，深極名理，博盡事勢，要非淺薄敢望。時一強爲之，輒棄去，誠自知不類昔人之爲也。（詩文集卷四十九）

本文尤其指出「有韻之文」可習，「長行文字」因爲「深極名理」，自認「淺

薄」而不敢奢望，正如〈答張夢澤〉所云「常欲作子書自見」，「循省」後又自覺不能參極天人，成一家言而作罷。文章行世必須有其出乎人之異處，乃可不朽，此亦湯氏悉心力於韻語所追求者。其〈答李乃始〉論及文章不朽事，謙言「獨自循省，爲文無可不朽者」，「文章不得秉朝家經制彝常之盛，道旨亦爲三氏原委所盡，復何所厝言而言不朽？僕極知俗情之文必朽，而時官時人，輒干之不置，有無可如何者。偶而爲之，實未嘗數受朽人之請爲朽文也。然思之亦無復能不朽者。」俗情之文必朽，經制道旨又不能出乎昔人，雖自言「爲文無可不朽」，其實傳世不朽仍耿耿心懷，看他感謝李乃始知賞之語即知：

> 僕年未及致仕，而世棄已久。平生志意，當遂湮滅無餘。獨丈每見
> 有暱僕之色，每聞有賞僕之音。僕萬有一中，不無私念。秋柏之實，
> 枯落爲陳，偶有異人過而餂之日，此不死之餌也，則必有採而畜之，
> 以傳其人者。而自度清羸，恐一旦爲秋柏之實，不能不倚丈爲異人
> 也。（詩文集卷四十九）

湯氏古文造詣，於此婉轉陳詞中可一窺之。既美李乃始爲「異人」，又自期爲可傳之「不死之餌」，不朽之心含蓄其中。

湯氏〈答鄒爾瞻〉書言：「大見聞全在新聲，不令聽新聲，恐終吳下阿蒙耳。弟近已絕意詞賦。道者萬物之奧，吾保之而已。而益食貧。時或間作小文，所謂白雲自怡悅耳。」〔註40〕「新聲」即其心目中或可傳世的戲曲創作，亦湯氏希望之所在；至於「小文」，只是自怡悅而已。

二、論創作者的才力

（一）才力與環境之關係

創作者的天賦才力每受客觀環境的影響，湯氏於〈王季重小題文字序〉論及使人才力頓盡的原因：

> 大致天之生才，雖不能眾，亦不獨絕。至爲文詞，有成有不成者三。
> 兒時多慧，裁識書名，父師迷之以傳註括帖，不得見古人縱橫浩渺
> 之書。一食其塵，不可復鮮。一也。乃幸爲諸生，因未敏達，蹭蹬
> 出沒于校試之場。久之，氣色漸落，何暇議尺幅之外哉。二也。人
> 雖有才，亦視其所生。生于隱屏，山川人物居室遊御鴻顯高壯幽奇

〔註40〕見《湯顯祖集》詩文集卷四十九。

怪俠之事，未有睹焉。神明無所練濯，匈腹無所厭餘。耳目既吝，
手足必寒。三也。凡此三者，皆能使人才力不已焉。才力頓盡，而
爲可悲傷者，往往如是也。（詩文集卷三十二）

指出三個使人才力頓盡的因素，其一爲父師入門引導要能使之見古人浩瀚之
書，第一步打開廣闊胸襟是很重要的，否則只是「傳註括帖」，跳脫不出，終
不能有成。其二爲受科場影響，汩沒其中而「氣色漸落」，這也是湯氏一己身
受之感，舉業對一個人的才力有所消耗，讀書學子又每不能擺脫，才力爲之
耗盡者比比皆是。其三爲耳目見聞對天賦才力的重要影響，必須廣博見聞，
在天賦才力上配合後天環境的歷鍊，乃可有所成，否則「耳目既吝，手足必
蹇」。其〈合奇序〉亦言：「世間惟拘儒老生不可與言文，耳多未聞，目多未
見。而出其鄙委牽拘之識，相天下文章。寧復有文章乎。」〔註41〕提及耳目
見聞對文章之重要性，不但創作者要增廣耳目見聞，閱讀者亦要多聞多見，
乃可「相天下文章」，乃可與「言文」。

　　天生才力與後天環境之關係是複雜多方的，才力有大小，環境亦多樣。
傳統讀書人，總朝科舉之途的既定方向前進，「童子之心，虛明可化。乃實
以俗師之講說，薄士之制義。一入其中，不可復出。使人不見泠泠之適，不
聽純純之音」〔註42〕，湯顯祖說「世人受此病者甚眾」，許多人的天賦才力是
在沒有良好的學習環境下被淹沒，湯氏甚表惋惜，其實這也正是他切身所
感受。

　　對於「才」，湯顯祖有一番思辨，由於老師羅汝芳的嘆問，引起他深自反
省，而有〈秀才說〉之作。湯顯祖獨立自主的思考，充分表現其高人一等之
智慧，他對事理總能冷靜思考，加以判斷，然後知道該如何行事，他不詭隨
附和任何人，包括他親近的師長、朋友，「凡事認眞」的精神亦見於此，服膺
的是一個「眞」字。〈秀才說〉云：

秀才之才何以秀也。秀者靈之所爲。故天生人至靈也。孟子曰：「以
爲未嘗有才者，豈人之性也哉。不能盡其才者也。」故性之才爲才
也。盡其才則日新。心含靈粹，而英華外粲。行則有度，言則有音。
易所謂黃中以通其理，是也。才而爲秀，世實需才，正需於此。或
曰：「諸生不甚言性，正以言性之人亦未能盡其才。」夫大聖非五十

〔註41〕見《湯顯祖集》詩文集卷三十二。
〔註42〕見〈光霽亭草敘〉，《湯顯祖集》詩文集卷三十。

> 學易知天命，鮮能無大過。惟其言之信者識之，其行之信者從之，其言行之疑者置之而已。或曰：「日者士以道性爲虛，以食色之性爲實；以豪傑爲有，以聖人爲無。」嗟夫，吾生四十餘矣。十三歲時從明德羅先生遊。血氣未定，讀非聖之書。所遊四方，輒交其氣義之士，蹈屬靡衍，幾失其性。中途復見明德先生，嘆而問曰：「子與天下士日泮渙悲歌，意何爲者，究竟於性命何如，何時可了？」夜思此言，不能安枕。久之有省。知生之爲性是也，非食色性也之生；豪傑之士是也，非迂視聖賢之豪。如世所豪，其豪不才；如世所才，其才不秀。傳不云乎，三折肱可以醫國。吾爲諸君愼之。（詩文集卷三十七）

「久省」之後提出「知生之爲性是也，非食色性也之生」，所指之性是天生本眞之性，不是生理物質之性。他提出「性之才爲才也」，能夠「盡其才則日新。心含靈粹而英華外粲」，對創作而言，這是很重要的，「盡其才則日新」，反之則受外在環境影響而天性之才不能發揮。才力和環境有密不可分的關係。

湯氏於〈張元長噓雲軒文字序〉論及「性近習遠」，此亦天賦才力與外在環境之一端。其云：

> 天下大致，十人中三四有靈性。能爲伎巧文章，竟伯什人乃至千人無名能爲者。則乃其性少靈者與？老師云，性近而習遠。今之爲士者，習爲試墨之文，久之，無往而非墨也。猶爲詞臣者習爲試程，久之，無往而非程也。寧惟制舉之文，令勉強爲古文詞詩歌，亦無往而非墨程也者。則豈習是者必無靈性與，何離其習而不能言也。夫不能其性而第言習，則必有所有餘。餘而不鮮，故不足陳也。猶將有所不足，所不足者又必不能取引而致也。

湯氏認爲「十人中三四有靈性」，但竟至千人中無能爲「伎巧文章」，何以如此？問題出在「習」上，非習者無靈性，但「不能其性而第言習」，不能以靈性去學習，反在習墨程之中，汩沒靈性，所以其文或「有餘」，或「不足」，都不能寫出「伎巧文章」來。要能掌握一己靈性來學習與創作，首先其人要有相當自知之明與見識，否則仍會墮入「無往而非墨程」的時代潮流中。湯氏致力「韻語」，即是其深明主客觀形勢下之選擇。

此外，才力和時代也有關係，〈青蓮閣記〉從唐代的李白寫到八百年後明

代的李季宣，文末云：

> 嘆曰：「季宣殆青蓮後身也」，相與顏其閣曰青蓮。季宣嘆曰：「未敢
> 然也。吾有友，江以西清遠道人，試嘗問之。」道人聞而嘻曰：「有
> 是哉，古今人不相及，亦其時耳。世有有情之天下，有有法之天
> 下。唐人受陳隋風流，君臣遊幸，率以才情自勝，則可以共浴華
> 清，從階升，娛廣寒。令白也生今之世，滔蕩零落，尚不能得一中
> 縣而治。彼誠遇有情之天下也。今天下大致滅才情而尊吏法，故季
> 宣低眉而在此。假生白時，其才氣凌厲一世，倒騎驢，就巾拭面，
> 豈足道哉。」海風江月，千古如斯。吾以爲青蓮閣記。（詩文集卷三
> 十四）

認爲唐代爲「有情天下」，率以才情自勝，倘李白生於「滅才情而尊吏法」的
明代，恐怕還不如李季宣；反之，季宣若生於李白之時代，則可「才氣凌厲
一世」。湯氏認爲時代與才力有重要關係，其思慮甚爲周密。

　　不只是時代，湯顯祖也注意到地理環境對創作者的影響，〈金竺山房詩序〉
言：

> 詩者，風而已矣。或曰，風者物所以相移，亦物所自足，有不可得
> 而移者。十三國之風，采而爲詩，舒促鄙秀，澹縟夷陋，各以所從。
> 星氣有直，水土有比。宮商之民，不得輕而徵羽。明條之地，不得
> 垂而闇莫。此儀所以南操，而焉所以莊吟也。江以西有詩，而吳人
> 厭其理致。吳有詩，江以西厭其風流。予謂此兩者好而不可厭，亦
> 各其風然，不可強而輕重也。（詩文集卷三十二）

他以持平的態度看待不同的「風」，所謂「不可強而輕重」，此種胸襟是湯氏
難能可貴的地方。

　　此外，〈攬秀樓文選序〉言：「嘉靖後二十年中，南州文學士輩出」，「吾
江以西固名理地也」（詩文集卷三十二）。〈蕭伯玉制義題詞〉亦有：「予所友
吉州人士最篤。長者義理淳深，少者亦復風氣雄遠，緩急可爲世有。故予每
見吉州人士輒喜，實不同餘州人也」（詩文集卷三十三）。〈與吳亦勉〉書云：
「吳地文物浩雜，吾鄉吏其土者，或慧或愿，往往有以自見，理學勝也」（詩
文集卷四十八）；凡此種種，都見湯氏認識到地理環境與創作才力之關係，其
實在前述〈王季重小題文字序〉所言才力頓盡的因素之三，理亦同此，言如
果「生于隱屛」，那麼「神明無所練濯，匈腹無所厭餘」，可見地理環境影響

之重要，而不同地方之文風對創作者亦有不同影響，湯氏對此已有體認。

（二）喜狂者進取之文

對於創作者才力高下，湯顯祖曾明白表示他欣賞狂者進取之文。〈攬秀樓文選序〉云：

> 故真有才者，原理以定常，適法以盡變。常不定不可以定品，變不盡不可以盡才。才不可強而致也。品不可功力而求。子言之，吾思中行而不可得，則必狂狷者矣。語之于文，狷者精約儼屬，好正務潔。持斤捉引，不失繩墨。士則雅焉。然予所喜，乃多進取者。其為文類高廣而明秀，疏夷而蒼淵。在聖門則曾點之空寞，子張之輝光。于天人之際，性命之微，莫不有所窺也。因以裁其狂斐之致，無詭于型，無羨于幅，峨峨然，颯颯然。證于方內，未知其何如。妄意才品所具若茲，于先正所為同而求獨而致者，或不至遠甚。名公卿郎吏賢豪好修之士，時而試天下第一者，將有在與。嘻，此諸君子所自為，豈世目所得定也。（詩文集卷三十二）

沈際飛評此段文字，有言「臨川資性工力近是，乃以所得者語人」，洵為確論。湯氏對狂狷者不同的文章風貌有所陳述，「狷者精約儼屬，好正務潔。持斤捉引，不失繩墨。士則雅焉」，除了文章的「不失繩墨」外，其作者必是「雅」士；此處，湯顯祖認定文章與創作者之間的關係，蓋文如其人也。這也同於宋濂所說：「詩，心之聲也。聲因于氣，皆隨其人而著形焉」〔註43〕，方孝孺所言：「昔稱文章與政相通，舉其概而言耳。要而求之，實與其人類。」〔註44〕作者情性與其文章風格是不能分割的。狂者之文是「高廣而明秀，疏夷而蒼淵」，於天人之際，性命之微，莫不有窺，狂者是不能繩墨的，所謂「無詭于型，無羨于幅，峨峨然，颯颯然。證于方內，未知其何如。」用這些抽象不確定的形容詞，實因為狂者之文是充滿靈性、奇創、神化，只能意會的文章。

除了評論狂狷者不同的文章風貌，湯顯祖更表示他對品定才力的看法，其言「真有才者，原理以定常，適法以盡變。常不定不可以定品，變不盡不可以盡才。才不可強而致之。品不可功而求。」在「常」與「變」中去品定，天賦才力要充分發展，所謂「變不盡不可以盡才」；「才」不能強致，「品」也不可以

〔註43〕明・宋濂，〈林伯恭詩集序〉，見《宋文憲全集》卷十六，四部備要本。
〔註44〕明・方孝孺，〈張彥輝文集序〉，見《遜志齋集》卷十二，四部備要本。

功求，這是湯氏對「才」和「品」的看法。文末所言：「妄意才品所具若茲，于先正所爲同而求獨而致者，或不至遠甚。名公卿郎吏賢豪好修之士，時而試天下第一者，將有在與。嬉，此諸君子所自爲，豈世目所得定也。」諸君子是指會於攬秀樓的南州君子人士，他們對文章的品定，恐又和「世目」不同。

湯顯祖深知文章品定之各有觀點，他也看到一些前代被湮沒的好文章，〈答張夢澤〉書有云：「元以前文字，除名人外，不可多見。頗得天下郡縣志讀之，其中文字不讓名人者，往往而是。然皆湮沒無能爲名。」這樣的事實，也表示「世目」對文章的品定，值得商榷。湯氏在表示個人喜好狂者之文外，也論及他對人才品定之看法。

狂者的文章是適法而盡變的，亦是不能繩墨拘之的，湯顯祖喜愛狂者之文，其一己創作之實踐亦復如是，曾說自己「文章好驚俗，曲度自敎作」〔註45〕。他有「大者不傳，或傳其小者」的立言傳世心願，竭心力於戲曲創作，正是〈合奇序〉所云：「士有志於千秋，寧爲狂狷，毋爲鄉愿。」（詩文集卷三十二）狂者之文將有志於千秋也。同時代之徐渭、李贄皆屬狂者進取之文。李贄對於狂者之「志大」曾說：

> 蓋狂者下視古人，高視一身，以爲古人雖高，其跡往矣，何必踐彼跡爲也，是謂志大。以故放言高論，凡其身之所不能爲，與其所不敢爲者，亦率意妄言之，是謂大言。〔註46〕

狂者不拘繩墨，富進取之大志，此湯顯祖和李贄有共同觀點，但湯氏比較從藝術創作的角度討論狂者進取之文，如〈蕭伯玉制義題詞〉稱贊蕭伯玉（士瑋）其人「燕語沖然，流菹今昔。目中久未見如許客也」，其文則「大致奇發穎豎，離眾獨絕，繩墨之外，燦然能有所言」，湯顯祖論創作時每把作家作品及其人品相聯繫。狂者之文的特色是「無詭于型」，「證于方內，未知其何如」，乃強調其在繩墨之外，此正是進取精神之表現。至於李贄所提狂者「率意妄言」則不爲湯氏取，他甚至稱蕭伯玉是「燕語沖然」的「名士」。

（三）士奇則心靈

湯顯祖強調創作者要有「靈性」，也只有「奇士」才能具有「心靈」；此論見其〈序丘毛伯稿〉：

> 天下文章所以有生氣者，全在奇士。士奇則心靈，心靈則能飛動，

〔註45〕見〈京察後小述〉詩，《湯顯祖集》詩文集卷八。
〔註46〕李贄，《焚書》卷二〈與友人書〉。

能飛動則下上天地，來去古今，可以屈伸長短生滅如意，如意則可
以無所不如。彼言天地古今之義而不能皆如者，不能自如其意者也。
不能如意者，意有所滯，常人也。蛾，伏也。伏而飛焉，可以無所
不至。當其蠕蠕時，不知其能至此極也。是故善畫者觀猛士劍舞，
善書者觀擔夫爭道，善琴者聽淋雨崩山。彼其意誠欲憤積決裂，挐
戾關接，盡其意勢之所必極，以開發於一時。耳目不可及而怪也。（詩
文集卷三十二）

有生氣的文章，主要在作者有靈動的心，「奇士」是首要條件。既言「詞以立
意爲宗」，此「意」端看作者之心靈，奇士能飛動其心靈，可以「如意」屈伸
長短生滅，此正是奇士與常人不同之地方，不能「如意」的是常人，因爲其
心靈不能飛動，故「意有所滯」。

奇士有其天賦才力，「才不可強致」，但學習仍不可輕忽，耳目見聞不能
不廣，天賦之才對奇士而言，如同伏而未飛之蛾，湯氏譬言「蛾，伏也。伏
而飛焉，可以無所不至。當其蠕蠕時，不知其能至此極也」，蠕動之蟲化爲飛
蛾，此其天性之有。奇士所具之靈性，要能如意飛動，上下天地，來去古
今，則學習實不可輕忽，故言「善畫者觀猛士劍舞，善書者觀擔夫爭道，善
琴者聽淋雨崩山」，奇士非不必學也。唯學習時當掌握其性，勿失其靈性，否
則便如同〈張元長噓雲軒文字序〉所言，「不能其性而第言習」而失去其人原
有的靈性。

湯氏稱讚張元長之文：「有英秀蜷媚，雲氣從之，夭矯而舒，凌深傾洗，
不可測執著，張元長之文也。」又曰其文：

所爲文目天下之至雜而不可厭也。出入元長指吻間，而天地古今人
理物情之變幾盡。大小隱顯，開塞斷續，徑廷而行，離致獨絕，咸
以成乎自然。讀之者若疑若忘，恍然與之同情矣。亦不知其所以然。
然則元長不嘗試爲墨程習乎。曰，彼以靈性習之者也。度其十餘年
中，習氣殆盡。故伎巧至于斯。善乎王公題其文曰《噓雲》。言噓氣
成雲也，龍也。龍何習哉。（詩文集卷三十二）

有靈性之奇非不必習，但須「以靈性習之」，那麼墨程之文亦習氣殆盡，而以
其靈性表現出「伎巧文章」，反之，則是「筆墨不靈，聖賢減色，皆浮沈習氣
爲之魔」〔註47〕，靈性爲習氣所湮沒。任何文體皆可以有所爲，故其言：「嗟，

〔註47〕見〈合奇序〉，《湯顯祖集》詩文集卷三十二。

誰謂文無體耶！觀物之動者，自龍至極微，莫不有體。文之大小類是。獨有靈性者自爲龍耳。」〔註48〕這樣的文章論見是值得重視的，也不同凡響。不論何種文體，只要文章具有性靈，便是千古至文，此說正是後來公安派文論的先聲。

三、論文章境界

（一）說「情之至」

「情之至」乃指文章創作要發乎作者的至情眞性，毫不虛僞的本眞性情。

湯顯祖不喜「假人」，亦不喜「贗文」，在爲人爲學上，眞情至性是他始終不變的原則與追尋。在〈答王宇泰太史〉書中，他批評「假人」，自言：「僕不敢自謂聖地中人，亦幾乎眞者也。」〔註49〕以眞人自許。追求眞情，亦明代中葉一股新的文學思潮，近人陳竹於《明清言情劇作學史稿》言：

> 明代中葉思想解放的主要時代內容，表現爲反理學反道學的人本主義思潮，其主旋律便是高歌眞人、眞心、眞性、眞情。它所借助的文學體裁主要是通俗文字，特別是小說和戲劇文學。言情派劇作學理論即是在這個思潮中產生，並成爲這個思潮的主體構成部分。〔註50〕

主情尚眞爲明代中葉文學思潮之主要內容，而學術思潮的形成，是需要一批文人共同來推動。王陽明的心學及其流派，對明代中葉以來思想解放具有重大影響，湯顯祖敬重的李贄及達觀禪師，均爲主張眞情至性之時代人物。李贄《焚書》卷三所提〈童心說〉，更令人注目，他倡言「夫童心者，眞心也」，高舉眞人眞心來反對社會上的假人假言假事假文，此說具深刻的時代社會意義。提倡「眞心」，發爲文章則是「至文」，李贄的主眞思想對湯氏有其一定影響，但又有其異；李贄反對「聞見道理」，認爲「夫既以聞見道理爲心矣，則所言皆聞見道理之言，非童心自出之言也。言雖工，於我何與？豈非以假人言假言，而事假事文假文乎？」他甚至反對《六經》、《論語》、《孟子》。在這一觀點上，湯顯祖反而是主張多見多聞，他說「耳多未聞，目多未見」的

〔註48〕見〈張元長噓雲軒文字序〉，《湯顯祖集》詩文集卷三十二。
〔註49〕見〈答王宇泰太史〉《湯顯祖集》詩文集卷四十四。
〔註50〕陳竹，《明清言情劇作學史稿·緒論》，華中師範大學，1991 年 8 月出版，頁1。

拘儒老生是不可言文的（〈合奇序〉）；又曾說「耳目既吝，手足必蹇」，所以「神明」的練濯也是必要工夫。讀書一事更是湯氏自勵勵人所常語，其〈答鄒公履〉言：

> 當時序已佳，平心定氣，返見天性。可為良言。僕直望公履轉縱轉深，才情更稱。少年人不在平心定氣，而在讀書能縱能深，乃見天則爾。（詩文集卷四十七）

認為讀書和天性本真並不相悖，反是有助其天性天則。

主情尚真的思潮是全面性的，在馮夢龍所編《掛枝兒》、《山歌》、《夾竹桃》等民歌時調，大都是真率情歌，沈德符《野獲編》卷二十五〈時尚小令〉記載民間歌謠之盛行，有言：

> 比年以來，又有《打棗乾》、《掛枝兒》二曲，其腔調約略相似，則不問南北，不問男女，不問老幼良賤，人人習之，亦人人善聽之，以至刊布成帙，舉世傳誦，沁人心腑。其譜不知從何來，真可駭歎！

在這一股思潮中，湯顯祖是把主情文學推上高峰的人，最重要的是他的劇作《牡丹亭》，其題詞更是千古的「情至」論宣言：

> 天下女子有情寧有如杜麗娘者乎。夢其人即病，病即彌連，至手畫形容傳於世而後死。死三年矣，復能溟莫中求得其所夢者而生。如麗娘者，乃可謂之有情人耳。情不知所起。一往而深，生者可以死，死可以生。生而不可與死，死而不可復生者，皆非情之至也。夢中之情，何必非真。天下豈少夢中之人耶。必因薦枕而成親，待掛冠而為密者，皆形骸之論也。（詩文集卷三十三）

藉杜麗娘動人的形象，傳達拋棄形骸，超乎生死，超越時空的「情至」之論，表現出浪漫精神崇高的藝術境界；《牡丹亭》能空前絕後，無與倫比，正基於這樣的精神與境界。

至情真性是創作的原動力，「情至」是創作的極高境界，湯氏在為鄒迪光《調象庵集》作序言：

> 萬物當氣厚材猛之時，奇迫怪窘，不獲急與時會，則必潰而有所出，邅而有所之。常務以快其憪結。過當而後止，久而徐以平。其勢然也。是故衝孔動楗而有屬風，破隘踣決而有潼河。已而其音泠泠，其流紆紆。氣往而旋，才距而安。亦人情之大致也。情致所極，可以事道，可以忘言。而終有所不可忘者，存乎詩歌序記詞辯之間。

固聖賢之所不能遺，而英雄之所不能晦也。（詩文集卷三十）

形容文章創作，是一種內心積蓄不得不然之外發，是「人情之大致」，故「情致所極，可以事道，可以忘言」。湯氏的「情」和「道」顯然彼此相關，他曾說：「道心之人，必具智骨；具智骨者，必有深情。」又說「道與文新，文隨道真」〔註51〕，真情真文和創作者的人格分不開。他所說的「道」自然不是一般假道學性理之道；其〈答陳古池〉書言：「夫道，視不可見，聽不可聞，體物不可遺。」（詩文集卷四十七），其所言「道」，是存在於世事人情中，也是不可以言語道盡的，他曾放棄作子書以自見，便是因為自知「世故物情，變化無餘」，無法成一家言。湯氏自稱「為情作使，劬於伎劇」〔註52〕其戲曲創作是以道心來作劇，〈復甘義麓〉云：「弟之愛宜伶學二夢，道學也。性無善無惡，情有之。因情成夢，因夢成戲。」（詩文集卷四十七），情是創作的原動力，其有善惡，而他所要宣揚的是「情至」的思想；也只有「道心」之人，才具有如此「深情」。

湯顯祖主張「性乎天機，情乎物際」〔註53〕，以性情為文。〈耳伯麻姑遊詩序〉一文云：

世總為情，情生詩歌，而行于神。天下之聲音笑貌大小生死，不出乎是。因以憺蕩人意，歡樂舞踏，悲壯哀感鬼神風雨鳥獸，搖動草木，洞裂金石。其詩之傳者，神情合至，或一至焉，一無所至，而必曰傳者，亦世所不許也。（詩文集卷三十一）

「憺蕩人意」的真情詩歌，能達「神情合至」者，方是可傳世的文章；故〈答張夢澤〉有言：「不真不足行」。「真情」亦湯氏評論文章的標準，〈焚香記總評〉云：

其填色皆尚真色，所以入人最深，遂令後世之聽者淚，讀者顰，無情者心動，有情者腸裂。何物情種，具此傳神手。（詩文集卷五十）

此外，也稱許小說的「真趣」，肯定小說的價值，〈點校虞初志序〉言：「稗官小說，奚害於經傳子史，遊戲墨花，又奚害於涵養性情耶？」〔註54〕創作者以真情為原動力，其情固源於道心、智骨，但也和外在之「境」有關，湯顯

〔註51〕俱見〈睡庵文集序〉，《湯顯祖集》詩文集卷二十九。〈睡庵文集〉為湯賓尹作。賓尹字嘉賓，號霍林，湯顯祖甚讚其人之孝友廉貞，足為世表。

〔註52〕見〈續棲賢蓮社求友文〉，《湯顯祖集》詩文集卷三十六。

〔註53〕見〈答馬仲良〉，《湯顯祖集》詩文集卷四十九。

〔註54〕見《湯顯祖集》詩文集卷五十。

祖的創作論有他多方而深刻的見解。他在〈臨川縣古永安寺田記〉文中提出「緣境生情」說，外在客觀環境對創作者產生一定影響，所以他重視耳目見聞之重要。此外，創作者有「情」還要有「才」與「學」，他在〈學餘園初集序〉自嘆「以吾之情，不減昔人。將才與學，不能有加於今之人也與」，他說：

> 先王既往，而鐘鼓笙磬之音未衰。自漢以來，至於盛國，冠帶之士，閭巷之人，或鼓或罷，或笑或悲，長篇短章，鏗鉉寂寥，一觸而不可禁禦者，皆是物也。昔人常因其情之卓絕而為此。固足以傳。通之以才而潤之以學，則其傳滋甚。（詩文集卷三十一）

這段文字提出他以「情」為主而要輔以才學乃可傳世的創作觀。其下文又提及：「嗟夫，風煙草樹山川愉慍之情，行者居者，各得而習之。至若其舖張摘抉，時物之精熒，人生之要妙，盡取而湊其情之所得至者，雖學士大夫或拄口唶舌而不能吐一字。」亦即情為外物所感，發為文章，「情之所得至」的境界，則徒有才學或不能「吐一字」，此種「無不如志」的情至境界，是不易得的；大抵要以創作者的情志為本，才學為輔。

由於〈牡丹亭題詞〉云：「人世之事，非人世所可盡。自非通人，恆以理相格耳。第云理之所必無，安知情之所必有邪。」引起學者對湯氏「情」「理」的熱烈探討，如敏澤《中國美學思想史》認為二者是「絕對對立，非此即彼」〔註55〕，張燕瑾《中國戲劇史》亦稱湯氏「以情反理」；但夏寫時《論中國戲劇批評》則有〈湯顯祖以情反理說質疑〉，認為：「在最高層次上，情和理、道又是相通的，所謂『情致所極，可以事道，可以忘言』正是此意。」〔註56〕夏氏並指出湯顯祖情、志相關的「曲意」思想，志為情的內核。

用「以情反理」的觀點來看湯顯祖，確有其不周，亦值得商榷。試看湯氏〈寄達觀〉所云：

> 情有者理必無，理有者情必無。真是一刀兩斷語。使我奉教以來，神氣頓王。諦視久之，並理亦無，世界身器，且奈之何。

湯氏真是有道心、智骨之人，他敬佩達觀，但不因而失去自我判斷；正如前述羅汝芳問「究竟於性命何如」，引他省悟到「知生之為性」「性之才為才」（〈秀才說〉）；達觀、羅汝芳都是湯氏最敬佩的人。情與理對立的觀點，是達觀的

〔註55〕見敏澤，《中國美學思想史》第二卷，齊魯書社，1989 年 8 月出版，頁 654。
〔註56〕見夏寫時，《論中國戲劇批評》，齊魯書社，1988 年 10 月出版，頁 260～263。

想法，其〈與湯義仍〉書曾言：「理明則情消，情消則性復，性復則奇男子能事畢矣，雖死何憾焉。」〔註57〕湯顯祖經過一番思索，悟到「諦視久之，並理亦無」，他並不把情和理放在絕對對立的位置，這也不符合湯氏之人格作風，在他文章尺牘及一生行事所看到的湯顯祖，是明白事理，無所偏執的人。「反理」的被渲染誇大，或應是因爲《牡丹亭》劇作的成功所帶來人們過分的關注。湯氏主張順從人性之自然，反對虛僞道學，但後人「以情反理」的論說，有超乎其原本精神之處。

若論湯氏對情與理的看法，〈沈氏弋說序〉其實有更清楚說明：

> 今昔異時，行於其時者三：理爾，勢爾，情爾。以此乘天下之吉凶，決萬物之成毀。作者以效其爲，而言者以立其辨，皆是物也。事固有理至而勢違，勢合而情反，情在而理亡，故雖自古名世建立，常有精微要眇不可告語人者。史氏雖材，常隨其通博奇詭之趣，言所欲言，是故記而不倫，論而少衷。何也？當其時，三者不獲并露而周施，況後時而言，溢此遺彼，固然矣。嗟夫！是非者理也，重輕者勢也，愛惡者情也。三者無窮，言亦無窮。（詩文集卷五十）

他從是非之理、輕重之勢、愛惡之情三端來論世事，提出「事固有理至而勢違，勢合而情反，情在而理亡」的現象，說「三者無窮，言亦無窮」，世事變化無窮，即使史家論事，「當其時，三者不獲並露而周施，況後時而言，溢此遺彼，固然矣。」由此敘述，可見湯氏理性而又寬廣的論事態度，用澄明智慧觀看周遭人情事理。他並不特別反對理，〈牡丹亭題詞〉所言「自非通人，恆以理相格耳」，正指出「通人」其實是不易的〔註58〕，如同前述理、勢、情三者兼具的不易；若此，他特別重視「情」在文學創作上的重要，故以劇作宣揚他「情之至」的境界。

再看湯顯祖敘《三先生合評元本西廂記》一文所云：

> 嗟乎！事之所無，安知非情之所有？情之所有，又安知非事之所

〔註57〕見毛效同編，《湯顯祖研究資料彙編》上冊，上海古籍出版社，1986年9月版，頁233。

〔註58〕「通人」一詞是正面取義，湯氏〈合奇序〉文亦有：「故夫筆墨小技，可以入神而證聖。自非通人，誰與解此！」「通人」實爲不易之境地。〈與幼晉宗侯〉書言：「恨未得見王止仲、饒醉樵詩。醉樵似是臨川通人也。」知「通人」之境界甚高。

> 有？余評是傳，惟在有有無無之間，讀者試作如是觀，則無聊點綴
> 之言，庶可不坐以無間罪獄，而有有無無之相，亦可與病鬼宦情而
> 俱化矣。〔註59〕

可知戲曲之情是他的寄託，且可以在若有若無之間任意馳騁。「事之所無，安知非情之所有？」我們不能執此說他「以情反事」，正如情和理的關係；我想他所要表現的其實是「情至」對人間事理的超越性。

「情之至」的境界，又最適合以戲曲來表現，因為曲是文學中最近人情的，明王驥德《曲律‧雜論第三十九下》有云：

> 晉人言：「絲不如竹，竹不如肉」。以為漸近自然。吾謂：詩不如詞，
> 詞不如曲，故是漸近人情。夫詩之限於律與絕也，即不盡於意，欲
> 為一字之益，不可得也。詞之限於調也，即不盡於吻，欲為一語之
> 益，不可得也。若曲，則調可累用，字可襯增。詩與詞，不得以諧
> 語方言入，而曲則惟吾意之欲至，口之欲宣，縱橫出入，無之而無
> 不可也。故吾謂：快人情者，要毋過於曲也。

湯氏〈宜黃縣戲神清源師廟記〉所言：「一勾欄之上，幾色目之中」，尤可藉腳色搬演來曲盡人情。湯氏主張要「性乎天機，情乎物際」，「情之至」是他所追求的完美藝術境界，杜麗娘能撼動人心，即為成功之明證。

（二）說「意趣神色」

湯顯祖在〈答呂姜山〉書言：

> 凡文以意趣神色為主。四者列時，或有麗詞俊音可用。爾時能一一
> 顧九宮四聲否？如必按字摸聲，即有室滯迸拽之苦，恐不能成句矣。
> （詩文集卷四十七）

湯氏此「意趣神色」來相對於「九宮四聲」，即是以自然和人為，內在精神和外在形式相對舉。「意趣神色」是湯氏文章追求之境界，其實指向傳神的境地，傳神重於合律，此亦湯顯祖和沈璟文章追求之最大差異。

沈際飛為湯氏文集題詞，有云：

> 若士積精焦志於韻語，而竟不自知其古文之到家。穠纖修短，都有
> 矩矱。機以神行，法隨力滿。言一事，極一事之意趣神色而止；言
> 一人，極一人之意趣神色而止。何必漢宋，亦何必不漢宋。

〔註59〕湯顯祖敘《三先生合評元本西廂記》，收於蔡毅編《中國古典戲曲序跋彙編》
第二冊，齊魯書社印行，頁654。

沈氏已掌握到意趣神色所追求的傳神境界，乃其對湯氏文章深有所得之論。

〈與宜伶羅章二〉書中，湯顯祖告之曰：

> 《牡丹亭記》要依我原本，其呂家改的，切不可從。雖是增減一二
> 字以便俗唱，卻與我原做的意趣大不同了。（詩文集卷四十九）

強調不可犧牲「意趣」來方便「俗唱」，就如同〈答孫俟居〉所言：「弟在此自謂知曲意者，筆懶韻落，時時有之，正不妨拗折天下人嗓子。」〔註60〕重視「曲意」正是湯氏文章之追求。〈序丘毛伯稿〉也說：「不能如意者，意有所滯，常人也。」〔註61〕妙文應追求「神矣化矣」、「神明」、「天機」、「氣機」等神化境界，傳神本非語言可以道斷，湯顯祖每用不同的言辭來闡述妙文神化乃上乘之作。

「進於道」的傳神之文，其境界雖高，但不是虛無不實的，文章能否具意趣神色，有複雜主客觀因素存在；詞既以立意爲宗，則創作主體甚爲重要。〈朱懋忠制義敘〉言：

> 通天地之化者在氣機，奪天地之化者亦在氣機。化之所至，氣必至
> 焉。氣之所至，機必至焉。（詩文集卷三十一）

文中進而舉史實人物論說文章「氣機」，其言孫策「氣勝而機不勝」故蹶；諸葛武侯則「機勝而氣不勝」，「天下文章有類乎是。莽莽者氣乎，旋旋者機乎」，當求「氣與機相輔相軋以出」，於是主張「養氣」以能「吐納性情，通極天下之變」。故知湯氏追求文章神明之境，有其踏實見解。

再看〈孫鵬初遂初堂集序〉所提神貌之論：

> 言者，人之神明。言而有以傳，傳以久。則神明之所際也。雖然，
> 顧可以忽貌乎哉。人之貌也，明暗剛柔，成然而具。文亦宜然。位
> 局有所，不可以反置；脈理有隧，不可以臆屬。藉其神明，有至不
> 至。其於貌也，無不可望而知焉。國初大儒彝鼎之文，無所敢論。
> 追夫李獻吉何仲默二公，軒然世所謂傳者也。大致李氣剛而色不能無
> 晦，何色明而氣不能無柔。神明之際，未有能兼者。要其于文也，
> 瑰如曲如，亦可謂有其貌矣。世宜有傳者焉。（詩文集卷三十一）

認爲文章是「人之神明」，有以傳世也必在「神明之所際」；但傳神以貌，所以文之「貌」也是不可忽視的。他舉前七子的李夢陽、何景明二人爲例，言

〔註60〕〈答孫俟居〉，《湯顯祖集》詩文集卷四十六。

〔註61〕〈序丘毛伯稿〉，《湯顯祖集》詩文集卷三十二。

其「神明之際，未有能兼者」，但其文「瑰如曲如」，可稱是「有貌」，並說「世宜有傳者焉」；顯然湯氏對前七子之李、何二人有其肯定，倒是對同時代文士之「好以神明自擅，忽其貌而不修」的文章表示反感。「神明」不能虛無而得，「修貌」的工夫不可輕忽，文末湯氏並提出文章之看法：「取衷厥體。勃溢者勢而延豫者情，叩切者聲而流蒞者致。賅此五者，故幅裕而蘊深。」如此兼具體、勢、情、聲、致五者之文章，當即有意趣神色之妙文。

　　傳神的境界端賴心領神會。他閱《董西廂》，「時取參觀，更覺會心」，言「何物董郎？傳神寫照，道人意中事若是」〔註62〕折服萬分。藝術創作的最高境界在傳神，他以王維「冬景芭蕉」為例，說其看法：

　　　昔有人嫌摩詰之冬景芭蕉，割蕉加梅，冬則冬矣，然非王摩詰冬景也。其中駘蕩淫夷，轉在筆墨之外耳。（詩文集卷四十七）

這一段譬喻，是湯氏針對《牡丹亭》被改竄而發，《牡丹亭》是其傳神劇作，正如「冬景芭蕉」圖雖理之所無，卻是情之所有，筆墨之外有創作者意趣神明於其中。明謝肇淛《五雜組》卷七有云：「今人畫以意趣為宗，不甚畫故事及人物，至花鳥翎毛輒卑視之，至於神佛像及地獄變相等圖，則百無一矣。」由此可知重視「意趣」的文藝思潮，沛然成風，湯顯祖戲曲創作的成功，亦因其處於時代風潮，而又能掌握風潮故也。神貌兼有之，乃臻善境耳。

（三）說「怪怪奇奇」

　　創奇是湯氏讚賞與追求的文章境界，〈合奇序〉言：

　　　予謂文章之妙不在趨形似之間。自然靈氣，恍惚而來，不思而至。怪怪奇奇，莫可名狀。非物尋常得以合之。蘇子瞻畫枯株竹石，絕異古今畫格。乃愈奇妙。若以畫格程之，幾不入格。米家山水人物，不多用意。略施數筆，形像宛然。正使有意為之，亦復不佳。故夫筆墨小技，可以入神而證聖。自非通人，誰與解此。吾鄉丘毛伯選海內合奇文止百餘篇。奇無所不合。（詩文集卷三十二）

妙文是不能以人為「格式」來局限，是自然而然，充滿靈氣，也是「怪怪奇奇」，非比尋常的境界，這種奇妙境地可以「入神而證聖」。湯氏為丘毛伯所選海內合奇文百餘篇作序，強調「文章之妙不在步趨形似之間」，他讚嘆怪怪奇奇的神來之筆，也常以此標準評論文章，如〈與孫令弘〉云：

<hr/>

〔註62〕見〈玉茗堂批訂董西廂敘〉，《湯顯祖集》詩文集卷五十補遺。

孫君奇人也，乃知爲公孫貴門，無所苦，而自以意性，好爲蒼淵簡

遠不入世之文，所謂怪怪奇奇，祇以自娛者耶！（詩文集卷四十七）

奇人乃有奇文。此外，他又曾說如果「不苟爲名」而作的怪怪奇奇文章，亦

「天下之至文」〔註63〕，可知其所求爲發自眞心而能創奇的文章境界。

又，〈汪闇夫制義序〉稱許汪氏「何年少而多奇也。其爲文奇肆橫出，穎

豎獨絕。旁薄而前，天下莫能當。」（詩文集卷三十二），知湯氏肯定奇人奇

文。傳世之文，必須能創奇，甚至制義之文亦可有創，湯賓尹便曾稱讚顯祖

之制義文曰：「制義以來，能創爲奇者，義仍一人而已。」〔註64〕湯氏對自己

的作制義文有如是說：

予弱冠舉于鄉，頗引先正錢王之法，自異其伍。已輒流宕詞賦間。

所知多謂予，何不用法更一幸爲南宮首士最，而好自潰敗爲。予

心感其言，不能用也。庚壬二年間，制義不能盈十。比杭守貳監

利姜公奇方迫予明聖湖頭，令作藝。已近臘而逾春，卒卒成一第

去。〔註65〕

所言「自異其伍」，便是一種獨創的精神，他不是一個步趨形似之人，於制義

之文亦復如是。任何文體皆可有創，唯有奇創，乃能成就妙文。郭紹虞《中

國文學批評史》舉賀貽孫《激書》卷二〈滌習條〉中，所記黃君輔向湯顯祖

學舉業的故事，說湯氏「可以塡詞的方法作時文，也可以塡詞的標準論時文」

〔註66〕，郭氏之見甚是。對於任何文章文體，「創奇」是湯顯祖一貫的精神與

追求，制義之文亦不例外。

湯顯祖在〈義墨齋近稿序〉論及傳世之文要「出乎人」，要「無所取故常」，

綜言之，亦是追求一創奇之境界。其云：

凡爲文，苟有材力志意之士，咸欲有以傳其人。傳其人而不有以出

乎人，雖窮歲年，謝歡昵，疲形焦思以文之，猶弗傳也。故士之有

所爲于此者，必皆以出乎人爲心。然而環視天下之爲此者亦眾矣。

其材力，其志意，翩翩焉，兀兀焉，捷疾而爭高。巧質之相乘，玄

思之相傾，卒未能有所出也。嗟夫，古文詞不可作矣。今之爲學士

〔註63〕見〈蕭伯玉制義題詞〉，《湯顯祖集》詩文集卷三十三。

〔註64〕湯賓尹，〈四奇稿序〉，引見毛效同編《湯顯祖研究資料彙編》上冊，上海古
籍出版社，頁240。

〔註65〕見〈湯評二會元制義點閱題詞〉，《湯顯祖集》詩文集卷三十三。

〔註66〕見郭紹虞，《中國文學批評史》下卷第三篇，成偉出版社，頁257。

本業者，而欲有所出乎人，其亦且奈何哉。（詩文集卷三十一）

「出乎人」爲湯氏重要觀念，他感嘆有材力志意之士，遷延於本業而不能「出乎人」，但文中記載的王天根卻是個例外，該文記載王生自述其學文情況：「家君教以自成其文，無所取故常。爲作必奮切鼓蕩，絕人而後措一語」，作文時甚至是「試一題，至累日不能下。汪然若有遭，隤然若有忘。若此者之於本業也，亦可謂窮歲年，謝歡昵，疲形焦思以爲之者矣。而近得文若干首。」湯氏聽其言、視其文，而發如下評述：

> 余聞而悲之。亟取視焉。文雖不多，而一篇之中，斷續起伏流變處，常有光怪。其所欲言，則反覆痛道，詳麗轉致。若與曉人良晤，期于傾盡其所懷，而常若有所不盡。其所不欲言，則衍案掩抑，寥戾稽詣。如與陳人道中苾蒼數語，而意態常在所言之外。此其中倘亦音外之音，致中之致與。非有十年之力，銷鎔萬篇，宜不及此。余樂之甚，錄示兒開遠等，而稍爲點其煩長者，得九十餘首傳之。嗟夫，生蓋有所出於人也乎。（詩文集卷三十一）

王天根文章之「光怪」、「意態常在所言之外」，有「音外之音，致中之致」；湯顯祖言「余樂之甚」，極推崇其文章是能「出乎人」的作品，主要著眼於其「無所取故常」的創奇之境。

創奇亦湯氏作品之成就，呂天成《曲品》稱許《還魂》是「無境不新，眞堪千古」〔註67〕，湯顯祖戲曲作品皆有所本，然又皆有所創，此其「出乎人」者。他欣賞及肯定小說，也著眼於有奇境，〈點校虞初志序〉言：

> 《虞初》一書，羅唐人傳記百十家，中略引梁沈約十數則，以奇僻荒誕，若滅若沒，可喜可愕之事，讀之使人心開神釋，骨飛眉舞。
> 雖雄高不如《史》《漢》，簡澹不如《世說》，而婉孌流麗，洵小說家之珍珠船也。（詩文集卷五十）

怪怪奇奇之境界，與追求傳神之境界，其實是息息相關的，亦均有湯氏文章傳世之宏願於其中；作者之人格與文章風格，也有其高度的同一性，湯氏之眞誠如斯。

四、自然聲律觀

追求自然，主眞的文學思想，同樣可見於湯顯祖對文章聲律的見解上。

〔註67〕呂天成，《曲品》，見《中國古典戲曲論著集成》第六冊，中國戲劇出版社，頁230。

其〈答劉子威侍御論樂〉云：

> 僕弱冠時，一被楚詞琴聲，無殊重華語樂，「聲依永」，希微在茲。
> 至於律尺，今古綿緲。《管子》、《呂覽》，度數律元，已有殊論。遷、
> 歆而後，愈益悠繆。（詩文集卷四十四）

音樂的律尺，今古綿緲，已不可知，但湯氏認爲帝舜語樂的原則「希微在茲」，依然存在。「重華語樂」見《尚書‧堯典》所記：

> 帝曰：「夔，命汝典樂，教冑子，直而溫，寬而栗，剛而無虐，簡而
> 無傲。詩言志，歌永言，聲依水，律和聲。八音克諧，無相奪倫，
> 神人以和。」夔曰：「于！予擊石拊石，百獸率舞。」

大意是：舜帝要夔掌樂舞之事，去教導年青人，使其爲人正直而溫和，氣量宏大而莊重，剛強而不暴虐，簡樸而不傲慢。又說，詩是表達思想情感的，借助歌聲詠唱出來，曲調要根據詠唱的需要，音律要配合聲調高低。音樂要追求和諧，達神人溝通融洽的境界。《尚書》這段文字，含有相當儒家禮樂教化人心的觀點。

「聲依永」是湯顯祖所採取的音樂觀點，聲調依著歌詠，隨順自然而發。其〈再答劉子威〉又提「聲依永」的自然音律觀：

> 南歌寄節，疏促自然。五言則二，七言則三。變通疏促，殆亦由人。
> 古曲今絲，未爲絕響。圭葭所立，號云中土。南趨西音，要爲各適
> 耳。必欲極此悟譚，似以「聲依」爲近。

他認爲歌曲的音節疏密，要以「自然」爲依歸，其間的變通可以「由人」，可見不必死守拘泥。音樂各有其地方性，但求「適耳」；如何可以「適耳」，他提出「聲依」的自然法則。這是他追求自然的聲律觀。

於〈董解元西廂題辭〉更清楚闡釋他「聲依永」的聲律之道，其言：

> 余於聲律之道，瞠乎未入其室也。《書》曰：「詩言志，歌永言，聲
> 依永，律和聲。」志也者，情也。先民所謂發乎情，止乎禮義者，
> 是也。……然則余於定律和聲處，雖於古人未之逮焉，而至如《書》
> 之所稱爲言爲永者，殆庶幾其近之矣。（詩文集卷五十）

自認爲於聲律之道，尙「未入其室」，未逮古人之定律和聲，但於《尚書》所言「歌永言，聲依永」則已近之，明白指出自己的聲律之道，其實便是「聲依永」的自然法則。

湯顯祖戲曲的詞采最受推崇，但韻律則倍受非議，王驥德《曲律》卷四

〈雜論第三十九下〉云：

> 臨川之於吳江，故自冰炭。吳江守法，斤斤三尺，不欲令一字乖
> 律，而毫鋒殊拙；臨川尚趣，直是橫行，組織之工，幾與天孫爭
> 巧，而屈曲聱牙，多令歌者咋舌。吳江嘗謂：「寧協律而不工。讀之
> 不成句，而謳之始協，是爲中之之巧。」曾爲臨川改易《還魂》字
> 句之不協者，呂吏部玉繩（按：原注鬱藍生尊人）以致臨川，臨川
> 不懌，復書吏部曰：「彼惡知曲意哉！余意所至，不妨拗折天下人
> 嗓子。」其志趣不同如此。鬱藍生謂臨川近狂，而吳江近狷，信然
> 哉！

所云吳江即沈璟，鬱藍生即呂天成。沈璟是重視聲律的曲家，他有〈商調·
二郎神〉套論述製曲，其中有云：「名爲樂府，須教合律依腔。寧使人不鑒
賞，無使人撓喉捩嗓。說不得才長，越有才，越當著意斟量。」〔註68〕沈璟
甚用心於律呂。至於湯顯祖對音律的態度，前述論說已知其重視「聲依永」
之自然音律。再看〈答孫俟居〉他對人爲聲律不以爲然的論說：

> 兄以二夢破夢，夢竟得破耶？兒女之夢難除，尼父所以拜嘉魚，大
> 人所以占維熊也。更爲兄向南海大士祝之。曲譜諸刻，其論良快。
> 久玩之，要非大了者。莊子云：「彼鳥知禮意。」此亦安知曲意哉。
> 其辨各曲落韻處，纇亦易了。周伯琦作《中原韻》，而伯琦於伯輝致
> 遠中無詞名。沈伯時指樂府迷，而伯時於花菴玉林間非詞手。詞之
> 爲詞，九調四聲而已哉！且所引腔證，不云未知出何調犯何調，則
> 云又一體又一體。彼所引取未滿十，然已如是，復何能縱觀而定其
> 字句音韻耶？弟在此自謂知曲意者，筆懶韻落，時時有之，正不妨
> 拗折天下人嗓子。兄達者，能信此乎。何時握兄手，聽海潮音，如
> 雷破山，春然而笑也。（詩文集卷四十六）

孫俟居名如法，爲湯氏同年進士。「周伯琦」當作「周德清」，「伯輝」當爲鄭
德輝，「玉林」應是「玉田」之誤。此書信他從「曲譜」思及「曲意」，所謂
「曲譜諸刻，其論良快。久玩之，要非大了者」，可見一番思考之後，他認爲
精於人爲音律，並不能成就詞曲，故作《中原音韻》的周德清和作《樂府指
迷》的沈義父均非詞曲能手，即可證明徒精聲律是不夠的。詞並非「九調四
聲而已」，更要緊的是創作者的「曲意」，亦即作品的內蘊精神。何況從沈璟

〔註68〕沈璟〔二郎神〕套收入馮夢龍《太霞新奏》。

《南九宮十三調曲譜》中每有曲牌不明、犯調不清，「又一體」繁多，可見「曲律」是無法定出絕對標準的。王驥德《曲律》卷二〈論腔調第十〉有云：

> 夫南曲之始，不知作何腔調。沿至於今，可三百年。每三十年一變，由元迄今，不知經幾變更矣！

腔調三十年一變，亦知聲音之無法絕對標準化，此沈璟所以「又一體」云云。湯氏「曲意」之追求爲「文以意趣神色爲主」，曲意所至，則不妨拗折嗓子，正見其以曲意爲重。

湯顯祖以他天縱之資，追求自然的音律美，不願受人工音律的拘束，其〈答凌初成〉書有他對自然音律的體會：

> 不佞生非吳越通，智意短陋，加以舉業之耗，道學之牽，不得一意橫絕流暢於文賦律呂之事。獨以單慧涉獵，妄意誦記操作。層積有窺，如暗中索路，闖入堂序，忽然雷光得自轉折，始知上自葛天，下至胡元，皆是歌曲。曲者，句字轉聲而已。葛天短而胡元長，時勢使然。總之，偶方奇圓，節數隨異。四六之言，二字而節，五言三，七言四，歌詩者自然而然。乃至唱曲，三言四言，一字一節，故爲緩音，以舒上下長句，使然而自然也。獨想休文聲病浮切，發乎曠聰，伯琦四聲無入，通乎朔響。安詩填詞，率履無越。不佞少而習之，衰而未融。（詩文集卷四十七）

他說自己不是江浙人，對於樂律也沒有專精研究。由於多年的創作經驗與探討，體悟到「曲」不過是「句字轉聲而已」，也就是說曲之爲歌，只是把語言旋律化爲音樂旋律罷了；「葛天短而胡天長」，乃指歷代歌曲，隨著時間、環境會有所變化。他也注意到音節形式的問題，「四六之言，二字而節，五言三，七言四」，這是吟詠詩歌自然而然的現象。至於唱曲，三言四言的短句，就要一字一節，以緩音來舒解上下長句，這是使之如此，也自然會如此的。對於沈約四聲八病之說，周德清《中原音韻》北曲無入聲之論，一般人作詩填詞都奉爲圭臬，不敢逾越，但湯顯祖說他「少而習之，衰而未融」，直到老邁也還未能完全了悟，這也表示人工音律有它和自然音律之間的距離，不能完全契合，而湯顯祖遵從的是以合於自然爲主。人爲的音律規則，應是從作品中歸納得到的，現在反過來去服從規律而創作，如此，自然不會有最好的作品產生。眞正的「大家」，是不能以人爲規律來制約的，湯顯祖對此有深刻的了解。

　　湯顯祖追求自然聲律的創作態度，是他文學思想的一貫精神，爲文既主情尚眞，自不願斤斤三尺於人工音律；掌握自然音律賴其才情，然亦自有法於其中，他曾說：「精其法而深其機」〔註69〕；然此道之奧秘又無法語人，甚至是「父不能得其子」，其〈湯許二會元制義點閱題詞〉如是說：

> 時季子開遠方學藝，求可爲法者。予教之曰：「文字，起伏離合斷接
> 而已。極其變，自熟而自知也。父不能得其子也。雖然，盡于法與
> 機耳。法若止而機若行。」（詩文集卷三十三）

文章之道在「法」與「機」的掌握，湯氏自嘆：「遷延流離而不能得者也」，誠不易如是。

　　湯顯祖的聲律之道是「歌永言，聲依永」的自然音律法則，他重視文章的意趣神色，對於恪守曲譜以創作並不以爲然，因爲他看到曲譜本身存在著問題，諸如「又一體」者，何況具有「曲意」的文章才是眞正的妙文。湯氏同時代曲家已有妄加增減、刪改其劇作者，後人更多批評其作品之不合聲律；於此，曾永義先生〈論說「拗折天下人嗓子」〉一文有精闢論見〔註70〕，可參閱之。

五、〈宜黃縣戲神清源師廟記〉的戲劇論

　　湯氏〈宜黃縣戲神清源師廟記〉是一篇戲曲理論史上重要的文獻，其中對戲曲教化力量的肯定，戲神地位的提升及戲曲表演技進于道的說法，都令人注目。本節擬循其文論其要義。

（一）戲曲之道緣於人情

〈廟記〉首揭人情，其言：

> 人生而有情。思歡怒愁，感於幽微，流乎嘯歌，形諸動搖。或一往
> 而盡，或積日而不能自休。蓋自鳳凰鳥獸以至巴渝夷鬼，無不能舞
> 能歌，以靈機自相轉活，而況吾人。奇哉清源師，演古先神聖八能
> 千唱之節，而爲此道。初止爨弄參鶻，後稍爲末泥三姑旦等雜劇傳
> 奇。長者折至半百，短者折才四耳。生天生地生鬼生神，極人物之
> 萬途，攢古今之千變。一勾欄之上，幾色目之中，無不紆徐煥眩，

〔註69〕見〈答陸景鄴〉文，《湯顯祖集》詩文集卷四十七。
〔註70〕曾永義〈論說「拗折天下人嗓子」〉一文，收於《王叔岷先生八十壽庋論文集》，台北，民國82年6月出版。

頓挫徘徊。恍然如見千秋之人，發夢中之事。（詩文集卷三十四）

心中不能自已之感情外發爲歌爲舞，一切藝術之本皆如此，亦《毛詩序》所言：「詩者，志之所之也。在心爲志，發言爲詩。情動于中而形于言，言之不足故嗟嘆之，嗟嘆之不足故永歌也，永歌之不足，不知手之舞之，足之蹈之也。」萬物皆有其情，吾人尤然。湯顯祖把情和志相關，有言「志也者，情也。」〈耳伯府姑遊詩序〉所言：「世總爲情，情生詩歌，而行于神。天下之聲音笑貌大小生死，不出乎是。因以憺蕩人意，歡樂舞蹈，悲壯哀感鬼神風雨鳥獸，搖動草木，洞裂金石。」和〈西廂記〉的「感於幽微，流乎嘯歌，形諸動搖」皆以情爲創作之本源。

內在情感的抒發，是一切藝術的原動力與出發點，所謂「或一往而盡，或積日而不能自休」，創作即根本於這樣的「生而有情」。李贄《焚書》卷四〈雜述〉有如是眞切表達：

> 且夫世之眞能文者，比其初皆非有意於爲文也，其胸中有如許無狀可怪之事，其喉間有如許欲吐而不敢吐之物，其口頭又時時有許多欲語而莫可所以告語之處，蓄積既久，勢不能遏。一旦見景生情，觸目興嘆，奪他人之酒杯，澆自己之壘塊，訴心中之不平，感數奇於千載。既已噴玉吐珠，昭回雲漢，爲章於天矣。遂亦自負，發狂大叫，流涕慟哭，不能自止，寧使見者聞者切齒咬牙，欲殺欲割，而終不忍藏之名山，投之水火。

強調創作者有「不能自休」的眞情而外現於文章中。

〈廟記〉提及戲劇的演進由簡而繁，腳色孳乳亦是，其形式長短之差別大，有半百者，有四折而已；不論何種表演形式，其戲劇精神是一樣的，藉戲以演人生百態，上下古今，盡在其中，時空皆可打破，所謂「生天生地生鬼生神，極人物之萬途，攢古今之千變」。戲劇可以突破現實，藉「一勾欄之上，幾色目之中」使吾人「恍然如見千秋之人，發夢中之事」，虛虛實實之間，人情古今何異，虛實何異，其實不脫一個「情」字。

（二）以人情大竇為名教至樂

重視教化作用，是儒家讀書人心中對文學的的價值觀。孔子提出「詩可以興，可以觀，可以群，可以怨。邇之事文，遠之事君，多識於草木鳥獸之名。」（《論語・陽貨》）〈詩大序〉提出「上以風化下，下以風刺上，主文而譎諫，言之者無罪，聞之者足以戒，故曰風。」「故正得失，動天地，感鬼

神，莫近于詩，先王以是經夫婦，成孝敬，厚人倫，美教化，移風俗。」此後，教化隨著儒家思想，成為文人心中的金科玉律。西晉陸機〈文賦〉盛讚文之為用：

> 伊茲文之為用，故眾理之所因。恢萬里而無閡，通億載而為津。俯貽則於來葉，仰觀象乎古人。濟文武於將墜，宣風聲於不泯。塗無遠而不彌，理無微而弗綸。配霑潤於雲雨，象變化乎鬼神。被金石而德廣，流管絃而日新。〔註71〕

指文章具通古今之用。文用之說為歷代學者所重視，不論何種文學體裁皆有之。戲曲由於其唱做唸打兼具之表演藝術形式，直接影響觀賞者，所具有之教化影響力，更是他體文學所望塵莫及。明初高明《琵琶記》副末開場云：「不關風化體，縱好也徒然。論傳奇，樂人易，動人難。知音君子，這般另做眼兒看。休論插科打諢，也不尋宮數調，只看子孝共妻賢。驊騮方獨步，萬馬敢爭先？」戲曲關風化之說，正見創作者深具用心，《琵琶記》不僅有強烈的倫理氣息，亦是一部具高度藝術性的作品；唯其如此，乃能產生大影響力。戲諺有云：「唱戲的是瘋子，看戲的是傻子」，這也必須演戲、觀戲的人都將感情投注，才能有情感交融的境界。由於訴諸舞台表演，戲曲動人的力量是所有藝術創作中最直接而易收成效的。清代詩人趙翼〈揚州觀劇〉詩有云：

> 今古茫茫貉一丘，恩仇事已隔千秋。不知于我干何事？聽到傷心也淚流。

戲劇能催人淚下，其潛移默化之功能亦寓於此中，能影響人於無形之中。

　　湯顯祖既用心力於戲曲創作，他傳世的願望也寄託在劇作上。那麼，他選擇戲曲作最大心力的投注，其中的瞭解如何？試看〈廟記〉所描述戲劇所能達到「名教之至樂」之境地：

> 使天下之人無故而喜，無故而悲。或語或嘿，或鼓或疲，或端冕而聽，跛者欲起。無情者可使有情，無聲者可使有聲。寂可使諠，諠可使寂，饑可使飽，醉可使省，行可以留，臥可以興。鄙者欲豔，頑者欲靈。可以合君臣之節，可以浹父子之恩，可以增長幼之睦，可以動夫婦之歡，可以發賓友之儀，可以釋怨毒之結，可以已愁憒之疾，可以渾庸鄙之好。然則斯道也，孝子以事其親，敬長而娛死；

〔註71〕陸機，〈文賦〉，見《昭明文選》卷十七，台北：文化圖書公司印行，頁228。

　　仁人以此奉其尊，享帝而事鬼：老者以此終，少者以此長。外戶可
　　以不閉，嗜欲可以少營。人有此聲，疫癘不作，天下和平。豈非以
　　人情之大竇，爲名教之至樂也哉。

這眞是一篇最生動有力的戲劇教化說，戲劇對人情之影響力在湯氏眼中何其
無所不能，「無情者可使有情，無聲者可使有聲」，「無故而喜，無故而悲」等
等，極言其感染力之大，其動人可以如此；乃至君臣、父子、兄弟、夫婦、
朋友之倫常，均可藉戲劇以教化之，政治上可藉以達「外戶可以不閉，嗜
欲可以少營」，終至「天下和平」之大同世界理想。論說戲劇功能之高，實無
可與〈廟記〉相比者，湯氏對戲曲懷抱之理想由此可見，他重視儒家倫理綱
常之思想，亦表露於此。狂者李贄有言戲曲之用，然情懷便見大異湯氏，其
說爲：

　　樂昌破鏡重合，紅拂智眼無雙，虬髯棄家入海，越公並遣雙妓，皆
　　可師可法，可敬可羨，孰謂傳奇不可以興，不可以觀，不可以群，
　　不可以怨？飲食宴樂之間，起義動慨多矣！〔註72〕

李贄本其豪情而興的「起義動慨」何其不同於湯氏的「君臣之節」、「父子之
恩」之說，湯顯祖實有濃厚的儒者襟抱。

　　值得注意的是湯氏提出「豈非以人情之大竇，爲名教之至樂也哉」，戲劇
感人力量之大力，必須是根源於「人情」，以人情之大竇爲名教之至樂，「人
情」與「名教」之關係當如是；否則，如丘濬《五倫全備記》、邵燦《香囊記》
等把劇作當成道德教條者，焉能有絲毫感人動人之力量？《牡丹亭》劇作之
感人，正在其本於人情之至。明末陳洪綬〈節義鴛鴦塚嬌紅記序〉云：

　　蓋性情者，理義之根柢也。……今有人焉聚徒講學，莊言正論，禁
　　民爲非，人無不笑且詆也。伶人獻俳，喜歡悲啼，使人之性情頓易，
　　善者無不勸，而不善者無不怒。是百道學先生之訓世，不若一伶人
　　之力也。〔註73〕

具有眞性情之劇作，其教化之作用更勝於道學先生百倍。理學大師王陽明亦
肯定戲劇有風化之作用，其《傳習錄》卷下記載：

　　先生曰：「古樂不作久矣；今之戲子，尚與古樂意思相近。」

〔註72〕見李贄，《焚書》卷四〈雜說〉。
〔註73〕陳洪綬，〈節義鴛鴦嬌紅記序〉，收於蔡毅編《中國古典戲曲序跋彙編》第二
　　　　冊，齊魯書社出版，頁1357。

未達，請問。

> 先生曰：「《韶》之九成，便是舜的一本戲子；《武》之九變，便是武
> 王的一本戲子。聖人一生實事，俱播在樂中，所以有德者聞之，便
> 知他盡善、盡美與盡美未盡善處。若後世作樂，只是做些詞調，於
> 民俗風化絕無關涉，何以化民善俗！今要民俗反朴還淳，取今之戲
> 子，將妖淫詞調俱去了，只取忠臣、孝子故事，使愚俗百姓人人易
> 曉，無意中感激他良知起來，卻於風化有益；然後古樂漸次可復
> 矣。」〔註74〕

把戲劇風化之作用和聖人樂教相提，已正視其力量〔註75〕。在寫劇、演劇、
觀劇盛行的明代，戲曲教化之作用已被注意；通俗的小說、戲劇更可深入人
心，達到聖人所欲達之教化目的。湯氏〈廟記〉以過人之眼光，更精確掌握
到「人情」和「名教」不可分割的關係，唯二者融合爲一，戲劇教化力量的
發揮，乃可達其文中所敘之天下平和。

（三）肯定戲曲如道

雖然戲劇活動於明代甚盛，但士人根深的觀念，仍視戲曲爲小道。明陳
繼儒（1558～1639）《批點牡丹亭》題詞記載：

> 張新建相國嘗語湯臨川云：「以君之辨才，握麈而登臯比，何渠出濂、
> 洛、關、閩下？而逗漏於碧簫紅牙隊間，將無爲青青子衿所笑！」
> 臨川曰：「某與吾師終日共講學，而人不解也。師講性，某講情。」
> 張公無以應。夫《乾》《坤》首載乎《易》，《鄭》《衛》不刪於《詩》，
> 非情也乎哉！〔註76〕

此記載也透露出歧視戲劇的觀念存在於保守者腦海中。湯顯祖主情的眼光與
智慧來自其澄澈靈明，對文學本質與進化思潮有正確之判斷。處在思想異化
的時代，他對戲劇活動有極大肯定，對一般人未正視看待戲劇的地位，也有
其不滿，〈廟記〉述及此：

> 予聞清源，西川灌口神也。爲人美好，以遊戲而得道，流此教於人

〔註74〕見葉鈞點註王陽明《傳習錄》卷下，商務印書館，民國67年五版，頁247。
〔註75〕音樂感人化人之力量，古人多提及，《荀子‧樂論》有論先王立樂之術，肯定
「夫聲樂之入人也深，其化人也速」。參梁啓雄撰，《荀子柬釋》，河洛圖書出
版社。
〔註76〕同註73所揭書，頁1226。

　　間。訖無祠者。子弟開呵時一醮之，唱囉哩嗹而已。予每爲恨。諸
　　生誦法孔子，所在有祠；佛老氏弟子各有其祠。清源師號爲得道，
　　弟子盈天下，不減二氏，而無祠者。豈非非樂之徒，以其道爲戲相
　　詬病耶。

戲神清源師，以遊戲而得道，此道流傳，弟子盈天下，不亞於孔子、佛老，
然卻不如二氏之有多祠供奉之，此爲顯祖所深不以爲然，他說「豈非非樂之
徒，以其道爲戲相詬病耶」，這種輕視戲道的心態在戲神無祠之事實上看到。
湯氏說：「訖無祠者。子弟開呵時一醮之，唱囉哩嗹而已。予每爲恨。」他爲
戲神大爲不平。人們只在戲開演前唱一段「囉哩嗹」的曲子聊表敬意；此可
由明成化本《新編劉知遠還鄉白兔記》的開場一見知：

　　（扮末上，「開」云）
　　詩曰：「國正天心順，官清民自安。妻賢夫禍少，子孝父心寬。」喜
　　賀升平，黎民樂業，歌舞處慶賞豐年。香風馥郁，瑞氣靄盤旋。奉
　　請越樂班眞宰，邀鸞駕早赴華筵。今宵夜，願白舌入地府，赤口上
　　青天。奉神三巡六儀，化眞金錢。齊贊斷，喧天鼓板，奉送樂中仙。
　　〔紅芍藥〕〔末唱〕哩囉連囉囉哩連連連哩囉哩……〔註77〕

「樂中仙」即指戲神，湯顯祖所言「子弟開呵」唱「囉哩連」，正是如此。「開
呵」是宋元伎藝演出時贊導之語，通常由淨色引戲。演戲、觀戲、作戲的人
如是之多，但人們保守心態仍未正視戲曲之道，仍未尊重戲神。〈廟記〉表現
湯顯祖尊重戲劇之精神，視之如孔子、佛老之道，他以「道學」的精神看待
戲劇，故言戲神「得道」而流傳「此教」；吾人以爲秉此精神，亦湯氏得以成
爲偉大劇作家之因素。

（四）有關於宜黃腔調

　　〈廟記〉乃因宜黃縣爲清源戲神立祠而撰文，其中敘及腔調之說，頗引
起學者關注；文中云：

　　此道有南北。南則崑山之次爲海鹽。吳浙音也。其體局靜好，以拍
　　爲之節。江以西弋陽，其節以鼓。其調喧。至嘉靖而弋陽之調絕，
　　變爲樂平，爲徽青陽。我宜黃譚大司馬綸聞而惡之。自喜得治兵於
　　浙，以浙人歸教其鄉子弟，能爲海鹽聲。大司馬死二十餘年矣，食

〔註77〕轉引自周育德，《湯顯祖論稿》，北京：文化藝術出版社，1991 年 6 月，頁
　　　　290。

> 其技者殆千餘人。聚而諗於予曰:「吾屬以此養老長幼長世,而清源
> 祖師無祠,不可。」予問倘以大司馬從祀乎。曰:「不敢。止以田竇
> 二將軍配食也。」

其說甚明。弋陽之腔已變爲樂平、徽州、青陽等腔調,其「調誼」,宜黃大司
馬譚綸不喜此調,他的隨軍戲班把「體局靜好」的海鹽腔帶回江西宜黃,教
其鄉子弟,影響甚大。至「食其技者殆千餘人」。鄉人敬重譚綸,甚至「不敢」
以之配享於清源戲神。湯顯祖詩文中每提「宜伶」,如〈遣宜伶汝寧爲宛平李
襲美郎中壽,時襲美過視令子侍御江東還內鄉四首〉、〈九日遣宜伶赴甘參知
永新〉、〈與宜伶羅章二〉等,又,〈帥從升兄弟園上作〉詩云:

> 小園須著小宜伶,唱到玲瓏入犯聽。曲度盡傳春夢景,不教人恨太
> 惺惺。(詩文集卷十八)

〈送錢簡棲還吳〉詩云:

> 中秋作客兩重陽,殘菊空江病遶床。歸夢一尊何所屬,離歌分付小
> 宜黃。(同前)

〈唱二夢〉詩云:

> 半樂儂歌小梵天,宜伶相伴酒中禪。纏頭不用通明錦,一夜紅氍四
> 百錢。(詩文集卷十九)

詩中都提到宜黃伶人,可知湯氏和宜伶的關係甚爲親近,由於每稱「宜伶」,
故有「宜黃腔」之說。

　　由於湯氏劇作負盛名,研究者多探論其頗受譏評之韻律,究屬何種腔調,
〈廟記〉論腔之事,文雖短而值得重視。葉德均《戲曲小說叢考》之〈明代
南戲五大腔調及其支流〉一文對湯氏〈廟記〉這段話有云:

> 這裏的「弋陽之調絕」,曾經引起近人不少的誤會,其中最顯著的是
> 青木正兒《中國近世戲曲史》所說「弋陽腔嘉靖間成絕響」。這說法
> 顯然和事實不符,弋陽腔在明代始終沒有絕響,……可是,弋陽腔
> 在嘉靖間並不是沒有改革,而是確有不小的變化。按湯顯祖的原文
> 是說,這時樂平腔等聲勢浩大,弋陽腔也就有了變化,原來的舊調
> 就絕響了。這時全部的情況是:在江西省內有新興的樂平腔、宜黃
> 腔;省外也有新生的徽州腔、青陽腔等;而老腔調中的崑山腔正逐
> 漸發展著,餘姚腔雖開始沒落還有一定的影響,和弋陽腔對峙的海
> 鹽腔這時還有相當雄厚的力量。在這種客觀形勢下,那簡單樸素的

弋陽腔就有一蹶不振之勢。它爲了生存，就非改革不可了。

準此知葉德均認爲江西有「宜黃腔」，徐朔方於〈廟記〉之箋註亦認爲湯顯祖協宜黃腔創作戲曲。曾永義先生〈論說「拗折天下人嗓子」〉論此有言：

> 譚綸因爲厭惡由弋陽腔變化的樂平腔、徽調和青陽腔，而愛好「清柔婉折」的海鹽腔，所以把海鹽伶人帶到宜黃去，宜黃人因而受到感染，「舊腔」爲此「一變爲新調」，這種「新調」就是「宜黃腔」。可見宜黃腔就是以海鹽腔爲基礎，經過宜黃原本流行的腔調弋陽、樂平的影響而形成的。而湯氏謂演唱宜黃腔的子弟「殆千餘人」，可見他那個時代，宜黃腔的盛行。若此，湯氏戲曲焉能與宜黃腔無關？〔註78〕

宜伶所唱之腔調或應是大司馬譚綸帶回的海鹽腔與當地原屬弋陽的宜黃土腔形成的腔調。

（五）「進於道」之表演藝術論

〈廟記〉文末於戲曲之表演藝術論，有重大貢獻；其言：

> 予額之，而進諸弟子語之曰：「汝知所以爲清源師之道乎？一汝神，端而虛。擇良師妙侶，博解其詞，而通領其意。動則觀天地人鬼世器之變，靜則思之。絕父母骨肉之累，忘寢與食。少者守精魂以修容，長者食恬淡以修聲。爲旦者常自作女想，爲男者常欲如其人。其奏之也，抗之入青雲，抑之如絕絲，圓好如珠環，不竭如清泉。微妙之極，乃至有聞而無聲，目擊而道存。使舞蹈者不知情之所自來，賞嘆者不知神之所自止。若觀幻人者之欲殺偃師而奏咸池者之無怠也。若然者，乃可爲清源祖師之弟子。進於道矣。諸生旦其勉之，無令大司馬長嘆於夜臺，曰，奈何我死而此道絕也。」迺爲序之以記。

這一段「清源祖師之道」，其實正是湯顯祖心目中的戲曲表演之道。首先他提出「一汝神，端而虛」，顯然有取於《莊子》，追求「形全精復，與天爲一」的境界，唯有虛靜才能體道合道，達到「用志不分，乃凝於神」（〈達生〉篇語）。再則，修養工夫不能沒有：要選擇良師益友，要「博解其詞，而通誦其意」此則非有智慧、學養不可；要在動靜之間去觀察、思考生活中的事物。「絕

〔註78〕同註70。

父母骨肉之累，忘寢與食。少則守精魂以修容，長者恬淡以修聲。」寫的是一種努力精進的過程，如《莊子·達生篇》所言：「棄世則無累，無累則正平，正平則與彼更生，更生則幾矣。」是在「精而又精」中「反以相天」，達到最高境界。

「爲旦者常自作女想，爲男者常欲如其人」是表演者的一條金科玉律。清紀昀《閱微草堂筆記》記一演旦角之男演員，他被問及何以「爾獨擅場」時說：「他人行女事而不能有女心，作種種女狀而不能有種種女心，此我所以獨擅場也。」成功的關鍵在「吾曹以其身爲女，必並化其心爲女」；湯顯祖的「常自作女想」指出的正是一個「心」的重要性，「作女想」、「如其人」則表演者投入腳色而忘卻自我。焦循《劇說》卷五記載：「相傳臨川作《還魂記》，運思獨苦。一日，家中求之不可得。遍索，乃臥庭中薪上，掩袂痛哭。驚問之，曰：填詞『賞春香還是舊羅裙』句也。」此記載可看到湯氏創作時之「移情」如是。戲劇史上不乏完全投入的演員，最有名的應屬杭州女伶商小玲，焦循《劇說》卷六有載其事。商小玲演《牡丹亭》「尋夢」齣，唱至「待打併香魂一片，陰雨梅天，守得個梅根相見」，盈盈界面，隨聲倚地，春香上視之，竟已氣絕。如此全神投入，竟至死於臺上。又，李開先（1501～1568）《詞謔》之〈詞樂〉篇，記載若干表演者，其中有顏容者：

> 性好爲戲，每登場，務備極情態；喉喑響喨、又足以助之。嘗與眾扮《趙氏孤兒》戲文，容爲公孫杵白，見聽者無戚容，歸即左手持鬢，右手打其兩頰盡赤，取一穿衣鏡，抱一木雕孤兒，說一番，唱一番，哭一番，其孤苦感愴，眞有可憐之色，難已之情。異日復爲此戲，千百人哭皆失聲。歸，又至鏡前，含笑深揖曰：「顏容，眞可觀矣！」〔註79〕

必須設身處地去摹倣、揣測，不斷的練習到「眞有可憐之色，難已之情」，才能逼眞演出感動觀賞者，乃至有「千百人哭皆失聲」之成果。

戲劇表演的妙境，湯顯祖言「其奏之也，抗之入青雲，抑之如絕絲，圓好如珠環，不竭如清泉。微妙之極，乃至有聞而無聲，目擊而道存。使舞蹈者不知情之所自來，賞嘆者不知神之所自止。」則已達「進於道」的境界。「目擊而道存」是一種「微妙之極」，無可言說的，《莊子·田子方篇》有如

〔註79〕 李開先，《詞謔》，見《中國古典戲曲論著集成》第三冊，中國戲劇出版社，頁 354。

是記載：

> 子路曰：「吾子欲見溫伯雪子久矣，見之而不言，何邪？」
>
> 仲尼曰：「若夫人者，目擊而道存矣，亦不可以容聲矣。」

「進於道」已超過「技藝」的層次，達於「神遇」之境。用此以說「戲」，亦見湯氏對戲劇藝術大力肯定的蘊意。表演者要有「道」的追求，期許不可謂不深。技進於道之境界，必須經過「全神」專注的訓練，「久之」乃可達到，《莊子》書中所寫的幾個「進於道」的例子皆如是，如〈養生主篇〉游刃有餘以解牛的庖丁，〈達生篇〉承蜩之痀僂者，削木爲鐻之梓慶，都經過一段「一汝神，端而虛」的階段，使技藝由精巧純熟到出神入化，終至「神遇」之境。

戲曲是表演之藝術，觀賞者亦甚重要，演員傳神之境，「賞嘆者不知神之所自止」，此上下神合之交流，欣賞者亦要能「遊道」方可達此「神合」。湯顯祖於〈如蘭一集序〉曾有如是說：

> 詩乎，機與禪言通，趣與遊道合。禪在根塵之外，遊在伶黨之中。
>
> 要皆以若有若無爲美。通乎此者，風雅之事可得而言。（詩文集卷三十一）

要通於「道」，能以「若有若無爲美」的人，才能與言「風雅之事」；可見「欣賞者」是要具備條件的。〈廟記〉所達的「嘆賞者不知神之所自止」，固由於表演者之傳神，然欣賞者亦要是能言「風雅之事」的遊道者才行。好的作品亦要有好的欣賞者，才能如王羲之〈蘭亭集序〉所云：「每覽昔人興感之由，若合一契」；欣賞者能否產生「興感」，其本身條件亦甚重要。

六、文章要如水磨扇

湯顯祖對於文章創作過程的努力鍛鍊，有其重視，他在〈與康日穎〉書云：

> 讀大作，瑽瑽琤琤，鮮發可喜。加以瓏琢，魁卷無疑。蘇有嫗賣水磨扇者，磨一月，直可兩，半月者八百錢。工力貴賤可知。吾鄉文字，近不能與天下爭價者，一兩日水磨耳。（詩文集卷四十九）

水磨扇乃以工力深淺來定價，文章亦當如老嫗之水磨扇；湯氏此喻說明「磨」對文章之必要。他既以天賦情性尙需「養氣」以修之，此處更言文字工夫要「加以瓏琢」；湯顯祖實一「認眞」之人，爲人爲學，他常是不偏執一

端。所謂「吾鄉文字，近不能與天下爭價者，一兩日水磨耳」，除言文字工夫不可輕率，需賴時日磨鍊外，亦見對地域之重視；湯氏交往密切之友人，每多見其鄉里人士。郭紹虞有論〈明代的文人集團〉一文，指出明代文人好爲集團結社，其中以地域稱者如「吳中四傑」、「廣中四傑」、「婁東三鳳」、「苕溪五隱」、「嘉定四先生」、「太倉十子」、「碧山十老」等等〔註80〕，文人集團之盛，明代爲烈，湯顯祖雖不與人附和，其重視鄉里之態度則有見之。

湯顯祖對文章甚爲重視，其〈太平山房選序〉言：

> 言語者仁之文也，行事者仁之施也。行莫大乎節行，而言莫大乎文章。二者皆所以顯仁而藏其用，於世固非以成名也。而名不厭成。（詩文集卷三十）

他肯定「言莫大乎文章」，藉文章可以「觀人」，因爲文章表現其人內在的「天機」。文章成就與否的因素是多方面的，前文中曾提及的有作者的天賦才力，個人環境遭遇，時代的客觀因素等都有其影響，至於後天努力的水磨工夫，更是湯氏所正視的一件事；如何鍛鍊文章，他曾說「文字，起伏離合斷接而已。極其變，自熟而自知也。」〔註81〕「熟」了自會明白，自會變化，文章創作的「法」與「變」都必須作者自己去領會，至親如父子，亦無法相傳授，此正如曹丕〈典論論文〉所言：「雖在父兄，不能以移子弟」。「熟練」的工夫就是一種「水磨」，由「磨」中去「自知」，是無法傳授的。

此外，讀書亦爲重要工夫，他曾說「竊謂開卷有益，夫故善取益者自爲益耳。」〔註82〕開卷固有益亦要看讀者如何自益，此中則又人各有別，所以他強調「自爲益」，非他人可助也。讀書實爲途徑方法，由此進而可「磨文」。〈與劉晉卿〉書云：

> 吾侄孝友足法，時時念之。辱遠存貽，極感世誼。大作細讀之，自是異日利器。憶昔尊公在都，生曾攜長兒所刻時義請其塗教。尊公數日後見還曰：「令郎文字，大勢不必塗抹，拂其銳志。但令看朱註，讀時墨，自然改觀。」至今追思尊公愛吾兒，不以姑息。今吾侄半千里外以文字求正，若更漫爾圈點，重負尊公於九原矣。但願如尊公教，棄去游習，取朱註、時墨玩之，定有入手。總之，此道雖小，

〔註80〕郭紹虞，〈明代的文人集團〉，見《照隅室古典文學論集》，丹青圖書有限公司，民國74年10月台一版，頁342。
〔註81〕見〈湯許二會元制義點閱題詞〉，《湯顯祖集》詩文集卷三十三。
〔註82〕見〈艷異編序〉，《湯顯祖集》詩文集卷五十補遺。

未易言也。（詩文集卷四十七）

劉晉卿是湯顯祖知交劉應秋之子。顯祖曾將長子時義文章向劉應秋請指正，應秋的看法是「看朱註，讀時墨，自然改觀」，亦即由讀書去自己體悟，多讀就可以使本身文字進步改觀。這個方法，湯氏轉告應秋之子，其中自有深刻情感，所提文章方法，其實便是由讀書去自我鍛鍊磨文，他說「取朱註，時墨玩之，定有入手」，由古人文章中去領悟方法，「定有入手」處，但如何「入手」為文，則又說「此道雖小，未易言也」，強調讀書是「工夫」之一。湯氏並認為選擇取法的對象也不可等閒，如前述「取朱註」即是，他又有言：「學律詩必從古體始乃成，從律起終為山人律詩耳。學古詩必從漢魏來，學唐人古詩，終成山人古詩耳。」〔註83〕「山人」指那種隨聲應和，沒有自我的人，如馮夢龍編之《掛枝兒》民歌卷九《謔部》有〈山人〉一首云：

> 問山人，並不在山中住。止無過老著臉，寫幾句歪詩。帶方巾稱治民到處去投剌。京中某老先，近有書到治民處。鄉中某老先，他與治民最相知。臨別有舍親一事干求也，只說為公道沒銀子。

馮夢龍於詩後評曰：

> 描盡山人技倆。堪與張伯起先生〈山人歌〉並傳。余又聞一笑話云：有謁選得獨民縣知縣者。一日，縣公出，獨民負之而行，至中途微雨。縣公吟曰：「命苦官卑沒奈何，紛紛細雨一人馱。」後二句未就，獨民請讀之云：「口中喝道肩抬轎，手拖板子腳奔波。」縣公曰：「到也虧你。」獨民遽放縣公于地，對之打一恭而言曰：「不敢欺，其實本縣的山人也就是小的。」鳴呼，此詩真堪做山人，山人只合抬知縣也。孔子嘆觚不觚，余悲夫山之不山，而人之不人；故識之如此。〔註84〕

明代「山人」殆為時人所鄙。湯氏言「山人律詩」、「山人古詩」皆指未能有創之文章，唯取法乎上，選擇正確的取法對象，自然可以漸有領悟，在不斷「水磨」工夫下精進有成。

〔註83〕見〈與喻叔虞〉，叔虞名守益，新建人，有詩名，故湯顯祖與之論詩。《湯顯祖集》詩文集卷四十九。

〔註84〕《掛枝兒》民歌，見收《明清民歌時調集》，上海古籍出版社，1987年9月新一版。

第二章　湯顯祖戲曲的創作年代

　　湯顯祖五本戲曲各創作於何時，歷來說法頗有分歧。戲曲寫作之過程有多長，是難以確知的，但完成於何時，則可依湯氏所作各劇之題詞及詩文集之文章，加以推論判斷。文學史對湯氏劇作年代，或不談論，或無清楚記載，如青木正兒的《中國近世戲曲史》即言《紫簫》、《紫釵》二記是萬曆十一年至十八年湯氏官南都之作，《還魂記》似爲萬曆二十六年作，《邯鄲記》成於萬曆四十一年，《南柯記》爲晚年之作〔註1〕，其中除《還魂記》外，其餘各劇作年之說，均有待商榷。近來對湯氏劇作創作於何年之說，以徐朔方之論見爲主，其〈玉茗堂傳奇創作年代考〉認爲《紫簫記》約作於萬曆五年秋至七年秋，《紫釵記》作於萬曆十五年前後，《牡丹亭》（即還魂記）完成於萬曆二十六年，《南柯記》作於萬曆二十八年，《邯鄲記》作於萬曆二十九年〔註2〕。徐氏之說，廣爲後來學者所採用，幾成定論。張庚、郭漢城編著的《中國戲曲通史》沿用其說，但認爲《牡丹亭》寫於萬曆二十五年，次年秋作題詞〔註3〕。張燕瑾的《中國戲劇史》〔註4〕，吳志達的《明清文學史》〔註5〕均採用徐氏的說法，其他單篇論文亦多見徐氏之說。

　　其實，徐朔方的論見，仍有值得再討論的地方。湯顯祖的題詞是研究其戲曲作年的最好依據，〈南柯夢記題詞〉，明刊臧晉叔本署萬曆庚子夏至，可

〔註1〕參青木正兒，《中國近世戲曲史》上冊，商務印書館發行，頁230～243。
〔註2〕見《湯顯祖年譜》附錄丙〈玉茗堂傳奇創作年代考〉，中華書局，頁217～226。
〔註3〕參張庚、郭漢城編，《中國戲曲通史》第二冊，丹青圖書公司，民國75年版，頁87。
〔註4〕見張燕瑾，《中國戲曲史》，文津出版社，民國82年7月，頁207～221。
〔註5〕見吳志達，《明清文學史》，武漢大學出版，1991年12月，頁359～369。

知作於二十八年，湯氏五十一歲時。〈邯鄲夢記題詞〉明刊本署辛丑中秋前一日，則當作於萬曆二十九年，湯氏五十二歲時。此二夢記相繼完成，依其題詞論成劇年代，歷來學者大致無異說。此外之《紫簫記》、《紫釵記》、《還魂記》則尚有不同看法，故撰論之。

第一節　《紫簫記》的創作年代

　　湯顯祖未撰寫《紫簫記》之題詞，故此記之作年最難論斷，但〈紫釵記題詞〉中，有若干創作過程的說明：

> 往余所遊謝九紫、吳拾芝、曾粵祥諸君，度新詞與戲，未成，而是非蜂起，訛言四方。諸君子有危心，略取所草具詞梓之，明無所與于時也。記初名《紫簫》，實未成。亦不意其行如是。帥惟審云：「此案頭之書，非台上之曲也。」姜耀先云：「不若遂成之。」南都多暇，更爲刪潤，訖，名《紫釵》。中有紫玉釵也。

臨川自言《紫簫記》有「是非蜂起，訛言四方」的風波，而沈德符的《萬曆野獲編》則言：

> 又聞湯義仍之《紫簫》，亦指當時秉國首揆，纔成其半，即爲人所議，因改爲《紫釵》。〔註6〕

把湯氏所指之「是非」與「秉國首揆」劃上等號；而從穆宗隆慶六年六月高拱罷官以後，實際掌握政權的便是張居正〔註7〕，萬曆五年丁丑科會試，張居正想爲他的兒子登進士時，找個有才學文名的人，一起上榜陪襯，他屬意沈懋學和湯顯祖。不料卻爲湯氏所謝絕，鄒迪光的〈臨川湯先生傳〉有云：

> 公雖一孝廉乎，而名蔽天壤，海內人以得見湯義仍爲幸。丁丑會試，江陵公屬其私人啗以巍甲而不應。庚辰，江陵子懋修與其鄉之人王篆來結納，復啗以巍甲而亦不應。曰：「吾不敢從處女子失身也。」公雖一老孝廉乎，而名益鵲起，海內之人益以得望見湯先生爲幸。至癸未舉進士，而江陵物故矣。

因拒絕張居正的拉攏，以致丁丑、庚辰兩次會試均落第。這件事充分表現出湯顯祖自主獨立的人格特質，明史卷二三〇〈湯顯祖傳〉，錢謙益的〈湯遂昌

〔註6〕沈德符，《萬曆野獲編》卷二十五「塡詞有他意」條，扶荔山房本。
〔註7〕見《中國歷史大事編年》，北京出版社，1991年3月，頁577。

顯祖傳〉，查繼佐的〈湯顯祖傳〉等〔註 8〕都有對此事之記載，可見其引起相當注意。於是學者據此推論，認爲湯顯祖對張居正的不滿始於萬曆五年（丁丑），所以《紫簫記》當作於此年之後。

對此，有兩件事是值得再思考：其一，先有《紫簫記》的撰寫，還是先有丁丑年拒納的事情？其二，湯顯祖果眞如是厭惡張居正而撰文指斥？試論之：

其一，學者認爲有丁丑會試不應之事，所以《紫簫》必成於此年之後，吾人看法正好相反，蓋戲曲撰寫非一朝一夕可成，尤其又是作者第一本傳奇著作，然而事件的發生可以是立即的、短時間內的，故應是先有《紫簫記》之撰寫，巧遇著丁丑會試之事，引人遐思，如沈德符之言者，流言四起，繪聲繪影，〈紫釵記題詞〉不是已明指此爲「訛言」嗎？爲了闢謠，於是「略取所草具詞梓之，明無所與于時也。」把「未成」的作品付梓，便是要證明與時無關。這樣的風波，湯顯祖說「不意其行如是」，完全是意料之外的無端事件。如此，則《紫簫記》在丁丑會試之前應已在撰寫中。

其二，湯顯祖與張居正的關係，是應該重新予以認識。由於《紫簫記》因「是非」而未完成，也由於湯顯祖曾兩次謝絕張居正的延納，許多文章在談及湯、張二人的關係時，便簡單地把他們對立起來，認爲張居正阻礙了湯顯祖的仕途，所以二人關係便理所當然地是惡劣的，敵對的。但是，如果我們從湯氏詩文集去尋找他與張居正的關係，恐怕便覺得不可以如此簡單而一廂情願的把他們放在敵對的位置上。論者常引用湯氏萬曆十九年上〈論輔臣科臣疏〉之言：「前十年之政，張居正剛而有欲，以群私人囂然壞之。後十年之政，時行柔而有欲，又以群私人靡然壞之。」〔註 9〕來證明湯顯祖對張居正的批評與不滿。但把這篇關係湯氏仕途轉捩點的奏疏仔細閱讀，洋洋灑灑二千多言對輔臣科臣的批評，是指向申時行、楊文舉、胡汝寧等人，非針對早已下台的張居正而議論。湯氏曾言：「凡所以爲天下者，剛柔而已。」〔註 10〕「有欲」的黨同伐異，才是他所批評的。張居正一生毀譽參半，湯顯祖就事論事，在文章中對張居正的批評主要針對其不能納言，他說「江陵相用事，尤不喜贛直。益用考察不謹例錮言事者。」〔註 11〕湯氏好友姜奇方便「以忤

〔註 8〕以上皆見於《湯顯祖集》附錄，洪氏出版社，頁 1511～1518。
〔註 9〕見《湯顯祖集》卷四十三，洪氏出版社，頁 1214。
〔註 10〕見〈張洪陽相公七十壽序〉，《湯顯祖集》卷二十八。
〔註 11〕見〈大司空心吾張公年譜序〉，《湯顯祖集》詩文集卷二十九。

江陵相譎」〔註12〕；此外如艾穆、趙用賢、吳中行、鄒元標等友人都因直言遭禍〔註13〕。湯顯祖對此「錮言事」的行為不贊同，但基本上他是「持平」論理，文章中未語，他說：「江陵張公以剛扶沖聖之哲而事亦不可謂不治也。」〔註14〕文章中末見有情緒化攻擊的字眼。相反地，倒也看到若干對張居正政績肯定的言語。張居正的整飭邊防、清丈土地、整理賦稅等重大措施，湯顯祖應是抱持持肯定態度的，而湯氏自己在任遂昌縣令時，便曾毫不退縮的催徵鄉宦項應祥的賦稅，公平賦稅可說是張、湯二人相同的政見。

萬曆十九年，湯顯祖因前疏被貶徐聞，在雷陽與被充軍的張嗣修（居正之子）相遇，後來有〈寄江陵張幼君〉書云：

> 庚辰公子一再顧我長安邸中，報謁不遇，今雖闊遠，念此何能不悵然也。辛卯中冬，與令兄握語雷陽，風趣殊苦。輒見貴人言之，況也永嘆！近得差一上相國墓否？役便附致問私。惟冀公子宦然時翫長沙秋水篇，代雍門琴可也。（詩文集卷四十五）

書中請張懋修代其在相國墓上「附致問私」，念及庚辰（萬曆八年）來結納之事，不免「悵然」，書中流露的情感，是可以看得到的，也可證明彼此不曾交惡才是。對於丁丑、庚辰兩次會試拒絕張居正的拉攏，他說：

> 令（按：指姜奇方）故江陵相弟子師也。不數日，江陵弟子介令候余，余謝不敢當。〔註15〕

「謝不敢當」是為了湯氏自有其為人處事的原則，語中並沒有厭惡批評之意，張居正死後被籍沒家產，家屬戍邊，顯祖於萬曆十二年後之詩有〈即事〉及〈送沈師門友張茂一餉使歸覲蒲州相國，有感江陵家世〉（詩文集卷六），感嘆張居正的一番起落，另還有〈撥悶偶懷江陵相以下八公〉詩（詩文集卷二十一），詩中感嘆、偶懷均可證明湯氏對張居正的觀感，應不至於「仇恨」、「卑視」的地步〔註16〕。過分強調湯、張二人的對立，其實是不正確的，而且也

〔註12〕見〈聞姜別駕守沖遷守，不知是滇是貴，問之。姜君前戶部郎，以忤江陵相譎〉詩，《湯顯祖集》詩文集卷十。

〔註13〕參谷應泰《明史紀事本末》卷六十一「江陵柄政」，三民書局印行。

〔註14〕同註13。

〔註15〕見〈宣城令姜公去思記〉。《湯顯祖集》卷三十四。

〔註16〕蔣星煜撰〈湯顯祖對張居正之認識及其在劇作中之曲折的反映〉一文，認為湯顯祖對丁丑、庚辰兩科會試的舞弊有怨恨情緒，此說應不符合湯氏之為人，從湯顯祖一生對功名的態度看來，他並不熱中於名利的追求，是一個有守有為的讀書人；如果為了兩次會試而怨恨張居正，也不會有詩作中對張居正流露

不符合湯顯祖的爲人。一般認爲二人關係對立，主要是從科舉拒納一事而來，如果我們從湯氏個人的功名觀念看，也許會發現事情對湯顯祖而言，並沒有後人想像中的嚴重不堪。試觀如下：

萬曆五年、八年，湯顯祖兩次放棄中舉的機會，萬曆十二年，他又不受輔臣申時行、張四維的招致，於是出爲南京太常博士，放棄仕途顯達的機會，湯氏堅守的是他不委蛇媚人的獨立人格。對於仕路，他的看法是「眼宜大，骨宜勁，心宜平」〔註17〕，求取功名之際，他自有原則，甚至是很淡泊名利的，其〈齡春賦序〉提到內心另一種心情和想法：

> 余太母爲魏夫人，年九十一二矣。動爲小子治賓客，暴書器。小子或違去信宿，則卦卜。至游太學，應詔辟，爲嚴裝送發，不啼也。小子受恩念深至。兒時病，不好床席，常以太母腹爲藉。至十餘歲，補弟子時，尚臥其肘。以是外出夜夢，常惟夢太母耳。私心不急於宦達，以是。〔註18〕

這是萬曆六年戊寅三月所寫，很溫馨地記載他和祖母深厚的情感，從兒時枕腹，稍長枕肘，到外出會夜夢祖母，這些就是他「私心不急於宦達」的原因之一，湯顯祖是個重視親情的孝子，尤其祖母魏夫人已高齡九十，祖孫情深，他更不願輕易遠離；那麼萬曆五年丁丑會試不第，湯顯祖說：「不急於宦達」，且主動拒絕被拉攏，心中恐怕不會有所謂的仇怨才是。

再看萬曆十一年癸未春，湯氏中進士所寫〈酬心賦〉序中記載：

> 癸未春，予舉進士，經房秀水几軒沈師，年少于予，心神迫清，而予方木強，故無柔曼之骨。五月館試，房舉各得上其門士。……分以一縣自隱，得少進爲郎，便足，無敢更攀師門，重累知己。偶曝宴侍，師喟然曰：「以子之才，齒至而獲一第，何也？凡人有心，進退而已，然觀吾子之色，若進若退，當何處心耶？」予辛辛謝起，作《酬心賦》答之。〔註19〕

出的感懷。此外，蔣氏又舉奪情等政治事件，認爲由湯顯祖的「不肯歸服父喪」之言，可見對張居正的「仇恨」和「卑視」，這樣的立論與文集中看到的湯顯祖並不相同。蔣氏之文收錄於《湯顯祖研究論文集》，中國戲劇出版社，頁131。

〔註17〕〈寄李德孺〉，見《湯顯祖集》詩文集卷四十九。
〔註18〕《湯顯祖集》詩文集卷五。
〔註19〕同註18，卷二十六。

湯顯祖中進士是三甲第二百十一名，依明朝科舉制度，一甲進士直接授予翰林院官職，二、三甲進士可以參加翰林院庶吉士考試，考取庶吉士，便可以在京城任官，對個人前途十分有利，湯顯祖因為不願依附張四維、申時行，所以不參加庶吉士考試。「若進若退」的湯顯祖說自己是「予方木強，故無柔曼之骨」，堅守自己的原則，對功名並不特別汲汲求取，他曾說「得天下太平，吾屬老下位，何恨。」〔註20〕從湯氏淡泊的功名觀念來看，把《紫簫記》的「是非」和張居正相連，和科舉落第相連，顯然都不符合湯氏為人的實際，也不符合他與張居正的關係。但「訛言」確實發生了，當時究何所指，今日已難知其實。

　　黃芝岡把張居正的〈答中溪李尊師論禪〉和《紫簫記》第三十一齣對照，認為「湯寫《紫簫記》，雖不是為張而寫，但在這齣戲裡，顯然是寫了個張居正的。」〔註21〕因為張居正幼時曾隨李中溪學禪，許下二十年後出家的宏願，並自號為「太和居士」。萬曆二年，居正五十歲壽誕時，中溪致信重提舊事，他答以二、三年後「了願」，但終未兌現。因此認為劇中法香和尚的「相國莫哄了諸天聖眾」的譏議是諷刺張居正。這是黃芝岡為昔日「訛言」找到的解釋，也只能視為一種揣測，可作參考，不能視為定論〔註22〕。黃氏之說影響頗大，張清華的〈湯顯祖五傳創作思想淺探〉甚且說：

> 張居正從小拜李中溪禪師學禪，後自稱「太和居士」。還發誓說：「二十年前有一宏願，願以身為蓐薦，使人寢處其上。」可是，他以後為了實現獨攬明朝大權的「宏願」，卻不惜以老百姓為「蓐薦」，而把他拜師學禪時的「宏願」早已忘到了腦後。寢處百姓之上，踐踏百姓，吮吸人民脂膏。湯顯祖就是借《紫簫記》四空和尚之口揭發張居正的醜惡靈魂的。〔註23〕

張氏此說，不論對張居正，抑或湯顯祖，都顯見其論述的偏頗不合理。文中所引述張居正的「宏願」，見於〈答吳堯山言宏願濟世〉書：

〔註20〕〈與帥惟審〉，《湯顯祖集》詩文集卷四十五。

〔註21〕見黃芝岡著，《湯顯祖編年評傳》，中國戲劇出版社，1992年8月版，頁95。

〔註22〕黃芝岡的說法，頗為其他書籍、文章所引用，如章培垣主編的《十大戲曲家》一書，就直接採用黃氏之說以敘述湯顯祖《紫簫記》對張居正的諷刺。黃文錫的〈論湯顯祖創作思想的發展〉亦用其說。

〔註23〕張清華，〈湯顯祖五傳創作思想淺探〉，見《學術研究輯刊》第二期，1988年，頁76～82。

　　二十年前，曾有一宏願，願以其身爲蓐薦，使人寢處其上，溲溺之，
　　垢穢之，吾無間焉。此亦吳子所知。有欲割取吾耳鼻，我亦歡喜施
　　與，況詆毀而已乎！〔註24〕

這個宏願，和居正樂善布施的曾祖張誠有關，〈答楚按願陳燕野辭表閭〉有
云：

　　昔念先曾祖，平生急難振乏，嘗願以其身爲蓐薦，而使人寢處其上。
　　使其有知，決不忍困吾鄉中父老，以自炫其閭里。〔註25〕

文中所言爲濟世助人的宏願，並非「出家」的宏願。

　　另外，張居正也有一個向道的宏願，但不是說前述「二十年前」的濟世
宏願。在張居正的文集中有兩篇答李中溪的書信，前後相關，並都提到「宏
願」；先看〈答李中溪有道尊師〉之說：

　　正少而學道，每懷出世之想，中爲時所羈絏，遂料理人間事。前年
　　冬，偶閱華嚴悲智偈，忽覺有省，即時發一宏願，願以深心奉塵刹，
　　不於自身求利益。……正二三年後，即欲乞身歸政，尚當與翁期於
　　太和衡湘之間，一盡平生。〔註26〕

這個宏願是「即時」而發，是他主政時所發的宏願，他要「不於自身求利益」，
是一個入世向道的宏願。此後，他又有〈答中溪李尊師論禪〉書：

　　正昔在童年，獲奉教於門下，今不意遂已五旬。霜華飛滿鬢鬢。比之
　　賢嗣上年所見，又不侔矣。……向者奉書，有衡湘太和之約，非復空
　　言。正昔有一宏願，今所作未辦，且受先皇顧託之重，忍弗能去。
　　期以二三年後，必當果此，可得仰叩昆盧閣，究竟大事矣。〔註27〕

這個宏願，是出世向道的宏願，身在複雜的政壇，張居正說自己「少而學
道，每懷出世之想」。由以上敘述，可知張居正是有幾個不同的宏願，大致表
明他有捨己忘身及向道心願。《紫簫記》即使有張居正的聯想，也不是爲了諷
刺居正而寫；但樹大招風，名政治家加上名劇作家，捕風捉影的眼光便多了
起來。

　　《明史》卷二一三〈張居正傳〉贊云：

　　張居正通識時變，勇於任事。神宗初政，起衰振隳，不可謂非幹濟

〔註24〕張居正，《張文忠公全集》書牘五，商務印書館。
〔註25〕張居正，《張文忠公全集》書牘三。
〔註26〕張居正，《張文忠公全集》書牘五。
〔註27〕張居正，《張文忠公全集》書牘六。

> 才。而威柄之操，幾於震主，卒致禍發身後。《書》曰「臣罔以寵利
> 居成功」，可弗戒哉！

史傳已肯定張居正的事功；張清華的論述偏於詆毀，已不合史實上的張居
正；而湯顯祖也非以《紫簫記》來揭居正之「醜惡靈魂」。事實上，《紫簫記》
中，棄官出家的杜黃裳是個正面人物，劇中出家的還有霍王、杜秋娘等人，
不僅是杜相國而已。湯顯祖創作杜相國這個角色，寫他出將入相，立功邊
塞，又說他「甚有高世之懷」，和《唐書》卷一六九杜黃裳本傳的記載大致不
悖。唐史的杜黃裳是個賢相。立有邊功；史傳稱其「性雅澹，未始忤物」，是
個性情平和的人。我倒認為他和湯顯祖在本質上有若干相近，湯氏是以肯定
之筆來撰寫這個人物，但史傳上的杜黃裳沒有出家之事，而不論張居正抑或
湯顯祖，早年都與佛道有接觸。我想，一個偉大的、有思想的劇作家，其作
品必然包含深廣的時代意涵，就如康海的《中山狼》劇，不必是指著李夢陽
而來，後人如拘泥於一隅來加以詮釋，恐怕便見樹不見林了。

　　徐朔方在《湯顯祖評傳》也說：「現在某些研究論文幾乎將《四夢》所寫
的丞相、太尉都看作是對張居正的影射或化身，未免把問題看得太簡單了。」
〔註28〕對於湯顯祖和張居正的關係，是不能單純的從某個角度來以偏蓋全，
尤其政治人物面對複雜的現實環境，行為更是複雜多樣。徐氏在談論湯顯祖
〈坎坷的仕途〉時，認為湯氏〈玉合記題詞〉所說：「且予曲（《紫簫記》）中
乃有譏托，為部長吏抑止不行。」的「部長吏」就是他任南京太常寺博士時
的上司王世懋，彼此關係不好，是因為文學見解不同，湯氏身為下屬卻不與
王世貞等七子派唱和，引來王世懋（敬美）惱羞成怒，乃借助官位，下令取
締《紫簫記》〔註29〕。如果此論成立，那麼《紫簫記》的「譏托」更不可能
是指張居正了，據《明史》卷二一三〈張居正傳〉言其死後：

> 詔盡削居正官秩，奪其所賜璽書、四代誥命，以罪狀示天下，謂當
> 剖棺戮屍而姑免之。其弟都指揮居易，子編修嗣修，俱發戍煙瘴地。
> 終萬曆世，無敢白居正者。熹宗時，廷臣稍稍追述之。

既然張居正死後如此下場，終萬曆朝，無人敢為他辯白，那麼《紫簫記》根
本不需「譏托」居正，部長吏也不會為張居正來「抑止」《紫簫記》。

〔註28〕徐朔方，《湯顯祖評傳》第一章〈童年和青年〉，南京大學出版，1993年7月，
　　　　頁38。
〔註29〕同前書，第二章〈坎坷的仕途〉，頁57。

可見，《紫簫記》在創作之時，因「是非蜂起，訛言四方」而付梓，以表明「無所與于時」（〈紫釵記題詞〉）；付梓印行之後，又因曲中有「譏托」而爲「部長吏抑止不行」（〈玉合記題詞〉），因此而有《紫釵》的改作。

探討《紫簫記》究竟寫於何時，仍要以〈紫釵記題詞〉爲依歸，〈題詞〉中提及與謝九紫、吳拾芝、曾粵祥諸君「度新詞與戲」，他們三人都是湯氏的同鄉朋友。帥機有〈四雋詠和湯生作〉〔註30〕詩四首，寫的「四雋」即湯孝廉顯祖、謝秀才友可、曾秀才粵祥、吳公子拾芝。友可是謝廷諒的字，《明史》卷二三三有傳。謝廷諒是否即謝九紫，此可由呂天成《曲品》卷上列謝廷諒於「中之中」，言「九紫以郎署而賦薄遊」〔註31〕，著有《紈扇》傳奇一本〔註32〕得證。從湯顯祖編年詩作可觀察二人交遊情況，在萬曆三年所刊刻的《紅泉逸草》詩集中，有較多的詩篇和謝廷諒相關，如〈秋從白馬歸，泛月千金口問謝大〉、〈聶家港園飲謝大就別〉、〈送謝大東安〉、〈眞珠潭逢謝大〉等詩，可見其與謝廷諒密切交往當在此段時間，萬曆五年至七年的《問棘堂郵草》詩作數量計一百六十六首，比《紅泉逸草》所收七十六首詩，多了一倍以上，但與謝廷諒的詩作則僅有〈謝廷諒見慰三首，各用來韻答之〉、〈晚齋，友可俱謝孝廉來。友可才氣縱橫，孝廉謹重，余並喜之〉、〈友可便欲求仙去，次韻賞之〉、〈送謝廷諒往華蓋尋師〉、〈送謝大遊池陽便過金陵〉，比例上已不若《紅泉逸草》時之往來密切，至於萬曆七年以後的《玉茗堂詩》千餘首，更少見謝廷諒。故從編年的詩作看來，湯顯祖和謝廷諒等人「度新詞與戲」的時間，以萬曆三年以前的可能性爲大。又，明富春堂刻本《紫簫記》署「紅泉館編」，亦可證明《紫簫記》之創作在紅泉館時已開始。

再從湯顯祖的求學爲文的歷程看，其〈負負吟〉序言：

予年十三，學古文詞于司諫徐公良傅，便爲學使者處州何公鏜見異。

且曰：「文章名世者，必子也。」〔註33〕

〈答張夢澤〉書云：

弟十七八歲時，喜爲韻語，已熟騷賦六朝之文。然亦時爲舉子業所奪，心散而不精。鄉舉後乃工韻語。〔註34〕

〔註30〕見帥機，《陽秋館集》卷九。
〔註31〕見《中國古典戲曲論著集成》第六冊，中國戲劇出版社，頁 217。
〔註32〕同前書，頁 239。
〔註33〕《湯顯祖集》詩文集卷十六。
〔註34〕《湯顯祖集》詩文集卷四十七。

可見湯顯祖從十三歲起，文章即受到相當重視，隆慶四年舉鄉試後，更是「名蔽天壤，海內人以得見湯義仍為幸」〔註35〕，其文章享有盛名可見，他自稱鄉舉後乃工「韻語」，「韻語」何指？從其晚年〈答許子洽〉書之言：

> 不佞幼志頗鉅，後感通材之難，頗事韻語，餘無所如意。〔註36〕

湯氏一生所得意的正是其戲曲創作，故知「韻語」所指應即為其戲曲作品如是，則在隆慶四年（二十一歲）鄉舉後，當有戲曲之創作。

湯顯祖與戲曲活動之關係，時間則應更早，在〈宜黃縣戲神清源師廟記〉一文提到：

> 我宜黃譚大司馬綸聞而惡之（按：指樂平腔、青陽腔）。自喜得治兵於浙，以浙人歸教其鄉子弟，能為海鹽聲。大司馬死二十餘年矣，食其技者殆千餘人。〔註37〕

譚綸是江西宜黃縣人，是一名戲曲愛好者，《明史》卷二二二有傳，言其治兵事垂三十年，與戚繼光齊名。他在嘉靖四十年丁父憂回宜黃縣，其隨軍戲班把浙江海鹽腔帶至宜黃，造成的影響有「食其技者殆千餘人」，可見戲曲活動之盛行。湯、譚的關係可在湯氏詩文集中看到，《紅泉逸草》有三首寫給譚綸的詩，其〈送譚尚書行邊〉序言：

> 明公於今才子少傳，於古名將無比。坦步蔥雪，被服藻粉。再起東山，言祖北落。諸公莫不祖帳青門之外，小子獨臥病紅泉之間。未奉殷勤，何勝恨惋！謹具古刀雙口、鳳味琴一張、金鈴三道、扇一把、詩一首上。

其後又寫一首〈重酬譚尚書〉序為：

> 尚書受我一刀，還我一刀。不知兩口原號雌雄，誓不離分。若離，夜半必有響動光明，令人怖不敢寐。便附來信更上，來書云：「足下兼資文武，惜僕猶未追蹤絳灌耳。」皇恐復酬一首。

詩作於隆慶六年，由前後兩首詩看來，譚綸與湯顯祖雙方互相推崇彼此兼具文武，湯氏對譚綸之仰慕，從詩作及〈清源師廟記〉文中皆可清晰看到。譚綸在嘉靖四十年，湯氏十二歲時，把海鹽腔帶到宜黃，隆慶六年，湯寫給譚綸的詩作時已中鄉舉兩年（二十三歲）；譚綸既與戲曲活動關係密切，湯早年

〔註35〕《湯顯祖集》附錄，鄒迪光〈臨川湯生先傳〉。
〔註36〕《湯顯祖集》玉茗堂尺牘之五。
〔註37〕《湯顯祖集》詩文集卷三十四。

與譚綸的關係是可以旁證湯與戲曲活動的關係，也可與其「十七八歲時，喜為韻語」，「鄉舉後乃工韻語」的陳述相印證。

湯氏〈學餘園初集序〉言：

> 年十五，師徐子弼；二十，友帥惟審，講古今文字聲歌之學。〔註38〕

十五、二十是舉成數而言，「講古今文字聲歌之學」可知鄉舉後必已從事戲曲之創作；並且傳唱於當時。其〈玉合記題詞〉云：

> 第予昔時一曲纔就，輒為玉雲生夜舞朝歌而去。生故修窈，其音若絲，邈徹青雲，莫不言好。觀者萬人。〔註39〕

玉雲生是個善歌的人，「觀者萬人」的盛況〔註40〕，自然也造就臨川的盛名，丁丑會試拒納所引起的「訛言」，恐怕亦是遭盛名之累吧！

再看萬曆八年戴洵任南京國子監祭酒，湯顯祖所作〈太學同遊記敘〉一文，有云：

> 今上八年，吾師四明戴公實臨太學……若如僕者，或語或默，載沈載浮。……然遊太學至久，……金陵方岳，璧水園橋。前與三萬人遊衍其間，至今緬把未或能忘。（詩文集卷三十一）

所提金陵前事，有「三萬人」的盛況，乃萬曆四年湯氏遊南太學之事，與前述〈玉合記題詞〉的「觀者萬人」應為同時。此又一證。

萬曆四年（丁丑會試前一年），湯顯祖在宣城與沈懋學、梅禹金、姜奇方等人詩賦歌舞，有一段歡娛歲月，此可見於〈宣城令姜公去思記〉：

> 後余游宣，行水陽……已又見其人士沈君典、梅禹金之流。文雅風快，為之欣然。令數來，悠悠如也。

〈吹笙歌送梅禹金〉詩回憶當日交遊諸人：

> 先時拾翠凌陽池，憶汝吹笙出桃李。天涯此日龍使君，世上何人沈

〔註38〕《湯顯祖集》詩文集卷三十一。

〔註39〕《湯顯祖集》詩文集卷三十三。

〔註40〕徐朔方在校箋湯顯祖詩文時，以玉雲生即吳拾之，但在〈玉茗堂傳奇創作年代考〉中又有言「玉雲生、靈昌子是否即吳拾之、曾粵祥不得而知」，我想玉雲生應該是當時一位善歌者，〈玉合記題詞〉對他的形容是「生故修窈，其音若絲，邈徹青雲。莫不言好，觀者萬人。」既然有「觀者萬人」，可見是公開的表演。明代戲曲活動之盛，可在張岱的《陶庵夢憶》中看到許多記載，其卷四有〈楊神廟臺閣〉一文，言「四方來觀者數十萬人」，真是盛況空前，當然這和楓橋楊神廟臨近蘇州有關。明代演劇活動之盛，可參看王安祈著《明代傳奇之劇場及其藝術》及趙山林著《中國戲曲觀眾學》。

太史。已覺叢殘姜令非，空驚綽約梅生是。津途變化裁十年，光響
消浮祇千里。〔註41〕

這是萬曆十四年湯氏回憶十年前與龍君揚、沈懋學、姜奇方、梅禹金等人宣
城之遊，這段日子是有戲曲活動的，詩文集卷四十四〈答管東溟〉有言：

後稍流浪，戲逐詩賦歌舞，遊俠如沈君典輩，相與傲睨優伊。成進
士，觀政長安。

「戲逐詩賦歌舞」、「相與傲睨優伊」正是演唱戲曲之活動，梅禹金、沈懋學
是宣城的仕宦人家，姜奇方為宣城令，萬曆四年的交遊顯然很熱鬧，這一
年，湯顯祖在宣城姜奇方和蕪湖龍宗武處作客，他們三人是同年舉人，交誼
甚篤，在宣城，湯又認識了梅禹金、沈懋學，彼此一見如故，過著一段歌舞
詩賦的浪漫日子，因為姜奇方當過張居正兒子的老師，所以在宣城，湯顯祖
見過張居正派來結交的人。

徐朔方對《紫簫記》的作年，有如是論述：

《紫釵記》題詞云：「記初名『紫簫』。實未成，亦不意其行如是。
帥惟審云『此案頭之書，非臺上之曲也。』」按，萬曆三年冬至九年
秋，帥惟審（機）於南京禮部先後任祠祭司主事及精膳司郎中。此
後帥即遠行，赴貴州思南太守任。以上據《陽秋館集》卷三「亡男
秀士廷銑墓志銘」。又據《玉茗堂詩》卷一〈赴帥生夢作〉：「子為膳
部郎，予入南成均。今上歲丙子，再見集更辰。前後各傾展，言笑
各溫新。」丙子為萬曆四年，更辰為八年，顯祖得晤帥君；相與度
曲，聽其評論，當在此二年。於此知《紫簫》之作不在萬曆四年前，
即在八年前。

文中所舉帥機的發言，必是在《紫簫記》引起風波之後；萬曆四年也好，八
年也罷，半本未成的《紫簫記》其實已經出爐了。徐氏認為「《紫簫》之作不
在萬曆四年前，即在八年前。」吾人正取其前者，因戲曲創作當早於丁丑會
試抗納之事，乃能引人遐想，而有訛言；徐朔方則認為「未改前之《紫簫》，
是否指桑罵槐，暗訐首相張居正，姑置不論。然至少此必事出有因，而滋誤
會者。顯祖對張居正不滿，始於萬曆五年」因此選擇了後者。吾人認為劇作
當早於捕風捉影的訛言，所以不必在萬曆五年以後。

綜合上述探討，可作如是結論：未完成的《紫簫記》的創作活動，可能

〔註41〕《湯顯祖集》詩文集卷八。

爲隆慶四年（二十一歲）鄉舉後至萬曆四年（二十七歲）間，由於湯氏盛名
一時，而萬曆五年丁丑會試謝絕張居正的延致，此舉引人注視，好事者便對
當時傳唱的《紫簫記》有諸多「訛言」、「是非」，湯氏乃付梓其詞，以表明「無
所與于時」。此外，從湯氏各劇創作的時間速度來推測，他是一劇比一劇寫得
快。《紫釵記》亦歷時不短，何況早年又有舉業分心，初次試筆戲曲，《紫簫
記》的撰寫速度是不可能太快的，故徐朔方等人認爲的「萬曆五年秋至七年
秋」的說法，仍未妥當。夏寫時〈論湯顯祖的創作歷程和理論追求〉一文，
認爲「《紫簫記》寫作年份下限當爲萬曆四年」之說〔註42〕，是較接近吾人對
《紫簫記》作年的看法。

第二節　《紫釵記》的創作年代

　　湯顯祖爲《紫釵記》寫了題詞，但未署明日期；因此，劇作於何年也就
有不同看法。〈紫釵記題詞〉云：

　　……《記》初名《紫簫》，實未成。亦不意其行如是。帥惟審云：「此
　　案頭之書，非臺上之曲也。」姜耀先云：「不若遂成之。」南都多暇，
　　更爲刪潤，訖，名《紫釵》。中有紫玉釵也。霍小玉能作有情癡，黃
　　衣客能作無名豪。餘人微各有致。第如李生者，何足道哉。曲成，
　　恨帥郎多病，九紫、粵祥各仕去，耀先、拾芝爲諸生倅，無能歌樂
　　之者。人生榮困生死何常，爲驩苦不足，當奈何。

言「南都多暇」，因此改作《紫簫》爲《紫釵》，湯顯祖任職南京時間爲萬曆
十二年八月至十九年六月。又〈玉合記題詞〉言：

　　余往春客宛陵，……時送我者姜令、沈君典、梅生禹金賓從十數人。
　　去今十年矣。八月太常齋出，宛然梅生造焉。……因出其所爲《章
　　臺柳記》若干章示余。……予觀其詞，視予所爲《霍小玉傳》，並其
　　沈麗之思，減其穠長之累。且予曲中乃有譏托，爲部長吏抑止不行。
　　多半《韓蘄王傳》中矣。梅生傳事而止，足傳於時。

其中所指「沈麗」、「穠長」，被「抑止不行」的《霍小玉傳》當即指引起是非
的《紫簫記》而言，梅禹金令他憶起萬曆四年宣城舊遊，看到《玉合記》自
然想到風格、故事頗多接近的《紫簫記》，二劇都以唐人傳奇爲取材，都以

〔註42〕見夏寫時，《論中國戲劇批評》，齊魯書社，1988 年版，頁 255。

大曆十才子之詩人爲生角，湯寫小玉慕李益詩，梅寫柳姬慕韓翃詩；湯劇有小玉遣櫻桃探李益有無婚約事，梅劇有柳姬遣輕娥探韓翃有無婚約；湯寫霍王入華山學道，梅寫李王孫入華山尋仙；湯劇有花卿以愛妾易馬事，梅劇則寫李王孫贈妾、馬給韓翃；湯劇有豪俠黃衫客，梅劇則有俠士許俊；湯劇寫李益中狀元後爲杜黃裳的參軍，梅劇寫韓翃中探花後爲侯希逸的書記。唐代有兩個李益，也有兩個韓翃，此又兩劇另一巧合。就文章言，二劇都是詞藻豔麗，沈德符評《玉合記》：「賓白盡用駢語，餖飣太緊。」「正如設色骷髏，粉捏化生」〔註43〕，呂天成則稱《紫簫記》「琢調鮮美，鍊白駢麗」〔註44〕；不同的是《玉合記》譜許堯佐的章臺柳事，「除本傳外鮮絕妝點增加處」〔註45〕，亦即湯顯祖所說「梅生傳事而止，足傳於時」；《紫簫記》則與原傳「關目迴別」，「隨機布置，以示遊戲神通」〔註46〕，或也由此而惹出是非、訛言。

〈玉合記題詞〉既寫於萬曆十四年，故知此時應尙未撰寫《紫釵記》。「南都多暇，更爲刪潤」的時間，或即起筆於萬曆十五年。又其〈京察後小述〉詩有：「文章好驚俗，曲度自教作。貪看繡袂舞，貫踏花枝臥。對人時欠伸，說事偶涕唾。眠睡忽起笑，宴集常背坐。敢有輕薄情，衹緣迂僻過。」〔註47〕提到南京度曲的情形，此詩作於萬曆十五年（三十八歲），則「曲度自教作」或即爲撰寫中的《紫釵記》。

〈題詞〉又言「曲成，恨帥郎多病，九紫、粵祥各仕去」，依此則可考察劇作完成之年。帥機自萬曆二十年生病，卒於二十三年〔註48〕，九紫（謝廷諒）則於萬曆二十三年成進士，授南京刑部主事〔註49〕，曾粵祥於萬曆二十二年任福建同安知縣，二十三年卒〔註50〕，綜合上述三人之時間，則知「曲成」必是萬曆二十三年。又〈玉茗堂批訂董西廂敘〉記載：

　　……令平昌，邑在萬山中，人境僻絕。古廳無訟，衙退，疏簾，捉
　　筆了霍小玉公案。……適屠長卿訪余署中，遂出相質。……乙未上

〔註43〕見《萬曆野獲篇》卷二十五「塡詞名手」條。扶荔山房本。
〔註44〕見呂天成，《曲品》，《中國古典戲曲論著集成》第六冊，頁230。
〔註45〕吳梅撰，〈玉合記跋〉，見《中國古典戲曲序跋彙編》卷十，齊魯書社，頁1279。
〔註46〕見黃文暘，《曲海總目提要》卷六，天津市古籍書店出版。
〔註47〕《湯顯祖集》詩文集卷八〈京察後小述〉。
〔註48〕據《陽秋館集‧惟審先生履歷》。
〔註49〕據《明史》卷二三三本傳。
〔註50〕據《泉州府志‧名宦傳》，曾如海因天旱求雨，中暑身亡。

　　巳日清遠道人纂。〔註51〕

乙未上巳日即萬曆二十三年三月，湯顯祖言「捉筆了霍小玉公案」，則《紫釵記》應完成於此時，亦合於前述由〈題詞〉探論之得年。又「屠長卿訪余署中」，事可見證於湯之詩作，其萬曆二十三年遂昌知縣任之詩有〈松陽周明府乍聞平昌得緯眞子，形神飛動，急書走迎之，喜作。明府最善琴理〉、〈平昌得右武家絕決詞示長卿，各哽泣不能讀，起罷去，便寄張師相，感懷成韻〉、〈留屠長卿不得〉、〈長卿初擬恣遊浙東勝處，忽念太夫人返棹，悵焉有作〉、〈秋雨九華館送屠長卿，便入會城課滿〉、〈平昌送屠長卿歸省〉等一連串詩作，均證實屠隆於萬曆二十三年曾訪湯顯祖於遂昌，是年秋月離去。如是，則〈董西廂敘〉所言「捉筆了霍小玉公案」事，應爲可信。

　　至此，吾人可以推論《紫釵記》之作年爲萬曆十五年「南都多暇」時，至萬曆二十三年三月定稿完成。此外，對湯顯祖戲曲創作一直相當關懷的帥機卒於萬曆二十三年七月二十三日〔註52〕，帥機曾言紫簫爲案頭之作，於是顯祖把「《紫釵記》改本寄送惟審繐帳前，曼聲歌之，知其幽賞耳。」〔註53〕此又可旁證萬曆二十三年應是《紫釵記》成劇之年無誤。

　　對於《紫釵記》成劇之年，主要有徐朔方及夏寫時二人之見解，試分別評論之：徐朔方〈玉茗堂傳奇創作年代考〉一文，定「《紫釵記》爲萬曆十五年京察前後作於南京」〔註54〕，依據〈紫釵記題詞〉言「南都多暇，更爲刪潤，訖，名《紫釵》」，指《紫釵記》完成於湯氏任職南京時，而〈題詞〉則作於萬曆二十三年。吾人認爲此處「訖，名《紫釵》」是站在寫題詞的時間發言，非指南都時即已完成。且湯氏每於劇作完成之後撰寫題詞，若如徐氏言萬曆十五年作《紫釵記》，二十三年才寫〈題詞〉，則時間上相去太久，且由後三劇之題詞看，亦不符合湯氏的創作習慣，此一不妥。〈題詞〉明言「曲成」，徐氏卻以此推論〈題詞〉寫於萬曆二十三年，而忽略《紫釵記》戲曲之成年，此二不妥。《紫釵記》若作於萬曆十五年，則二十三年始送帥機「幽賞」，亦不符湯、帥二人密切之交誼關係，此三不妥。故吾人以爲《紫釵記》作於萬曆十五年之說並不恰當。

　　夏寫時的〈紫釵記成年考〉，定《紫釵記》完成於萬曆二十三年之說，與

〔註51〕見《湯顯祖集》詩文集卷五十補遺。
〔註52〕據《陽秋館集・惟審先生履歷》。
〔註53〕見〈與帥公子從升從龍〉詩，《湯顯祖集》詩文集卷四十五。
〔註54〕該文見徐朔方著，《湯顯祖年譜》附錄丙，中華書局，頁221。

吾人觀點相同；然又同中有異：夏氏認為湯顯祖〈玉合記題詞〉中的「霍小玉傳」乃指南京改本之《紫釵記》，故言「《紫釵記》之寫作過程，歷時二十年。」〔註55〕乃認為上繼《紫簫記》完成於萬曆四年，下至萬曆二十三年，則《紫釵記》之創作過程歷時有二十年。吾人則以為〈玉合記題詞〉所指「霍小玉傳」為《紫簫記》，非為《紫釵記》，因為引起是非，「為部長吏抑止不行」的應是《紫簫記》，此其一。「南都多暇」應是開始改寫《紫簫記》的時間，夏氏「歷時二十年」之說，則與「南都多暇，更為刪潤」的說法不符；且二十年之創作過程，不亦太長乎！此其二。故夏寫時認為《紫釵記》完成於萬曆二十三年之見解，吾人可以贊同，但「歷時二十年」之創作過程說法則並未妥當。

第三節　《牡丹亭》的創作年代

　　《牡丹亭》的創作年代，因明刊朱墨本〈題詞〉署「萬曆戊戌秋清遠道人題」，故《牡丹亭》完成於萬曆二十六年秋之說，應無疑義。然張庚、郭漢城所著《中國戲曲通史》言：

> 大約在投劾回家的前一年，即萬曆二十五年，湯顯祖寫成傑出的古典
> 名劇《牡丹亭》傳奇；次年秋作《牡丹亭記・題詞》，付刻。〔註56〕

把作劇之年往前推，認為萬曆二十五年寫成，二十六年付刻。此說或承自鄭閏的〈牡丹亭作年質疑〉〔註57〕，鄭文從湯顯祖〈答習之〉書：

> 平昌令得意處別自有在。第借俸著書，亦自不惡耳。〔註58〕

及萬曆二十四年梅禹金給湯顯祖的書信：

> 近傳新著業已殺青，許八丈可為置書郵，何不以一部乞我？〔註59〕

認為〈答習之〉所指的「著書」，梅禹金書中的「新著」均是《牡丹亭》，由此兩「直接證據」，加以推論，認為《牡丹亭》可能作於萬曆二十五年冬，在平昌縣令之時，去北京上計之前。

〔註55〕見夏寫時，〈論湯顯祖的創作歷程和理論追求〉一文，收於其《論中國戲劇批評》書，齊魯書社出版，頁251～293。

〔註56〕見張庚、郭漢城，《中國戲曲通史》第二冊，第八章〈昆山腔的作家與作品〉，丹青圖書出版，頁87。

〔註57〕見《中華文史論叢》第二期，1983年，頁201～209。

〔註58〕《湯顯祖集》詩文集卷四十五。

〔註59〕梅禹金，《鹿裘石室集》卷八。

　　鄭氏此論，主要在商榷究竟是完成於萬曆二十五年冬，抑或題詞的二十六年秋。他提出的兩直接證據，仍未明白可證，吾人認爲〈題詞〉的二十六年秋可視爲成劇年代的下限，既然《紫釵記》完成萬曆二十三年三月，則萬曆二十三年至二十六年，則可視爲《牡丹亭》創作的年代。此時，湯顯祖正在平昌，那是一個僻瘠無事的地方，他在平昌（即遂昌）縣任的情形，可以舉詩文集卷四十五之湯氏尺牘，略見一斑。〈答吳四明〉書有云：

> 雷陽歸，得憩此縣，在浙中最稱僻瘠。僕又不善爲政，因百姓所欲去留，時爲陳說天性大義。百姓又皆以爲可，賦成而訟希。值上官一時皆賢者，苦無多求。前某觀察有重客，傳食屬邑，至僕治，值僕受詞日，即與冠帶並坐堂上。所受詞不二三紙。如此者再，客亦頻蹙去。至今五日一視事，此外唯與諸生講德問字而已。

〈答馬心易比部〉云：

> 兄出縣爲郎，能再堅否？弟素不習爲吏，喜遂昌無事，弟之懶雲窩也。時念故人，宛轉梅花水際，達人所至，皆爲彼岸，兄於世相萬無過嗔。

〈與周叔夜〉云：

> 州縣官與人空書短味，亦無得漫爾寄聲也。道體似盛而羸，山海秋深，氣候數易，早晚慎霧露，晝復避日。人生忙處須閒。弟作縣何如，直是閒意多耳。

「人生忙處須閒」，不正是《牡丹亭》第一齣〔蝶戀花〕曲所言「忙處拋人閒處住。百計思量，沒箇爲歡處。白日消磨腸斷句，世間只有情難訴。」平昌無事，但「山中自有山中作用，若空度許時，處不如出矣。」〔註60〕我們相信此時湯顯祖的《牡丹亭》已在創作中。

　　徐朔方也曾從「忙處」、「閒處」的角度，討論《牡丹亭》的創作年代，認爲「忙處」指官場，「閒處」指罷官家居，他說：

> 如果《牡丹亭》創作于遂昌知縣任上，因爲縣治僻處山鄉，而勉強稱之爲「閒處」，把朝廷作爲「忙處」，整句句子可不太符合他的處境。因爲湯顯祖不是直接從忙處（朝廷）調往閒處（遂昌），而是由貶官地徐聞調到遂昌。〔註61〕

〔註60〕〈答李宗誠〉，《湯顯祖集》詩文集卷四十五。
〔註61〕見徐朔方，《湯顯祖評傳》第三章之「《牡丹亭》的創作年代」，南京大學，1993 年 7 月版，頁 116～125。

徐氏認爲「忙處拋人閒處住」，表示《牡丹亭》是湯顯祖罷官後家居時所作；但從前述〈與周叔夜〉書的「人生忙處須閒。弟作縣何如，直是閒意多耳」來看，徐氏把「忙處」、「閒處」截然分開，便不符合湯顯祖的「忙處須閒」之說，「閒處」也不是指罷官以後。因爲拘泥於「閒處」之見，徐朔方認爲《牡丹亭》是作者在萬曆二十六年三月罷官後至秋季，短短三、四個月所完成。對於他人質疑「時間短促，難以設想」，徐氏則不以爲然，認爲「三、四個月寫一本傳奇並不出人意外。焦循《劇說》卷四，傳說張鳳翼在新婚鬧房時不出一個月寫了一本《紅拂記》。《牡丹亭》和它相比，那就從容得多了。」引用焦循所舉「傳說」爲證，並不適切。徐氏認爲「三月罷官，秋季完成」的創作年代說法，對享有崇高盛名的《牡丹亭》而言，確令人「難以設想」，何況湯顯祖的創作態度又極嚴謹，鄒迪光〈臨川湯先生傳〉說他：「每譜一曲，令小史當歌，而自爲之和，聲振寥廓。識者謂神仙中人云。」長達五十五齣的《牡丹亭》如何可在三、四個月完成。

再看徐氏所引之湯顯祖〈臨川縣古永安寺復寺田記〉一文：

> 天下有閒人則有閒地，有忙地則有忙人。……何謂忙人，爭名者於朝，爭利者於市，此皆天下之忙人也。即有忙地焉以苦之。何謂閒人，知者樂山，仁者樂水，此皆天下之閒人也。即有閒地焉以甘之。
>
> 甘苦二者，誠不知於道何如，然而趣則遠矣。

忙人閒人各有追求，不知二者於「道」何如，但可以肯定的是生活之「趣」是大有不同，此亦湯氏深有體會的地方，所以他自己是個「閒意多」的縣令。未知徐朔方先生何以由此文而得「忙處指官場，閒處指罷官家居」之結論；《牡丹亭》第一齣〈標目〉所說「忙處拋人閒處住」，是不能作爲創作年代爲湯氏罷官以後的證明。

至於鄭閏所舉「借俸著書」及「新著業已殺青」是否即指《牡丹亭》，則吾人持保留看法，因爲《紫釵記》亦在遂昌任上完成。戲曲創作正是湯顯祖用以「消磨」時日的良方，是他「山中作用」，萬曆二十五年必是在《牡丹亭》創作的過程中，成劇與否，則恐未能冒然斷定。

鄭閏還有一個疏略的推論，他說：

> 七夕，湯顯祖在玉茗堂親自教習小伶排演《牡丹亭》（〈七夕醉答君東二首〉）。由此可知，《牡丹亭》寫成于七月前。四月至七月，僅三個月，湯顯祖雖「天資英敏，才華過人」，但在這短暫倉促的時間中，

　　還是難以寫出《牡丹亭》全劇的。

這或是鄭氏對一般認爲《牡丹亭》是湯氏二十六年三月棄官歸臨川後「完稿」的一種誤解，並不是說《牡丹亭》便是在萬曆二十六年的幾個月內完成，事實上，創作過程自然是一段較長的時間。再者，鄭文所引用〈七夕醉答君東二首〉詩：

　　　秋風河漢鵲成梁，矯首牽夫悅暮妝。

　　　爲問遠遊樓下女，幾年一度見劉郎？

　　　玉茗堂開春翠屏，新詞傳唱牡丹亭。

　　　傷心拍遍無人會，自揾檀痕教小伶。

依徐朔方的編年箋校，這是玉茗堂詩之十三的「作於棄官家居後，年月不詳」的作品。從遂昌任上〈與周叔夜〉書提及當時「無得漫爾寄聲」，我們猜想創作中的《牡丹亭》恐怕沒有合適的聲音來傳唱，萬曆二十六年罷官歸來，才得「新詞傳唱牡丹亭」。七夕詩中「劉郎」即指劉君東，從湯氏詩文集卷十八〈與劉浙君東〉詩知其二人「交親有十年。花林恆共蹴，草榻並曾眠」，再由〈醉答君東怡園書六絕〉知二人的交往中有戲曲演唱之活動，所以顯祖在「傷心拍遍無人會」時，便倍加懷念劉君東的知音了。

　　此外，青木正兒的《中國近世戲曲史》提出《牡丹亭》作年的另一個疑問，他說：

　　　明天啟間謔菴居士（王季重之號）之清暉閣評本《還魂記》之序，
　　　記云：「往見吾鄉文長批其卷首曰：……」徐渭萬曆二十一年卒，果
　　　此記有徐渭手批本，則此記之作，必在萬曆二十一年以前。此清暉
　　　閣序之誤歟？抑徐渭所批爲其初稿，後至二十六年始以其改定本公
　　　之於世歟？尚未能確定也。〔註62〕

如果徐渭曾批《牡丹亭》，那麼此劇作年就必須在徐渭萬曆二十一年去逝之前，對此，徐朔方提出三點考證，試錄其說如下：

　　（一）《野獲編》卷二十五〈雜劇〉條云：「頃黃貞甫汝亨以進賢令內召還，貽湯義仍新作《牡丹亭記》，眞是一種奇文。」按，《玉茗堂詩》卷五〈東館別黃貞父〉序云：「乙巳夏小暑，貞父赴儀徵曹，過建武辭謁。予送之郡南東館。」進賢令內召還，即是年，爲萬曆三十三年。當時刻板非朝夕可辦，且書籍流傳不便，故《野獲編》作者沈德符於《牡丹亭》寫成後之七年得讀

<hr>

〔註62〕青木正兒著，《中國近世戲曲史》第九章，商務出版社，頁236。

此書，猶目為新作。此劇若作於萬曆二十一年前，則時間相去過遠。浙、贛相去雖千里許，沈德符於文人、曲家往來甚密，似不致如此隔膜。

（二）《玉茗堂詩》卷十四〈香嶴逢賈胡〉、〈看番禺人入真臘〉、〈聽香山譯者〉諸詩俱萬曆十九年冬貶官廣東徐聞道上作。嶺南風物及舶來洋商予顯祖印象不淺。《牡丹亭》寫柳夢梅云：「寒儒偏喜住炎方」（第二齣）、「你罵俺嶺南人吃檳榔，其實柳夢梅唇紅齒白」（第五十五齣）言及香山嶴者有第六、二十一、二十二等齣，第二十一齣且提及洋商、通譯。凡此所寫皆與上述諸詩有關，當同係貶官後作。顯祖於二十年春始北歸臨川，此劇即一揮而就，以當時書籍之刻印、發行及流傳情況論，亦不可能有徐渭手批本。

（三）王驥德《曲律》〈雜論〉第三十九下云：孫如法「又與湯奉常為同年友。湯令遂昌日，會先生（如法）謬賞余《題紅》不置。因問先生：『此君（驥德）謂余《紫簫》何若？』（時《紫釵》以下俱未出）先生言：『嘗聞伯良（驥德）豔稱公才而略短公法。』湯曰：『良然。吾茲以報滿抵會城，當邀此君共削正之。』既以罷歸不果。故後《還魂記》「驚夢」折曰，有『韓夫人得遇于郎，曾有《題紅記》』語，以此。」按，顯祖於萬曆二十一年三月赴遂昌令任，時《紫釵記》雖成而未印行，觀乎上引「時《紫釵》以下俱未出」及「故後《還魂記》」云云，知文長生前不及見《牡丹亭》也。〔註63〕

上述徐氏的三點論證，其第一點說理較為薄弱，他認為「沈德符於《牡丹亭》寫成後之七年得讀此書，猶目為新作。此劇若作於萬曆二十一年，則時間相去過遠。」吾人以為「七年」仍稱「新作」，時間上亦是相去太遠；而湯氏詩文集卷四十九有〈與錢簡棲〉書云：

> 貞父內徵過家，兄須一詣西子湖頭，便取四夢善本，歌以麗人，如
> 醉玉茗堂中也。

據此，那麼萬曆三十三年，黃貞父（甫）以進賢令內召還之時，「四夢」已有善本，故沈德符《野獲編》的「新作」，應非指《牡丹亭》，徐朔方以「書籍流傳不便」來解釋《牡丹亭》「七年」後仍稱「新作」，實屬牽強的說法。

吾人以為問題出在對沈德符《野獲編》卷二十五〈雜劇〉條的斷句與解讀，應為：

> 頃黃貞甫汝亨以進賢令內召還，貽湯義仍新作。《牡丹亭記》真是一

〔註63〕徐朔方著，《湯顯祖年譜》，附錄丙〈玉茗堂傳奇創作年代考〉，中華書局，頁223。

種奇文，未知於王實甫、施君美如何，恐斷非今日諸賢所辦也。湯
詞係南曲，因論北詞附及之。

由前引之〈與錢簡棲〉書，已可確知黃貞甫有的湯氏「新作」是「四夢善本」，
當更指後二夢為是。沈氏舉出《牡丹亭記》，乃稱許其「奇」，因而思及「諸
賢」對《西廂》、《拜月》等的爭論。我們知道嘉靖以後的曲壇，盛行評論劇
作優劣，戲曲界主要討論的有《琵琶》、《拜月》高下之爭。綜論之，則何良
俊、李贄、凌濛初、徐復祚以本色當行推崇《拜月》；王世貞因琢詞使事而推
崇《琵琶》；魏良輔、沈璟以音韻精絕而推崇《琵琶》；呂天成、王驥德則著
眼本色、文采的結合而賞《琵琶》，各家審美趣味不一，評論自異。對於《西
廂記》則大多持褒美態度，朱權、王世貞、王驥德、馮夢龍均肯定之，但何
良俊則批評它「全帶脂粉」〔註64〕。李卓吾認為《西廂》、《拜月》為「化工」，
《琵琶》為「畫工」〔註65〕，此說影響後世頗大。沈德符此處言「未知於王
實甫、施君美如何，恐斷非近日諸賢所辦也。」或認為《牡丹亭》亦屬傳神
的化工作品，論者恐難斷高下，最後他說「因論北詞附及之」，可見是一時興
起之思。

　　吾人以為《野獲編》〈雜劇〉條後半段文字「牡丹亭」云云，乃接下文之
論說，非指上文的義仍「新作」而言。徐朔方於此處，或有「斷章」上的
誤解。

　　徐氏所舉第二點論證，引用《玉茗堂詩》卷十四之詩，今見於《湯顯祖
詩文集》卷十一，為貶官徐聞時所作詩。其自《牡丹亭》劇作內容推測，認
為應寫於萬曆二十年之後，如是，則卒於二十一年之徐渭，恐不及有手批《牡
丹亭》之事。其第三點論證引王驥德《曲律》之記載，既然「湯令遂昌」時
（按：萬曆二十一年起），「《紫釵》以下俱未出」，因此，徐渭生前是看不到
《牡丹亭》的。以上兩點論證，均為合理。此外，徐、湯二人每為論者相提
並譽〔註66〕，若從二人詩文集中探尋，或可更直接知道徐渭與《牡丹亭》接

〔註64〕 參葉長海《中國戲劇學史稿》上冊，駱駝出版社，及趙山林《中國戲曲觀眾
　　　　 學》，華東師範大學出版。
〔註65〕 《李溫陵集》卷八〈雜說〉，文史哲出版，頁469。
〔註66〕 徐渭與湯顯祖每被論者相提並論，如：王驥德《曲律》卷四〈雜論第三十九
　　　　 下〉有云：客問今日詞人之冠。余曰：於北詞得一人，曰高郵王西樓。俊豔
　　　　 工鍊，字字精琢，惜不見長篇。於南詞得二人，曰吾師山陰徐天池先生。瑰
　　　　 瑋濃鬱，超邁絕塵。《木蘭》、《崇嘏》二劇，劌腸嘔心，可泣鬼神。惜不多作。
　　　　 曰臨川湯若士，婉麗妖冶，語動刺骨。獨字句平仄多逸三尺。然其妙處，往

觸之可能與否，試論之。

徐渭（1521～1593）長於湯顯祖二十九歲，是個才華洋溢卻一生落拓潦倒的文人。二人交往詩作甚少，但徐渭對湯顯祖的欣賞是可以清楚看到的，在其《徐文長三集》卷五有一首七言古詩〈漁樂圖〉，自注云：「都不記創於誰，近見湯君顯祖，慕而學之。」〔註67〕湯顯祖見此詩後有〈秣陵寄徐天池渭〉作答：

> 百漁詠罷首重回，小景西征次第開。
>
> 更乞天池半坳水，將公無死或能來。（詩文集卷十）

這是湯顯祖任職南京時的詩作，二人是否曾見面，則未可知。徐渭對湯氏的讚賞推崇，更見於他評湯顯祖的《問棘堂郵草》，總評說：「眞奇才，生平不多見。」並作〈讀問棘堂集，擬寄湯海若〉詩云：

> 蘭苕翡翠逐時鳴。誰解鈞天響洞庭？鼓瑟定應遭客罵，執鞭今始慰生平。即收呂覽千金市，直換咸陽許座城。無限龍門蠶室淚，難偕書札報任卿。〔註68〕

這首詩當時並未寄出，直到萬曆十九年，湯顯祖因上〈論輔臣科臣疏〉，被貶

往非詞人工力所及，惜不見散套耳。焦循《劇說》卷五有云：入我明來，填詞者比比。大才大情之人，則大愆大謬之所集也，湯若士、徐文長兩君子，其不免乎！減一分才情，則減一分愆謬，張伯起、梁伯龍、梅禹金，斯誠第二流之佳者。乃若彈駁愆謬，不遺錙銖，而無才無情，諸醜畢見，如臧顧諸者，可勝笑哉！虞淳熙〈徐文長集序〉言王世貞、李攀龍稱霸文壇時，「所不能包者兩人，頎偉之徐文長，小銳之湯顯祖也。」錢謙益《列朝詩集》丁集中袁宏道小傳言：「萬曆中年，王李之學盛行。黃茅白葦，彌望皆是，文長、義仍巋然有異。」賀貽孫《水田居全集》卷三〈詩餘序〉云：弱冠時，酷嗜湯臨川及徐山陰詞曲，曾爲效顰，擬作雜劇，未及成稿而罷，殘興不已，遂寄意於詩餘。

〔註67〕《徐文長三集》卷五〈漁樂圖〉全詩四十六句，中間十二句「新」字重複二十九次：「新豐新館開新酒，新鉢新姜搗新韭。新歸新雁斷新聲，新買新船系新柳。新鑪持去換新錢，新米持歸新竹燃。新楓昨夜鑽新火，新笛新聲新暮煙。新火新煙新月流，新歌新月破新愁。新皮魚鼓悲前代，新草王孫唱舊游。」他說是見湯顯祖「慕而學之」，這種字詞回環重現的表達方式，湯顯祖頗常用之，《問棘堂郵草》中最典型的是〈芳樹〉一首，全詩七言三十六句，中段十二句，「芳」字重複二十三次：「也隨芳樹起芳思，也緣芳樹流芳盼。難將芳怨度芳辰，何處芳人啓芳宴？乍移芳趾就芳禽，卻渦芳泥惱芳燕。不嫌芳袖折芳蘂，還憐芳蝶縈芳扇。惟將芳訊逐芳年，寧知芳草遺芳鈿？哪芳鈿猶遺芳樹邊，芳樹秋來復可憐。」

〔註68〕見《徐文長三集》卷七，國立中央圖書館編印，頁608。

徐聞典史，大約此時，文長有〈與湯義仍書〉云：

> 某於客所，讀《問棘堂集》，自謂平生所未嘗見，便作詩一首以道此
> 懷，藏此久矣。頃值客有道出尊鄉者，遂托以塵，兼呈鄙刻二種，
> 用替傾蓋之談。《問棘》之外，別構必多，遇便倘能寄教耶？湘管四
> 枝，將需灑藻。〔註69〕

「《問棘》之外，別構必多」，可見徐渭所看到的湯氏著作，可能就只有《問
棘堂郵草》一種，且在現存徐渭的詩文、筆記中也不見有其批評《牡丹亭》
的記載；因此，王思任〈批點玉茗堂牡丹亭敘〉所言：

> 往見吾鄉文長批其卷首曰：「此牛有萬夫之稟。」雖為妒語，大覺頗
> 心。而若士曾語盧氏李恒嶠云：「《四聲猿》乃詞場飛將，輒為之唱
> 演數通。安得生致文長，自拔其舌！」其相引重如此。〔註70〕

「批其卷首」，吾人以為或即《問棘堂郵草》之卷首，非指《牡丹亭》而言，
王思任引此言，所要表示的是徐、湯二人的「相引重」而已。

　　垂垂老矣的徐渭，恐怕是除《問棘》之外，未見湯氏其餘「別構」。後來，
徐渭在貧病中去逝，為此湯顯祖有〈寄余瑤圃〉書云：

> 尊公老師，已哀然易名之請。蕞爾郡社，何關遲疾。貴治孝廉陸君
> 夢龍，成其材，不下東海長卿，知門下當為下榻。徐天池後必零
> 落，門下絃歌清暇，倘一問之。林下人閒心及此。不盡。（詩文集卷
> 四十七）

此時余瑤圃任山陰知縣，湯氏這份「閒心」，也正見他對徐渭的一番情誼。

　　以上為對鄭閏、徐朔方、青木正兒等人所言《牡丹亭》作年的討論。吾
人認為《牡丹亭》創作於萬曆二十三年三月至二十六年秋之間，此另可從湯
氏〈玉茗堂批訂董西廂敘〉及〈董西廂題辭〉來推敲。敘《董西廂》言「捉
筆了霍小玉公案。時取參觀，更覺會心。輒泚筆淋漓，快叫欲絕。」此時湯
顯祖對《董西廂》何其動心，他飛揚靈動的心思躍於文字中，他被《西廂》
撼動的情緒是可以想見的，平昌無事，捉筆完成《紫釵記》後，他滿腔熱情，
何處宣洩？再看其〈董解元西廂題辭〉：

> 余於聲律之道，瞠乎未入其室也。《書》曰：「詩言志，歌永言，聲
> 依永，律和聲。」志也者，情也。先民所謂發乎情，止乎禮義者，

〔註69〕《徐文長三集》卷十六，國立中央圖書館編印，頁1110。
〔註70〕蔡毅編，《中國古典戲曲序跋彙編》第二冊，齊魯書社，頁1229。

是也。嗟乎，萬物之情各有其志。董以董之情而索崔、張之情於花
月徘徊之間，余亦以余之情而索董之情於筆墨煙波之際。董之發乎
情也，鏗金戛石，可以如抗而如墜。余之發乎情也，宴酣嘯傲，可
以以翱而以翔。然則余於定律和聲處，雖於古人未之逮焉，而至如
《書》之所稱為言為永者，殆庶幾其近之矣。

所謂「余之發乎情也，宴酣嘯傲，可以以翱而以翔。然則余於定律和聲處，
雖於古人未之逮焉，而至如《書》之所稱為言為永者，殆庶幾其近之矣。」
主情及自然的聲律說，正是《牡丹亭》的特點，所謂「定律和聲處」應是指
其自身的創作活動，完成「霍小玉故事」之後，以情為主的劇作，自然是他
傑出的代表作《牡丹亭》，被《董西廂》激起的情懷，是他創作《牡丹亭》的
導火線吧。

　　後人在研究《牡丹亭》時，每把《西廂》與之並論，如蔣星煜的〈湯顯
祖與西廂記——有關崔鶯鶯、杜麗娘比較研究的一些看法〉〔註71〕，鄒自振
的〈崔鶯鶯、杜麗娘之比較〉〔註72〕，馬樹國的〈崔鶯鶯與杜麗娘〉〔註73〕，
齊裕焜的《西廂記與牡丹亭比較》〔註74〕。張燕瑾認為無論從思想上看，還
是從藝術上看，《西廂記》是《牡丹亭》的先驅，《牡丹亭》是對《西廂記》
的繼承和發展〔註75〕。偌多論及《西廂記》與《牡丹亭》關係的文章，正說
明此兩劇有其相近相似之處，也都為真情爭得一個「有情的都成了眷屬」的
結局。

　　由湯氏所撰《董西廂》之批敘及題辭，吾人可推測萬曆二十三年「捉筆
了霍小玉公案」後，或有感於《董西廂》而展開《牡丹亭》的創作，至萬曆
二十六年秋完稿並作〈題詞〉。近人徐扶明認為《牡丹亭》的創作過程，「當
始於萬曆二十四年，成於萬曆二十六年，歷經三年之久。」〔註76〕其對《牡
丹亭》創作時間的看法和本文較為接近。

〔註71〕《江西師院學報》第三期，1984年。
〔註72〕《撫州師專學報》第一期，1985年。
〔註73〕《太原師專學報》（哲社版）第二期，1987年。
〔註74〕上海古籍出版社，1987年。
〔註75〕張燕瑾撰，〈論《牡丹亭》的繼承和發展〉，《中華戲曲》第十輯，山西人民出
　　　　版。
〔註76〕見徐扶明，《湯顯祖與牡丹亭》，上海古籍出版社，1993年11月一版，頁
　　　　52。

第四節　湯顯祖戲曲創作年代小結

　　湯顯祖戲曲之創作年代，後二夢最無所爭議，學者大都以臨川之題詞爲作年之依據。明刊臧晉叔本《南柯記》之題詞，署萬曆庚子夏至，亦即萬曆二十八年夏至完稿。《邯鄲記》的臧晉叔改本及明天啓元年刊本，題詞皆署辛丑中秋前一日，亦即萬曆二十九年中秋前完稿，故二劇乃相繼完成於其辭官退隱居家之時，由於題詞所署時間明確，且爲接續完成，因而更減少疑義的可能。

　　《牡丹亭》既完稿於萬曆二十六年秋，此後一年半的時間，至萬曆二十八年夏至，則可視爲《南柯記》之創作年代，家居無事，以臨川愈來愈熟練的創作經驗，其作劇之速度也愈來愈快。萬曆二十八年夏至到二十九年中秋前，這不到一年半的時間，則爲其最後一劇《邯鄲記》的創作年代。後二夢的先後次序及作劇時間，吾人亦可由湯氏詩文集卷四十七之〈答張夢澤〉書，得到明證。書中云：

> 謹以玉茗編《紫釵記》操縵以前。餘若《牡丹魂》、《南柯夢》，繕寫而上。問黃粱其未熟，寫盧生於正眠。蓋唯貧病交連，故亦嘯歌難續。

「問黃粱其未熟，寫盧生於正眠」，可知《南柯夢》完成之後，他正在撰寫《邯鄲夢》。張夢澤任新渝知縣三年，於萬曆三十年以丁憂去職〔註77〕，此書信可能即寫於萬曆二十八年《南柯記》完成之後，〈題詞〉的成劇時間和此書信是相吻合的。

　　湯顯祖寄去劇作給張夢澤，或即其詩文集卷四十七，另有一篇〈答張夢澤〉書中所云：

> 丈書來，欲取弟長行文字以行。弟平生學爲古人文字不滿百首，要不足行於世。其大致有五……名亦命也，如弟薄命，韻語自謂積精焦志，行未可知。韻語行，無容兼取。不行，則故命也。

「韻語」所指即其戲曲創作，臨川對自己的劇作是很自我肯定的，如果「不行」，也只好歸於「命」了。張夢澤來信索其文字，後來又寄來他自己的作品，湯氏便以劇本作爲回報。由此可知，其五本劇作的先後次序應爲《紫簫記》、《紫釵記》、《牡丹亭記》、《南柯夢記》及《邯鄲夢記》。呂天成《曲品》卷下

〔註77〕見《湯顯祖集》詩文集卷三十五，〈渝水明府夢澤張侯去思碑〉。

「新傳奇品」云：「每一人以所作先後爲次，非有甲乙也。」〔註78〕列湯顯祖傳奇五本於「上上品」，其順序之先後亦與此同，呂天成與湯氏同時代，彼此亦有交誼往來，可見五劇之先後當爲如此無誤。

　　綜合本章，對湯顯祖戲曲的創作年代，約作結語如下：

（一）《紫簫記》作於隆慶四年鄉舉後，至萬曆四年之間，丁丑（萬曆五年）會試後，因「是非蜂起，訛言四方」，故此劇未完成。

（二）《紫釵記》之作始於萬曆十五年任職南京時，至萬曆二十三年三月，於平昌任上完稿，並作〈紫釵記題詞〉。

（三）《牡丹亭》作於《紫釵記》完稿之後，亦在平昌任上，至萬曆二十六年秋棄官歸家後完稿，並作〈牡丹亭記題詞〉。

（四）《南柯夢記》作於萬曆二十六年秋以後，至萬曆二十八年夏至完稿，並作〈南柯夢記題詞〉。

（五）《邯鄲夢記》作於萬曆二十八年夏至以後，至萬曆二十九年中秋前一日完稿，並作〈邯鄲夢記題詞〉。

〔註78〕《中國古典戲曲論著集成》第六冊，中國戲劇出版社，頁230。

第三章 《紫簫記》對〈霍小玉傳〉的 再創作

第一節 前人對《紫簫記》的評論

　　作為臨川五劇的第一本劇作，《紫簫記》顯然是很寂寞的，當學者們標舉「玉茗堂四夢」或者「臨川四夢」的同時，《紫簫記》便已被排除在外，頂多在《紫釵記》下提及為「《紫簫記》改本」。現存三十四齣的《紫簫記》，雖然是未完成的作品，但還算完整，湯顯祖在「是非蜂起，訛言四方」之際，把它付梓刊行，便代表是在一個可以停頓的段落。明人祁彪佳的《遠山堂曲品》有言：

> ……儘成半帙而罷，然已得四十三齣。十郎塞上初歸，會於牛女之夕，亦可作結體，正不忍見小玉憔悴一段耳。願知音者亟附紅牙。〔註1〕

案：「四十三齣」乃「三十四齣」之誤。雖是「半帙」，但已可作結，李益、霍小玉相會於七夕，也差不多到達「小收煞」〔註2〕的情節，我們是可以把三十四齣的《紫簫記》作為一個整體來探討，尤其它又是臨川早期作品，對湯顯祖的戲曲創作歷程而言，是別具意義的。

〔註1〕 見《遠山堂曲品》「豔品」，收於《中國古典戲曲論著集成》第六冊，中國戲劇出版社，頁17。

〔註2〕 李漁，《閒情偶寄》卷三〈格局〉第六云：「上半部之末齣，暫攝情形，略收鑼鼓，名為小收煞。宜緊忌寬，宜熱忌冷。」，長安出版社，頁65。

　　前人對《紫簫記》的評論，主要著眼於兩方面，一是《紫簫記》內容的是非之說，一是曲詞的雕琢藻繪。前者即〈紫釵記題詞〉所言之「是非」、「訛言」事，沈德符《萬曆野獲編》卷二十五〈塡詞有他意〉條，徐復祚《花當閣叢談》〔註3〕，祁彪佳《遠山堂曲品》〔註4〕，吳梅的《霜厓曲跋》卷三〔註5〕均提及，但未如同近來論者明白指向張居正，此事前章已有論述，此處不多贅言。後者以論《紫簫記》之詞藻爲主，大多持稱許態度。近人雖未留意臨川早期的這部未完成的處女作，但在湯氏的時代，它其實獲得相當推崇和肯定，呂天成《曲品》把臨川五劇一起並列於「上上品」（新傳奇品），祁彪佳《遠山堂曲品》置《紫簫》於「豔品」，試看諸家的說法：

> 《紫簫》：琢調鮮美，鍊白駢麗。向傳先生作酒色財氣四犯，有所諷刺，是非頓起，作此以掩之。僅成半本而罷。覺太曼衍，留此清唱可耳。（呂天成《曲品》）

> 臨川湯奉常之曲，當置法字無論，盡是案頭異書。所作五傳，《紫簫》、《紫釵》、第修藻豔，語多瑣屑，不成篇章。……二百年來，一人而已。（王驥德《曲律》卷四）

> 《紫簫》：工藻鮮美，不讓〈三都〉、〈兩京〉。寫女兒幽懽，刻入骨髓，字字有輕紅嫩綠。閱之不動情者，必世間癡男子。（祁彪佳《遠山堂曲品》豔品）

呂天成、王驥德、祁彪佳均是明代戲曲大家，他們著重於《紫簫記》的曲辭，亦表示這是明人的戲曲審美觀，他們喜歡評論南北曲的優劣，喜歡評論戲曲的本色、文采，因爲戲曲活動在萬曆年間正蓬勃發展，因此戲曲評論也得以發展，葉長海說：

> 戲劇的繁榮與發展促使戲劇理論的發展，戲劇學本身的發展，爲萬曆時期戲劇學研究高潮的形成提供了可能性。元代、明初的一些戲

〔註3〕徐復祚，《花當閣叢談》云：「昔蘇子瞻〈無鹽〉諸詠，李定、舒亶輩指爲謗訕朝政，而〈詠檜〉一詩，王珪直以爲不臣，欲服上刑。非宋裕陵神聖，寧有免法？吁，可畏哉！近王弇州作《卮言》，作別集，湯臨川作《紫簫記》，亦紛紛不免於豬嘴關。乃知古人制作必藏名山大川，有以也。」

〔註4〕祁彪佳，《遠山堂曲品》「豔品」有云：「向傳先生作酒、色、財、氣四劇，有所譏刺，是非頓起，作此以掩之，又爲部長吏抑止，僅成半帙而罷。」

〔註5〕吳梅，《霜厓曲跋》卷三，〈紫簫記跋〉云：「臨川懼禍，先付剞氏，明無與於時相，實未成之書也。」

劇學著作，為後來的理論研究提供了資料、經驗和研究基礎，嘉靖、
隆慶期間革新派對戲劇研究的鼓吹和呼喊，逐漸形成了戲劇研究的
時代風氣。〔註6〕

戲曲評論的眼光，常代表著一個時代的文藝思潮與審美觀，「曲者、詞之變」
〔註7〕，從詩學的演進上看，文人重視曲辭也是一種必然與當然。後來，由於
湯顯祖的《牡丹亭》獲得極大的關注，明代以後，《紫簫記》更顯寂寞，翻閱
近人研究湯顯祖的專著、論文，則《紫簫》或未被列入討論，或只一筆帶過，
或者貶多褒少，與明人之論又大有不同；試看今人說法：

徐朔方所撰〈湯顯祖和他的傳奇〉言：

如果以現在所能看到的《紫簫記》而論。作者在這裡並沒有顯出自
己的特色，這是一個不成熟的作品。〔註8〕

徐氏認為《紫簫記》內容「平鋪直敘」，堆砌詞藻，評以「不成熟」三字，由
於徐氏為近來湯顯祖研究的專家，其論斷也就具有相當權威性，因此採用其
觀點的學者亦復不少。黃文錫〈論湯顯祖創作思想的發展〉一文，對《紫簫
記》的評論為「實在是一部失敗的作品」〔註9〕，他是從「賣弄典故，追求辭
藻的濃豔和文體的駢麗」及主題思想不明確，關目累贅，頭諸蕪雜等方面來
判定《紫簫記》的「失敗」。王永健的《明清傳奇》一書，也從「曲詞靡縟，
賓白愛作四六駢文」，主題不深刻及缺少戲劇衝突等方面，說「是一部不成功
的劇作」〔註10〕。再看張燕瑾的《中國戲劇史》的說法：

這是一次習作，炫耀才學堆砌典故，關目感人處少，道白用駢體，
既難上口，又不易理解；矛盾衝突也沒有充分展開，結構也嫌鬆散，
可供案頭觀玩，不能場上搬演。但已顯示出作者的戲劇才華，有些
地方（如「納聘」）寫小玉旖旎情思，細膩微妙，這種風格在《牡丹
亭》裏得到了進一步發展。〔註11〕

〔註6〕葉長海，《中國戲劇學史稿》上冊，駱駝出版社，頁171。
〔註7〕王世貞，《曲藻》言：「曲者，詞之變。自金、元入主中國，所用胡樂，嘈雜
　　　淒緊，緩急之間，詞不能按，乃更為新聲以媚之。而諸君如貫酸齋、馬東籬、
　　　王實甫、關漢卿、張可久、喬夢符、鄭德輝、宮大用、白仁甫輩，咸富有才
　　　情，兼喜聲律，以故遂擅一代之長。所謂『宋詞、元曲』，殆不虛也。」
〔註8〕《浙江師範學院學報》第一期，1955年。
〔註9〕黃文收於《湯顯祖研究論文集》，中國戲劇出版社，頁53。
〔註10〕王永健，《明清傳奇》第四章，江蘇教育出版社，頁90。
〔註11〕張燕瑾，《中國戲劇史》第三章，文津出版社，頁208。

此外，吳國欽的《中國戲曲史漫話》說《紫簫記》「語言典麗，關目平庸」〔註 12〕，從明人與今人對《紫簫記》不同的評語，讓我們發現不同的時代審美思潮。呂天成盛讚湯顯祖是「麗藻憑巧腸而瀋發，幽情逐彩筆以紛飛」（《曲品》卷上），王驥德稱湯氏曲為「射雕手」（《曲律》卷四），然今人則嫌其過於藻繪，轉為較注重關目情節的跌宕，劇情思想的的突出；此種審美角度的改變，也使《紫簫記》更得不到肯定。

即使如此，就湯顯祖個人的創作歷程而言，我想《紫簫記》不但不應被忽略，反應更值得探討。它是臨川二十餘歲的作品，以他庚午（二十一歲）舉於鄉的「彼其時，於古文詞而外，能精樂府歌行五七言詩，諸史百家而外，通天官地理醫藥卜筮河渠墨兵神經怪牒諸書矣。」〔註 13〕已嶄露其天縱之資的才筆，《紫簫記》固不如後來愈趨成熟的四夢，但也不可小覷。其中所表現的思想和藝術，都是往後劇作的基礎，它代表湯顯祖第一個階段的戲曲創作。臨川標榜「曲意」，正是一個重視內容勝過形式的作家，那麼，早期的《紫簫記》以唐傳奇小說〈霍小玉傳〉為取材，卻在思想、內容上大有改變，其中的變化自有其意義存在，故擬從主題思想、關目情節、人物形象等處著眼，見其異同，由此一探臨川的戲曲創作。

第二節　主題思想

文學藝術作品是反映生活的，而生活中存在著各種不同的問題，作家通過形象描寫，在作品中提出生活中的問題，也提出對問題的看法，這就構成作品的主題思想。它是既包括描寫的對象，也包括描寫者的思想；是客觀地存在於作品之中，不能任意加入或隨便抹殺的。

《紫簫記》取材自唐傳奇〈霍小玉傳〉，這是學界公認的說法，但把這唐傳奇與明傳奇拿來比較，又發現兩者相去甚遠，一如從唐元稹的〈鶯鶯傳〉到元王實甫的《西廂記》般，原傳中男婚女嫁，各自隱忍補過的鶯鶯與張生，到了戲曲則轉變為勇於追求愛情而終成眷屬。由於時代改變，舊的題材中，已注入許多新的東西，有所承，也有所變；改變的多寡和創作者的生活經驗，才力大小有密切關係。唐人傳奇小說的題材，常為後代宋元明清的戲

〔註12〕見該書頁 175，木鐸出版社。
〔註13〕鄒迪光，〈臨川湯先生傳〉，見《湯顯祖集》附錄。

曲、小說所採用，如〈補江總白猿傳〉故事有宋話本《陳巡檢梅嶺失妻記》、宋戲文《陳巡檢梅嶺失妻》等，〈離魂記〉故事有宋話本〈惠娘魂偶〉、金《倩女離魂諸宮調》、元雜劇《倩女離魂》等，〈柳氏傳〉故事有宋話本〈章臺柳〉、宋元戲文《章台柳》、元雜劇《寄情韓翊章臺柳》、明傳奇《玉合記》等，〈李娃傳〉故事有宋話本〈李亞仙〉、元雜劇《打瓦罐》、《曲江池》、明傳奇《繡襦記》等，〈鶯鶯傳〉故事有宋話本〈鶯鶯傳〉、宋《商調蝶戀花會真記鼓子詞》、金《西廂記諸宮調》、清《西廂記鼓詞》、宋官本雜劇《鶯鶯六么》、宋元戲文《西廂記》、元雜劇《西廂記》、明傳奇《南西廂記》、清傳奇《續西廂記》、《西廂印》、《不了緣》、《翻西廂》等十餘種之多〔註 14〕，取材於舊有故事，翻案重作，是中國古典戲曲的特質之一〔註 15〕，偌多的改寫與再創作之中，必定包含不同時代的不同思維與表現。題材沿襲舊有故事，好戲可以一演再演，一看再看，因為舞台上的表演，自有一種吸引人的藝術之美。但如《西廂記》、《牡丹亭》等傳唱千古的佳構，舊故事中，包含著深刻的新意，其成就也往往在於此處。從〈霍小玉傳〉到《紫簫記》、《紫釵記》亦復如此，小玉的故事中，也有不同時代的變化。

　　《紫簫記》與〈霍小玉傳〉就故事本身而言，已有太大的變動，幾乎可說是湯顯祖的一個新的創作。那麼臨川自〈霍小玉傳〉中究竟取得什麼？我想應是〈紫釵記題詞〉所云「霍小玉能作有情癡」，是這個人物以及她所展現的至情精神。由於〈霍小玉傳〉為短篇的文言小說，作者以全力來舖寫人物，其中的愛情主題是很明確而強烈的；《紫簫記》演為三十四齣的戲曲，傳奇的長篇體製，也易使內容朝向多元化，在劇中不同人物的身上，可以看到作者複雜的人生思維。《紫簫記》固以霍小玉和李益的愛情為主題，但同時又看到追求功名和遊仙出世的思想，交織其中。從前章所論湯顯祖的創作

〔註14〕　見吳志達著，《唐人傳奇》，木鐸出版社，頁 163～176。
〔註15〕　曾永義教授在〈中國古典戲曲特質〉一文中指出此種現象的原因有三，大略如下：（一）因為我國古典戲劇的美學基礎是詩歌、音樂和舞蹈，作者所最關心的是文辭的精湛，而演員則講求歌聲的動聽和身段的美妙……如果觀眾對於劇中情節毫無所知，或是事件太新奇，那麼注意力便化費在情節的探索，因而對於歌舞樂的聆賞，自然鬆懈，如此便不能掌握到我國古典戲劇所要表現的真諦。（二）改編前人劇本，在關目的布置和排場的處理上，以其有所憑藉，自然可以省下許多精力，便於專意文辭的表現。倘能再稍用心思，尤易於邁越前人。（三）取材歷史和傳說故事，可以逃避現實。見《中國古典戲劇論集》，聯經出版社，頁 68～40。

年代看，這種多樣複雜的人生思維，其實是反映了作者早期生活與思想的實際。在取材〈霍小玉傳〉的同時，有著臨川深刻的改造，試從比較中見其異同。

一、愛情與婚姻

（一）〈霍小玉傳〉愛情與婚姻的衝突

《紫簫記》與〈霍小玉傳〉最大的相同點，即在愛情這一主題上，湯顯祖的主情思想，在此第一部作品即已見其傾向。〈霍小玉傳〉在唐人傳奇中，被視爲愛情類小說的代表作品〔註16〕，倍受贊美，明胡應麟《莊嶽委談》卷下即言：

> 唐人小說，紀閨閣事，緯有情致。〈霍小玉傳〉尤爲精采動人，故傳誦弗衰。

胡氏的推崇，絕非溢美，傳中霍小玉對愛情的追求、執著乃至殉情而死的悲劇收結，讀來令人「淒惋欲絕」〔註17〕。從李益的「博求名妓，久而未諧」，小玉的「不邀財貨，但慕風流」，經由鮑十一娘居中攝合，愛情就此拉開序幕；隨著情節的進展，愛情主題的展現，是在小玉不斷主動追尋和李益一再逡巡退縮之中，藉著人物形象的對比來表現、傳達。小玉強烈的意念可謂動人心弦，對愛情的追尋是在一種悲劇的氣氛中進行，一開始她便理性的知道「妾本倡家，自知非匹」，卻又天眞的提出一生捨棄人事，但求八年之愛的「短願」，這種「傻氣」，便是湯顯祖所感受到的「有情癡」。「短願」終是不符合現實的，終究要走向破滅，李益授官後另婚高門、避不見面的態度和小玉賣釵尋訪、鍥而不捨的追求精神，形成強烈對比，也凸顯了愛情的主題。此外，作者還藉著老玉工淒然泣下的「貴人男女，失機落節，一至於此。我殘年向盡，見此盛衰，不勝傷感。」李益中表弟崔允明的「每得生信，必誠告於玉」，以及「長安中稍有知者」都站到同情小玉的立場上，由這些側面的描

〔註16〕 文學史有將唐傳奇分類者，如郭箴一《中國小說史》區分爲神怪、戀愛、豪俠三類。劉大杰《中國文學發達史》區分有諷刺、愛情、歷史、俠義四類。中國文學史研究委員會編《新編中國文學史》則分諷刺、愛情、豪俠、歷史四類。凡此，可見愛情類是唐傳奇小說中具有特色的一部分，而〈霍小玉傳〉是此類別的代表作品。

〔註17〕 宋洪邁言：「唐人小說，不可不熟：小小情事，淒惋欲絕，洵有神遇而不自知者，與詩律可稱一代之奇。」

寫與烘托，使小玉追尋愛情的主題得到肯定。葉師慶炳《中國文學史》云：

> 文中「風流之士，共感玉之多情；豪俠之倫，皆怒生之薄倖。」數
> 語，即主題所在。然進士之可惡，由社會風氣造成，故本文間接亦
> 攻擊此不合理之社會風尚。〔註18〕

「社會風氣」是愛情走向悲劇的一隻無形而巨大的手，作者藉著小說反映了這樣的社會現實。

　　愛情追求的目的本應是有情人終成眷屬的長相廝守，但唐代娼妓與進士的愛情，結局常淪為悲劇，就娼妓而言，其身分屬「賤民」，依唐律，是難為正奔向似錦前程的進士之妻。《唐六典》尚書刑部卷六有云：

> 男女既成，各從其類而配偶之。

這是「門當戶對」的傳統現實觀念，婚姻被視作一種社會行為，不是為著愛情而來的。唐代各行各業有一定「版籍」的階級限制，娼妓即使得到重金贖身脫籍，身分依舊卑微，每只能成為「外室」，難有終身幸福的保障，如房千里〈楊娼傳〉所寫，嶺南帥「陰出重賂，削去娼之籍」，也只有把楊娼「館之他舍」；佚名撰〈冥音錄〉寫盧江尉李侃之「外婦」崔氏，本應陵娼家，李侃卒後，獨立撫養二女，但宗親對她是「絕不相聞」〔註19〕，被排斥於家族之外，娼妓社會地位之卑微可見。

　　就進士而言，其挾妓遊宴之初衷，本為逢場作戲，若論及婚姻，則希求「娶五姓女」〔註20〕，五姓指隴西李氏，太原王氏，榮陽鄭氏，范陽盧氏，博陵、清河崔氏。因為進士為唐代新興的社會階級，藉娶五姓高門女子，可以提升他們的政治社會地位。「婚」和「仕」的結合，曾在魏晉時代，造成龐大的門閥勢力；鄭樵言：「自隋唐而上，官有簿狀，家有譜系；官之選舉必由簿狀，家之婚姻必有譜系」〔註21〕，官有簿狀作為選舉之用，家有譜系成為婚姻門第的依據，可見圖譜的編纂有效地維護了士族階層的既得利益。李唐建國以後，便想打破這種傳統的門閥勢力，以伸王室的權威。因此，藉科舉

〔註18〕葉師慶炳著，《中國文學史》上冊，學生書局出版，頁469。

〔註19〕見《太平廣記》卷四八九，不著撰人。

〔註20〕唐劉餗，《隋唐嘉話》載：「薛中書元超謂所親曰：『吾不才富貴過份，然平生有三恨：始不以進士擢等，娶五姓女，不得修國史。』」，薛元超的「三恨」很可以代表唐士大夫的風尚。此可參考陳寅恪，《唐代政治史述論稿》，商務印書館。

〔註21〕鄭樵，《通志》卷二十四。

重視以文詞爲主的進士科，拔擢寒門出身的知識份子；另則重新編纂圖譜，劃分新的社會等級，唐太宗曾令吏部尚書高士廉等撰修《氏族志》，詔變以皇族爲第一等，外戚第二，崔氏降爲第三〔註22〕，高宗甚至下詔：

> 後魏隴西李寶，太原王瓊，滎陽鄭溫，范陽盧子遷、盧澤、盧輔，
> 清河崔宗伯、崔元孫，前燕博陵崔懿，晉趙郡李楷，凡七姓十家，
> 不得自爲婚。〔註23〕

然而這些「禁婚家」，仍「潛相聘娶」，可見社會積習的傳統，不是政治詔令可旦夕改變；即在今日，門當戶對的婚姻觀，也還存在，何況是昔日封建保守的時代。

小說反映生活的眞實，所以〈鶯鶯傳〉張生棄鶯鶯，時人稱爲「善補過者」；〈李娃傳〉鄭生授官後，李娃即認爲「君當結媛鼎族，以奉蒸嘗。中外婚媾，無自黷也。」〈霍小玉傳〉小玉只敢奢求八年之愛，「然後妙選高門，以諧秦晉，亦未爲晚。」這幾篇愛情小說，都反映了唐代婚姻的風尙與觀念。陳寅恪〈讀鶯鶯傳〉有言：

> 唐代社會承南北朝之舊俗，通以二事評量人品之高下。此二事，一
> 曰婚，二曰宦。凡婚而不娶名家女，與仕而不由清望官，俱爲社會
> 所不齒。……舍棄寒女，而別婚高門，當日社會所公認之正當行爲
> 也。〔註24〕

就是這樣的社會風尙，使霍小玉追求愛情的夢想注定成爲悲劇，愛情主題下的批評也指向這種社會制度；只是，傳統習俗是巨大難移的，看看宋人秦醇撰的〈譚意哥傳〉，寫長沙妓譚意哥與茶官張正字相戀，當張生調官將行時，譚意哥說：「子本名家，我娼類，以賤偶貴，誠非佳婚。況室無主祭之婦，堂有垂白之親。今之分袂，決無後期。」〔註25〕此宋人傳奇所表現的婚姻觀念，和唐人並無大異，士族選名門女子爲佳偶，仍是不變的社會風尙，劉開榮也說：「在階級社會中，這個衝突（案：指婚姻與愛情）不論在唐或在宋元以後，本質上都是一樣的。」〔註26〕因此娼妓與進士戀愛的結局必然爲悲劇，這是

〔註22〕見《舊唐書》卷六十五〈高士廉傳〉，鼎文書局，二十五史點校本。
〔註23〕《新唐書》卷九十五〈高儉傳〉。
〔註24〕見《元白詩箋證稿》第四章附錄〈讀鶯鶯傳〉，里仁書局，頁112。
〔註25〕此篇收於魯迅校錄《唐宋傳奇集》。「哥」原作「歌」，篇內或作「哥」，或作「歌」。作者秦醇，宋譙川人，事跡無可考。見《魯迅全集》。
〔註26〕劉開榮，《唐代小說研究》第五章，香港商務印書館，頁115。

小說對當時社會現實的反映。

　　霍小玉明知李益必與高門女子爲婚，仍希求八年相愛的「短願」，愛情主題在這樣的委屈和退讓中得以顯現，也在二人分別後李益的有意避開和小玉的積極追尋中得到深化，更藉著群眾及一般輿論表現出對小玉的同情和對李益負心的譴責；劉開榮說：「我們也清晰看到作者的思想與作品中正面人物的思想的一致性。」〔註27〕故事末尾，小玉化爲厲鬼報復事，雖有本於史傳記載，但也可以視爲作者思想的表現，魯迅《中國小說史》有言：

　　　　胡應麟（《筆叢》三十六）云：「變異之談，盛於六朝，然多是傳錄
　　　　舛訛，未必盡幻設語，至唐人乃作意好奇，假小說以寄筆端。」其
　　　　云「作意」，云「幻設」者，則即意識之創造矣。〔註28〕

「意識之創造」便涉及創作者的思想與情感，近代心理學家法人芮波（Ribot）在分析「創造的想像」時，指出其中含有三種成分：(1)理智的、(2)情感的、(3)潛意識的；前兩者即屬意識所能覺察的〔註29〕。換言之，在意識的創造中，作者將其理智與情感投入作品中，所以李益受報應的下場，也是作者立場與態度的表現。

　　學者研究〈霍小玉傳〉時，有認爲作者蔣防〔註30〕把同時代的詩人李益，寫成負心、薄情、猜忌的小說中人物，值得探討。王師夢鷗言「蔣防敢如此明目張膽揭發陰私以毀謗時流，衡之事理，不無可疑之處。」〔註31〕細密考察蔣防與李紳、李益等人宦海升沈的關係，認爲「李吉甫時代之有〈霍小玉傳〉，猶之乎其子李德裕時代之有〈周秦行紀〉。二者雖皆假手稗官，然前者爲牛李黨爭之先聲，而後者則爲牛李黨爭之尾聲而已。」〔註32〕此外，傅錫壬的〈試探蔣防霍小玉傳的創作動機〉〔註33〕卞孝宣的〈霍小玉傳是早期牛

〔註27〕同前書，頁115。
〔註28〕魯迅，《中國小說史》第八篇〈唐之傳奇文〉上，谷風出版社，頁75。
〔註29〕朱光潛，《文藝心理學》第十三章〈藝術的創造一想像與靈感〉，開明書局，頁201。
〔註30〕宋李昉編，《太平廣記》卷四八七雜傳記類，〈霍小玉傳〉下題「蔣防撰」，但劉開榮《唐代小說研究》第六章有〈霍小玉傳作者的問題〉，認爲「就小說的形式和作者的技巧看來，〈霍小玉傳〉至少是長慶（穆宗年號）或以後的作品。……另有人假託蔣防以寫李益的故事，抒發心中對現實生活的不滿，亦很可能。」劉氏的看法頗有道理。
〔註31〕見王師夢鷗撰，〈霍小玉傳之作者及故事背景〉，書目季刊第七卷第一期。
〔註32〕同註31。
〔註33〕見《古典文學》第二集，學生書局出版，頁183～197。

李黨爭的產物〉〔註34〕，都從牛李黨爭的角度解釋作者的創作意圖。小說中，作者對李益的貶抑是事實，但也不是完全否定他，此待論人物時再詳述，因此，「惡意的居心」是可以排除的。

　　把李益作為一個反面人物來描寫，也許是作者主觀的呈現，其中可能包含黨爭的立場在內，臺師靜農在〈論唐代士風與文學〉文中有言：

> 總之，文士之熱中仕進，原是唐代文士一貫的精神，朋黨之爭，又是自然的趨勢，故牛李黨爭最烈的時代，一般文士大夫有「非楊即墨」的現象。〔註35〕

指出當時士大夫幾乎都有各自所屬之朋黨立場。〈霍小玉傳〉的作者不論是否即蔣防，站在個人的政治立場與主觀好惡，便可能把李益作為反面人物來敘寫。在作品中我們實際上看到的是作者意識的創作，為著霍小玉悲劇的愛情鋪寫，道出婚姻制度成為愛情的阻礙；牛李黨爭之存在，或許該列屬於前述法國心理學家芮波所提出的「潛意識」創作。我想，在文學作品中尋找歷史人物的真實，是有其局限與危險，尤其是風格屬「作意好奇」的唐人小說；汪辟疆在〈虯髯客傳〉後註有言：

> 以顛倒眩惑之辭，效述異傳奇之體。正小說家一時興到之戲語，不必根於事實也。說部流傳，史實轉晦。太原三俠，千古艷稱。必求史實以實之，亦近於鑿矣。〔註36〕

汪氏此種不拘泥史實的說法，洵為確當；在文學鑑賞的前提下，是可以對作品作歷史的觀照與反思，但小說畢竟不是歷史。

（二）《紫簫記》的愛情追求與婚姻自主

　　《紫簫記》取材自〈霍小玉傳〉，愛情二字依然是故事中最明顯的主題，大部分的人物都和愛情相關，愛情主要表現在女性角色身上，不論是否有情人終成眷屬，抑或獨嘗相思滋味，喜樂、悲傷都關涉一個「情」字，臨川主情的思想，在此第一部劇作，即已表露。先看第一齣「開宗」虛籠作者大意的〔小重山〕及檃括本事的〔鳳凰臺上憶吹簫〕：

> 【小重山】〔末上〕瑞日山河錦繡新，邀歡臨翠陌，轉芳塵。共攀桃李出精神，風色好，西第幾留賓。　　銀燭映紅綸，此時花和月，

〔註34〕見《社會科學戰線》第二期，1986年。
〔註35〕收於羅聯添主編，《中國文學史論文選集》第三冊，學生書局，頁781。
〔註36〕汪辟疆編，《唐人傳奇小說》，世界書局出版，頁184。

最關人。翠盤輕舞細腰身，嬌鶯囀；一曲奏陽春。

【鳳凰台上憶吹簫】李益才人，王孫愛女，詩媒十字相招。喜華清玉
琯，暗脫元宵。殿試十郎榮耀，參軍去七夕銀橋。歸來後，和親出
塞，戰苦天驕。　　嬌嬈，漢春徐女，與十郎作小同受飄搖。起無
端貝錦，賣了瓊簫。急相逢天涯好友，幸生還一品當朝。因緣好，
從前癡妒，一筆勾消。

〔小重山〕洋溢一片春天動人的氣息，生機盎然，這樣的時節搬演《李十郎
紫簫記》，才子佳人的戀愛故事和春天花月風色相輝映，劇情便是在「元和十
四年正月朔旦，兼逢是日立春」（第二齣語）開始。劇中對愛情的執著與追
求，環繞在女性身上，愛情幾乎是婦女生命的全部。

　　《紫簫記》寫了幾個愛情故事，包括霍小玉和李十郎，鮑四娘和花卿、
郭小侯，霍王和鄭六娘、杜秋娘，此外丫頭櫻桃與青兒，浣沙與烏兒也配
對成雙。劇中有姓名的女性角色，除了身份特殊的郭娘娘之外，都表現了重
視愛情的人生追求，從小姐到丫頭，愛情主題是不分貴賤，普遍存在於劇
中女性人物身上，成為生命的一大課題，這是《紫簫記》有趣而耐人尋味的
地方。

　　主題要藉著情節進行來呈現，譚霈生《論戲劇性》一書說：「戲劇的基本
手段是動作，劇本的主題思想永遠滲透在戲劇動作之中。」〔註37〕《紫簫記》
以霍小玉、李十郎的愛情故事貫串全戲，大體可分三個段落：在第十五齣生
旦二人結婚前，乃藉懷春心情寫男女雙方對愛情追求的意念，第十六齣以後，
藉二人觀燈、遊園等情節寫夫妻恩愛相扶持；待十郎中狀元往朔方參軍，則
藉別離寫思念之情，可說是以愛情的分與合來貫串全劇，而收結於七夕「巧
合」團圓。

　　霍小玉和李十郎的愛情追求，在第十五齣「就婚」之前，是透過雙方懷
春心情的描述來外現，李十郎上場時，便道出他「小生年已十九，逢此佳節，
尚未婚宦。」點出愛情與功名，是十郎人生兩大追求。在「今年春心稍動，
想是時候到來」（第八齣「訪舊」）之際，由鮑四娘居中牽引紅線，欲聘霍王
女小玉。在第十一齣「下定」，有一段傳神的心理描述：

　　（李十郎）昨日到鮑四娘閒亭，許為媒求霍郡主小玉。歸來春宵枕

〔註37〕譚霈生著，《論戲劇性》第六章〈關于結構的統一性〉，北京大學出版，頁268。

上，睡得不沈，醒得不快，是真是假，且把《昭明文選》來醒眼。〔番書介〕呀！好采頭，就番著第十九卷一個「情」字。過了便是〈高唐賦〉，第二篇〈神女賦〉，第三篇〈好色賦〉，第四篇〈洛神賦〉。呀！由來才子，都是這般有情。

接著，他作了一個這樣的夢：

> 有一佳人，貌甚奇麗，含笑含嚬，如來如去，在咱眼前回顧，青衣向前相訊。正交接間，只聽得紅蕉搏雨，翠竹敲風，原來就是陽臺一夢。

這是一個表現情思的夢〔註38〕，藉著夢境的描述，刻劃李十郎對愛情渴求的心理，才子多情，主情的創作思想也由此具現出來。

霍小玉的傷春情懷，在第十齣「巧探」中，藉著霍母及鮑四娘的對話，側寫出來：

> 〔六娘〕小玉不知怎的，近來這兩日痴痴的喜睡？也是父王去後，啼痕未燥，美目難開。頭都沒興梳，口不待要飯。俺在此獨坐好悶，正娘來。
> 〔四娘〕郡主敢是傷春？
> 〔六娘〕又來了。女孩兒家曉得傷什麼春！
> 〔四娘〕呀！那裡有二八一十六歲的女孩兒不曉得傷春？
> 〔六娘〕今普天下男女不曉得傷個春，女兒怎的傷來？
> 〔四娘〕只有甏屄的男女們不曉得傷春，難道伶俐人不傷春哩！

小玉正是四娘口中的「伶俐」女子，霍母顯然沒有鮑四娘對感情體察的敏銳，劇中的鮑四娘也確是一位容色多情的女子，多情人比較瞭解多情人吧，至少她對感情的觸角較為敏銳。霍母對時下男女思情的觀念是較保守的，但臨川未使她扮演感情的壓抑者，反倒從善如流而有擇婿的打算。

情竇初開的少女對愛情有著幻想，在第十三齣「納聘」中，藉由小玉自我表白，和前述四娘的看法相呼應，劇情針線之密，亦由此可見。她說：

> 俺霍小玉，雖然些小年紀，蚤已曉事，家堂前輩人，怎知時世不同了！午上叫櫻桃去透問李十郎，教他先到俺處回話。天欲斜陽，還不見來，好悶人也！

【三換頭】嬌酣困媚，喚醒夢輕難記。亞粉枝紅墜，寒煤糝袖絲，好

〔註38〕參筆者撰，〈明傳奇中夢的運用〉，《文學評論》第六、七集，書評書目出版。

　　忞煞春無力。女孩兒，沒緣由，把相思，做場情事。葉染花欹也，

　　手搓裙帶蕊，淺醉深慵，怎的那人兒沒話兒？

這一曲詞十分傳神地描繪了霍小玉的心理，她急切想知道鮑四娘來說的這樁
婚事究竟妥當否，正沒情沒緒，百般無奈地等待侍女櫻桃打探回來的消息。「女
孩兒，沒緣由，把相思，做場情事」正是懷春心情的表露，道出自己「蚤已
曉事，家堂前輩人，怎知時世不同了。」清楚指出在感情這件事上，霍母代
表上一代保守的觀念，已不符合時下男女對情感的看法。

　　「時世不同」簡短四字，卻代表了湯顯祖的進步思想，不可輕易放過。
臨川所處的時代，也正是一個轉變中的社會，明初以來，由統治者大力推行
的程朱理學、傳統禮教，因其僵化的思想，虛偽的道德說教，正面臨王陽明
心學派的大力衝擊；尤其是王學中的泰州學派，其創始人王艮曾說：「聖人之
道，無異于百姓日用，凡有異者皆謂之異端。」〔註39〕他們重視人性的真實，
和朱熹所說：「聖人千言萬語，只是教人明天理，滅人欲。」〔註40〕形成強烈
對比。臨川少年時師事的理學大師羅汝芳，正是王艮的三傳弟子，而泰州學
派每被稱為王學左派〔註41〕，是和程朱理學相對立的，江西又是王學左派盛
行的地區。羅汝芳的教育對早年的湯顯祖有相當影響，在他為鄒元標的《太
平山房集選》寫序時說：

　　蓋予童子時從明德夫子遊，或穆然而咨嗟，或熏然而與言，或詩歌，

　　或鼓琴。予天機泠如也。〔註42〕

「天機」是指內在的精神，所謂「見其內而忘其外，以此謂之天機。」〔註43〕
羅汝芳對臨川精神上的影響由此可見；在〈答管東溟〉書中，又說：「如明德
先生者，時在吾心眼中矣。」〔註44〕〈奉羅近溪先生〉文中言：「受吾師道教，

〔註39〕《王心齋全集》卷二《語錄》，廣文書局。
〔註40〕朱熹，《語錄》卷十二。
〔註41〕馬積高，《宋明理學與文學》第九章對「王學左派」提出這樣的看：「所謂王
　　　　學左派主要應指那些承認人的正當情欲的合理性，並對虛偽的名教有所抨
　　　　擊，或在實踐上有所突破的人。據此，泰州學派的創始人王艮及這一派的巨
　　　　子耿定向等人，顯然不能算為左派，真正的王學左派應是黃宗羲在《明儒學
　　　　案》中不予列傳的顏山農、何心隱、鄧豁渠和李卓吾等人，也許還可算上王
　　　　龍溪，而以卓吾為代表。」見解頗為深入。參閱該書頁179～213，湖南師範
　　　　大學出版。
〔註42〕《湯顯祖集》詩文集卷三十，〈太平山房集選序〉。
〔註43〕同註42。
〔註44〕《湯顯祖集》詩文集卷四十四。

至今未有所報，良深軟然。」〔註45〕〈答鄒賓川〉言：「弟一生疏脫，然幼得於明德師，壯得於可上人。」〔註46〕都可以看到湯顯祖對這位早年老師發自內心的尊崇。

《紫簫記》是臨川二十多歲的創作，他已感受到時代的新思潮，社會上受到泰州學派影響，出現一股批判封建禮教，提倡個性解放的浪漫思潮，而在劇中人物的身上，我們看到湯顯祖是站在進步的一方，藉著小玉口中「家堂前輩人，怎知時世不同了」，可以明白創作者的心聲。轉變中的社會，有人固守傳統，有人力倡改革，新舊交戰下，必會產生許多價值觀的差異、矛盾和衝突。文學反映人生，戲劇尤其更可藉多樣不同的角色，詮釋生活中的諸種現象，霍母、小玉、四娘各代表百態人生中的一種，作者的立場態度則可以由劇中正面人物的身上看到。

那麼，在愛情主題上，《紫簫記》反映了什麼樣不同的時世呢？與其所取材的唐傳奇〈霍小玉傳〉有何異同？試分析如下：

1. 愛情建立的誘因相同

兩者同樣站在女子慕才，男子好色的基礎上開展愛情，小說中霍小玉因李益「開簾風動竹，疑是故人來」的詩句而心生愛慕，她「不邀財貨，但慕風流」；李益則是「鄙夫重色」，託鮑十一娘找到「姿質穠豔」、「音樂詩書，無不通解」才色俱佳的故霍王女。《紫簫記》中的霍小玉亦是仰慕李益詩句，由鮑四娘居中為媒，第九齣「託媒」，李十郎開出的擇偶三條件是：一要貴種，二要殊色，三要知音。四娘因而想到霍王之女小玉來：

> 〔四娘〕呀！蚤是你說起知音的，俺前在花卿處，聞你有「風簾動竹」之詩，說與一女郎聽，那女郎好生吟愛，可是知音？〔十郎驚介〕有此知音女子，定有好容顏。〔四娘〕絕精。〔十郎〕可是大家兒？〔四娘〕不小。〔十郎〕問是誰家妹？〔四娘〕他是霍王之女。〔十郎〕可求否？〔四娘〕到有幾分。

就個人主觀條件而言，《紫簫記》中知音貌美的霍王女，和小說中是相同的，只是客觀條件已改變，小說中霍小玉淪為娼妓，戲曲中則強調其王女的身分。

李益提出「貴種」，可知門第觀念普遍存在人心，唐末高門閥閱已被打破，

〔註45〕同註44。
〔註46〕《湯顯祖集》詩文集卷四十七。

但門第之見依然還有，即令妓女從良，也會考慮對方出身，看看話本〈賣油郎獨占花魁〉便知，名妓莘瑤琴感動於賣油郎秦重的眞誠，她心想：「難得這好人，又忠厚，又老實，又且知情識趣，隱惡揚善，千百中難遇此一人。可惜是市井之輩，若是衣冠子弟，情願委身事之。」論及婚姻，便會考慮對方的出身門第。下層社會的人猶且如此，上層社會的士人則更不待言。

就愛情建立而言，主要的依據是郎才女貌，尤其是以文人爲男主角的愛情小說或戲曲，這成爲典型條件。愛情非來自彼此感情交往的基礎，二人在婚前也未曾謀面，全憑媒妁之言居中牽引。

2. 男女主角在愛情追求心態上的異同

唐小說與《紫簫記》中的霍小玉都表現追求永恆愛情的願望，小說中霍小玉提出八年之愛，說「一生歡愛，願畢此期」，她是視八年爲永恆。《紫簫記》在二人成婚時，贊詞便提出「作夫妻天長地遠」、「百歲爲夫婦」，第二十齣「勝遊」，小玉與十郎遊園，小玉言「俺和你私祝花神：花神，願護持俺夫婦百歲同春」，女子對愛情著重精神上的永恆追求，男子則顯然思慮短淺，較重眼前當下的歡愛，所以小說中李益會「驚怪」小玉的「短願」，《紫簫記》十郎在遊園時是「百花深處無人，芳草細鋪茵，俺和你不能忘情」，又說「不妨睡睡去」，走著走著，他又提「待到深庭院，褪卻中衣絹」，小玉只好提醒他「十郎，你也尊重些」，陳訴自己是「砥礪磐石之心，有如皎日」。

對愛情的期許與追求，女子重視精神上的永恆，小說中以八歲爲一生之愛的霍小玉，更顯現主人翁深刻而完美的愛情觀。自唐代以來，寫愛情的小說或戲曲，女性總表現的更爲勇敢，對愛情的意念也較深刻感人，唐傳奇的〈李娃傳〉、〈楊娼傳〉，宋話本怒沈百寶箱的杜十娘，元劇中《牆頭馬上》的李千金，《倩女離魂》的張倩女，明傳奇《牡丹亭》的杜麗娘、《嬌紅記》的王嬌娘等等，都是勇於追求愛情的女子。

〈霍小玉傳〉的李益是一個逃避愛情的負心漢，《紫簫記》則把他改變爲信守感情的君子人，作者刻意凸顯「眞心」的重要，李益以傳家的九子金龍鏡，三珠玉燕釵爲聘禮時說「若論郡主身價呵，黃金百萬買雙娥，買得心兒麼？」又說「但得一心人，錢刀定何用！」二人遊園時，他說「薄倖教天譴，負青天，年年春病到身邊」，都強調自己對愛情的「眞心」，這也是湯顯祖對愛情主題提出的重要思想。第二十齣「勝遊」，是《紫簫記》愛情主題的最高潮，臨川強調的是二人堅定的心意，李十郎寫下「合影連心，昆明池館。織

女臨河，仙郎對岸。地老天荒，海枯石爛。永劫同灰，無忘旦旦。」的誓詩，生旦同場，情堅生死的戲把愛情主題渲染到最高點。

此後，十郎中舉，參軍朔方，造成生旦離別而有相思之苦，第二十七齣小玉的「幽思」和第三十二齣十郎的「邊思」前後呼應，有很好的戲劇效果。作者分別刻劃了他們彼此思念的深情，小玉是「一奩春絮，殘夢悔多情」，「會心人兒去遠，便看花滿眼，鎮日無言」，「想著教人繡，側身兒委的是難眠」；小玉唱的〔虞美人〕、〔好事近〕、〔錦纏道〕、〔錦庭樂〕、〔古輪台〕五隻曲子都寫得婉轉動人。另一方，十郎獨自在寒冷塞上，想著二人昔日遊園及送別之情，「真撇得人疼疼，還去去重行行」，感嘆「撇人處兩字功名」，「平時只道從軍樂，今日方知行路難」，因而黯然淚下。這些抒情的戲劇化情節，詞情俱美，在劇作主題的完成上，有一定作用。

3. 婚姻觀念不同

這是〈霍小玉傳〉和《紫簫記》最大的不同所在，唐代婚姻的門第觀念致使小說中娼妓進士的愛情必然走向悲劇結局，進士娶高門女子才能為自己創造更遠大的仕宦前程，婚姻的目的不是為了「有情人終成眷屬」，甚至，婚姻成為愛情的阻礙。在儒家的婚姻觀裡也沒有「愛情」二字；《禮記、昏義》言：

> 昏者，將合二姓之好，上以事宗廟，而下以繼後世也。故君子重之。〔註47〕

合兩姓之好，實際上是重視家族利益、人倫道德，並不考慮男女雙方的愛情與幸福，「事宗廟」、「繼後世」更是儒家婚姻的重要目的，因此有「不孝有三，無後為大」〔註48〕的說法。

《紫簫記》中的霍小玉身分已不是小說中的娼妓，明人也沒有唐代的娶高門甲族的婚姻觀念，愛情和婚姻不是處於對立的狀態，小玉的王女身分，更使她在追求愛情時，有了立足點的平等，能在有媒有聘的正式婚禮下完成婚姻大事。值得注意的是在談論婚事的過程中，霍母告訴媒婆鮑四娘說：

> 女兒小時定人，由在母親。如今長成了，也要與他商量，定了，便著櫻桃回話。

婚姻大事可以和當事人「商量」，不是由父母威權作主，這是《紫簫記》對婚

〔註47〕孫希旦撰，《禮記集解》，〈昏義〉第四十四，文史哲出版，頁1295。
〔註48〕《孟子、離婁上》，蔣伯潛廣解《四書讀本》，啟明書局，頁183。

姻提出的進步思想，也是湯顯祖面對「時世不同」所持的態度，他選擇了「商量」，而不是安排「父母之命」來處理婚姻問題，創作者的思想是劇情走向的主導，此處《紫簫記》所表現的創作思想，是不容忽視的。

明中葉以來，由於經濟的發展，城市生活的繁榮，市民階層的壯大，封建時代父母威權的婚姻方式，在人性自覺的時代潮流下，越來越顯得不合理，婚姻自主的呼聲不斷被提出，被明代統治階層視爲「狂」、「可殺」〔註49〕的異端李卓吾，便肯定婚姻自主的思想，他在〈司馬相如傳〉後評曰：

> 方相如之客臨邛也，臨邛富人如程鄭、卓王孫等，皆財傾東南之産，
> 而目不識一丁，令雖奏琴，空自鼓也，誰知琴心。其陪列賓席者，
> 衣冠濟楚，亦何偉也，空自見金而不見人，但見相如之貧，不見相
> 如之富也。不有卓氏，誰能聽之。然則相如，卓氏之梁鴻也。使當
> 其時，卓氏如孟光，必請於王孫，吾知王孫必不聽也。嗟夫，斗筲
> 小人，何足計事，徒失佳偶，空負良緣，不如早自決擇，忍小恥而
> 就大計。《易》不云乎，同聲相應，同氣相求，同明相照，同類相招。
> 雲從龍，風從虎，歸鳳求凰，安可誣也。〔註50〕

卓文君能知相如，「早自決擇，忍小恥而就大計」，他贊同這種自求佳偶的決定。李贄生于嘉靖六年，萬曆三十年在北京獄中自殺，是明中葉浪漫思潮的推動者，湯顯祖曾說「聽以李百泉之傑，尋其吐屬，如獲美劍」〔註51〕〈寄石楚陽蘇州〉又云：

> 有李百泉先生者，見其《焚書》，畸人也。肯爲求其書寄我馿蕩否？
>
> （詩文集卷四十四）

《焚書》據李卓吾自序的詮釋是「所言頗切近世學者膏肓，既中其痼疾，則必欲殺我矣，故欲焚之，言當焚而棄之，不可留也。」是一本批評時弊的書。湯顯祖對李卓吾的思想甚爲欣慕，由劇作看來，肯定婦女婚姻自主的思想，他們有一致的看法。

在《紫簫記》中，霍小玉幸運地可以得到對自己婚姻表示看法的機會，爲了保障長遠的幸福，她要櫻桃先去打探李十郎的底細，以防受騙，她對自

〔註49〕《李溫陵集》卷十六〈蜻蛉謠〉云：「大概讀書食祿之家，意見皆同，以余所見質之，不以爲狂，則以爲可殺也。」與讀書食祿之家意見不一樣，實質上即與傳統思想相抵觸。文史哲出版。
〔註50〕李贄，《藏書》卷三十七詞學儒臣，學生書局，頁624。
〔註51〕《湯顯祖集》詩文集卷四十四，〈答管東溟〉。

身幸福有積極追求及決定的權利。不只霍小玉如此，即令侍婢櫻桃，也透露這樣的基本精神，第十二齣「捧盒」中，她主動向鮑四娘說：「今日到十郎書院，見他家青兒，到也眉目乾淨愛人子，不如明日十郎到我府中，高低把青兒捨與我罷。」第十六齣「協賀」更趁機向李十郎爭取青兒：

> 〔小玉笑介〕許了他一個小使。〔十郎〕把烏兒與他做對兒。〔櫻桃〕
> 消不起。〔十郎〕有多少小使，隨你揀得。〔小玉〕把青兒與他罷。〔十
> 郎〕青兒忒伶俐了，怕他配不起。〔櫻桃〕櫻桃倒也伶俐。〔十郎〕
> 伶俐人正要配個不伶俐的，纔搭得勻。〔櫻桃〕郡主伶俐，卻也配著
> 相公伶俐，怎的？〔十郎笑介〕就是青兒罷了，教青兒來。

看她是這樣機智、主動來爭取心目中的理想對象，櫻桃追求愛情的自主精神，和霍小玉一樣，並不因她身分的卑賤而有不同，甚至她比霍小玉更能直率的道出內心的真意，不必有小姐的矜持與作樣。

4.《紫簫記》的愛情不諱情欲

除了霍小玉和李十郎的愛情，《紫簫記》還寫了鮑四娘對花卿永恒不變，全心全意的動人真情；也寫了鄭六娘、杜秋娘對霍王的愛情，當霍王因李十郎〈人日詞〉而興起華山遊仙修道的念頭，鄭、杜二姬妾也情願相隨，說「賤妾二人，願逐淮王之仙雞，備彭公之采女」，為愛情可以犧牲個人，修道其實不是她倆衷心所好，而是出自追隨愛情的抉擇。六娘因小玉未嫁而暫罷，秋娘則和弟子善才同往西王母觀中為女道士。秋娘以行動表現了對愛情的志誠，她其實「塵心未了」（第十七齣「拾簫」），又言「做婦人四十前後，正自難耐」（第二十九齣「心香」），看弟子善才入道院後「十分消瘦」，只好勸她「擺卻凡心」，這些描述，都指出了人性自然的情欲。善才可以說是《紫簫記》中最無奈的女子，第二十九齣「心香」她自言：「空教俺嚥下甜津，怎禁凡心火自煎」，「凡心」指的是人性中自然的情欲要求，在描寫愛情的同時，《紫簫》劇中藉櫻桃、鮑四娘之口，相當程度披露了情欲的要求，櫻桃說小玉「問取黏腰細衣，來時有些淫」（第十二齣），鮑四娘為小玉述說新婚夜的性教育（第十三齣），第十六齣「協賀」，藉櫻桃之口說生旦洞房花燭夜間事，而小玉的〔探春令〕、〔鶯啼序〕也都含蓄的述及男女情欲；鄭西諦言「《紫簫》較為直率」〔註52〕，洵為確評。

《紫簫記》對情欲的描寫，是符合當時的社會思潮，盛行的王學左派思

〔註52〕鄭西諦，《中國文學史》第五十八章，盤庚出版社，頁863。

想是肯定人的正當情欲。馬積高說：

> 談到晚明的時代精神，人們往往把它同資本主義生產方式的萌芽，
> 同商品生產的發展聯繫起來，我認為是對的。因為正是商品生產的
> 發展，才使人們較為清楚的看到，人的生存的欲望和擴大財富的貪
> 欲是怎樣支配著他們的行動，從而暴露出那些實際上在追逐名利卻
> 滿口仁義道德對情欲諱莫如深的道學家的虛偽性，這樣，才出現了
> 要求承認情欲（廣義的）的合理性和要求從理學教條束縛下解放出
> 來的思潮。〔註53〕

肯定情欲的合理性，在明代是一種普遍的社會真實，文學是人生的反映，在
小說《三言》、《二拍》、《金瓶梅》及《山歌》、《掛枝兒》等民間歌謠，我們
可以看到更多情欲的赤裸披露，不僅通俗文學，即令詩文亦呈現庸俗化的現
象〔註54〕，這說明時代思潮是全面性的，沒有那一種文體可以置身事外，不
同的是表達方式的含蓄抑或大膽，精神上則是一致的。

　　劉大杰對晚明浪漫精神，有很好的見解，他說：

> 我們回顧中國過去的文學史上，真能形成有力的浪漫派的思潮的，
> 只有三個時期，一個是魏、晉，一個是晚明，一個是五四。魏、晉
> 的文學雖是其本質中充滿著浪漫的氣息，未曾有意識的造成革命的
> 浪漫的文學理論，葛洪的思想，雖是清新可喜，究竟他自己不是一
> 個文學作家，所以成就不大。後來唐、宋都有文學運動，主持的是
> 韓愈、歐陽各大家，但他們的理論，在文學批評史上，價值不高，
> 講來講去無非是幾句載道貫道的話，學術文藝老是分不開、結果是
> 純文學弄得毫無地位。晚明公安派的議論，精神是浪漫的，態度是
> 革命的，一反傳統的拜古的思想，而建立重個性重自由重內容重情
> 感的新理論，把從來為人輕視的小說戲曲民歌，與《六經》、《離騷》、
> 《史記》相提並論，給予文學上最高的評價，引起明末馮夢龍、金
> 聖歎一般人研究和批評俗文學的風氣，這種浪漫的精神，絕非韓愈、
> 柳宗元、歐陽修輩所有。這與五四時代的文學運動精神完全相同，
> 這是我們必得注意的。〔註55〕

〔註53〕馬積高著，《宋明理學與文學》，湖南師範大學出版社，頁184。
〔註54〕參簡錦松，〈明代詩文的庸俗化與反庸俗化〉，收於《中國文學講話》（九），
　　　　巨流出版社，頁13。
〔註55〕劉大杰，《中國文學發達史》第二十四章，中華書局出版，頁865。

在浪漫思潮盛行的時代，情欲的描寫也較直接，脫離禮教的羈絆，如南朝的樂府民歌《西曲歌》、《子夜歌》都對感情欲望有較坦率的表達。從客觀環境的時代浪漫思潮及作者主觀的年少情懷來看，二十多歲的臨川是很符合《紫簫記》中傳達的藝術真實。

二、功名與佛道

《紫簫記》在女性角色身上，呈現愛情追求的主題，同時又在男性角色身上表現功名與佛道的人生思想。功名的追求在唐小說〈霍小玉傳〉亦是存在的，李益負心另選高門女子，說穿了便是一種功名的觀念，為了更飛黃騰達的仕進前途著想。佛道觀念則是小說所無，乃湯顯祖再創作時加入的新思想，此自然和作者人生思維有關係，同時也因傳奇體製不同於短篇文言小說，較能同時表現多元化思想。入世的功名追求和出世的遊仙皈佛，是相反的人生選擇，是不同的精神歸屬，湯顯祖後二夢《南柯記》、《邯鄲記》所表現的佛道思想，在第一部的《紫簫記》劇中已可看見端倪。

求取功名的思想，劇中以李益、石雄、花卿三人為主，李益上場即言自己「尚未婚宦」，可知「婚」與「宦」為其人生兩大追求，在第十五齣「就婚」前的劇情，是以牽合生旦婚姻為創作之主軸，功名未被強調，待愛情獲得後，男子的功名心便相對急切顯現。「就婚」之後的下一齣「協賀」，石雄、尚子毗、花卿三人來賀十郎新婚，花卿即提醒道：

> 罷酒。老夫一言：十郎和俺們游俠長安，功名在邇。郡主可勸教十郎，努力前程。休得貪歡，費此白日。

> 【朱奴兒】好男兒芙蓉俊姿，爭聲價錦繡篇堆。勸取郎腰玉帶圍，休只把羅裙對繫。〔合〕看封誥，鈿軸鶯迴，還比翼天池奮飛。

強調了功名的重要，「成家」之後應當追求「立業」，花卿、石雄也都有功名追求的熱烈心願，花卿甚且愛妾易馬，他說「丈夫志在功名」、「我有塞上之心，無復房中之想」（第四齣），為求功名而拋卻多情的愛妾鮑四娘，男子對功名追求的重視由此可見。

第二十二齣「惜別」，石雄中了武狀元，奉往經略隴西吐蕃，花卿為西川節度，十郎則為朔方參軍，都朝向「男兒亢壯，勉力功名」的人生追求邁進，這也是自漢武帝獨尊儒術以來，封建統治下讀書人共同的人生追逐。延濤、林聲所著《中國古代的士》指出：「上學求官已成為風氣，士和仕已經合

二爲一。這種現象在歷代各封建王朝又反復強化。」〔註56〕劇中追求功名的思想正是傳統讀書人的寫照。湯顯祖生長於詩禮之家，從小他被視爲「神童」〔註57〕，其〈三十七〉詩中說：「初生手有文」、「童子諸生中，俊氣萬人一」〔註58〕對自己的早慧聰穎頗引以自負。他早年的儒業求學，主要靠乃父湯尚賢的用心栽培，十三歲時便帶著他向徐良傳學古文詞，又使聽大儒羅汝芳講學；易應昌在〈敕封太常寺博士承塘湯先生元配吳太恭人合葬墓誌銘〉記載：

> 郡有賢紳給諫少初徐公授徒峴臺，翁從之遊。未幾家嗣諱顯祖者，年十三，補弟子員，攜謁徐公，公一見奇之，授《左》、《史》、《文選》、八大家文，而若士愈開博雅一路矣。翁復聞近溪羅先生爲世大儒，適講學盱江，遣若士負笈詣建武，聰明德之旨。夫丱角而能文，弱冠而聞道，雖日若士，殆天授乎？翁庭訓力多也。同里名流如帥太守機、饒侍御崙、周太史獻臣、曾同安如海、謝大行廷諒、比部廷讚輩，並工文詞，翁剪拂顧盼，悉延至家，與若士唱和進食稱觴，朝夕無廢。厥後各成進士，有聞於時，翁知人之明遠矣。〔註59〕

可知湯父不但爲他選擇老師，還爲他邀集鄉里中有志之士共同學習，良師益友的砥礪，對湯顯祖自有積極正面的影響。

在〈哀偉朋賦〉序湯顯祖提到饒崙和周宗鎬兩位早年朋友：

> 予年未弱冠，有友二人。鍾陵饒伯宗崙，臨川周無懷宗鎬，皆奇士也。……崙父廢荙公於豐城李大司馬燧，鎬於鍾陵張大司馬臬，南昌劉都督顯，皆中表。少長其家，故習譚帝王大略。所喜皆大臣將相籌策占候之事。而崙復曉夜誦書，常與予映雪月，交書而盡，乃已。同臥處三歲餘，前後別去。至同赴南宮，試都下，臥未嘗有異衾枕，履襪先起者即是，不知其誰也。〔註60〕

見同窗情誼之篤厚，彼此不分你我，同被共枕，甚至鞋襪不分，一起談「帝

〔註56〕見該書第三章「仕途」，河南人民出版社，頁69。
〔註57〕臨川李綬，《陽秋館文集》序言：「帥博湯聰兩神童」，帥爲帥機，其時十五歲，湯僅三歲，卻同時爲鄉里所稱頌。引見龔重謨，《湯顯祖傳》，江西人民出版社，頁17。
〔註58〕《湯顯祖集》詩文集卷八。
〔註59〕見《文昌湯氏宗譜》卷首，收錄於《湯顯祖研究資料彙編》上冊，上海古籍出版，頁123。
〔註60〕《湯顯祖集》詩文集卷二十六。

王大略」、「大臣將相」事，意氣之慷慨亦可以想見。另外，在〈三十七〉詩中有云：

> 弱冠精華開，上路風雲出。留名佳麗城，希心遊俠窟。歷落在世事，慷慨趨王術。〔註61〕

詩文兩相對照，弱冠之年的求學、求仕，湯顯祖年輕飛揚的心志，是可以在這些文章中看到，〈答余中宇先生〉也說「某少有伉壯不阿之氣」〔註62〕，可見《紫簫記》中男子求取功名的心態，和作者年少的思想是一致的。

為求功名，故有離合的曲折，十郎在和三友「惜別後」，不禁嘆道「想起功名，都有踦嶇別離之苦」，要離開新婚一月的妻子，他說「豈無閨秀情，仗劍為功名」（第二十四齣），愛情和功名，在此有了衝突，為劇作帶來悲歡離合的情節，《紫簫記》看來平順無奇的情節，曲折全在離情上面。第二十三齣「話別」〔尾聲〕鄭六娘對傷感的櫻桃說：「男兒意氣本驕奢，怎顧得俺香娃小姐？只落得畫眉樓上遠山遮。」道出男女追求的差異；霍王修道，拋卻六娘，青兒追隨李十郎，也丟下櫻桃。於是，鄭六娘、霍小玉、乃至櫻桃都成了閨中怨婦。男子則以功名為重，而十郎往朔方的「征途」，帶著他滿腔豪情，唱道：

> 【朝元歌】隴上謾尋芳信，顧恩不顧身，無用想羅裙。戍邏笳鳴，關山笛引，不管梅花落盡。氣色河源，天街旄頭猶未隕。長笑立功勳，邊頭麴米春。

「顧恩不顧身」、「長笑立功勳」都表現了傳統士人的仕宦觀念，此際是「無用想羅裙」，只有在淒寒的邊塞，他身處功名之中，開始懷念與小玉的種種往事，感嘆「撇人處兩字功名」（第三十二齣「邊思」），藉此也肯定愛情主題並未因功名追求而有改變，情節發展和主題思想是朝著統一的方向前進，也唯有如此，才能有七夕團圓的結局。

除功名追求外，劇中尚子毗的「不婚不宦」隱居崑崙，霍王的華山修道，杜黃裳的皈依佛門，揭示了另一種相對於功名追求的出世人生思想。尚子毗一心向道，在第二齣「友集」他占詩即有「西歸更祝金王母，玉琯東風滿月支」的修道意念，雖和十郎、花卿、石雄結為好友，但鐘鼎山林，不同的志趣不妨礙他們交誼的深厚。霍王的遊仙，主要是因年事漸高，此際，人間榮

〔註61〕同註58。
〔註62〕《湯顯祖集》詩文集卷四十四。

華富貴，再沒有比長生來得重要，他是被十郎的人日詞所警醒：

〔宜春令〕日初長，年暗消，空襟塵花塡酒燒。饒他王母，依然白髮
啼青鳥。日輪中逐日人忙，人世上愁人日老。

從此塵心頓消，認爲「寡人老矣，若不修仙，無緣再少」，霍王遊仙，主要便
是爲求「長生」，人世的榮華他已經歷過，如同六娘在第十齣「巧探」所說：
「看來人情豪華已極，便多傷感之情。日暮鐘鳴，止有神仙一路。」「老去眞
成夢」。霍王認爲人間「不能清楚」，必須遠游山中乃能修道；「清楚」二字又
見於第二十九齣「心香」，小玉到秋娘的西王母觀爲十郎祈平安，見善才十分
消瘦，勸她道：「俺說道院清楚，勝卻人間多少。」由女主角小玉之口，肯定
修道可有更清楚的心靈，反之，亦即人間紅塵中，便是有許多不能清楚的地
方。可知作者對修道一事是持正面肯定的態度，歷經繁華的人，最終發現一
切外在的東西，還不如生命本身來得重要，此或亦湯顯祖「貴生」思想的一
個端倪。萬曆十九年，臨川貶徐聞典史後，有感於「其地人輕生，不知禮義」
〔註63〕，而建「貴生書院」，其〈貴生書院說〉云：「天地之性人爲貴」，又言
「大人之學，起於知生。知生則知自貴，又知天下之生皆當貴重也。」〔註64〕
湯氏的「貴生」說包含有儒家的禮義道德，但基本上是從重視生命，從「自
貴」出發的，霍王遊仙的追求，正爲生命一事。

杜黃裳皈依佛門，思索的亦是生命追求的課題，他說「驅馳白髮終何事？
贏得歸來問此身。」要問「有何修行，到得百歲」，他亦如霍王已擁有富貴榮
華，但年華逝去，此時一切外在擁有的名利，都不如自身生命重要。第三十
一齣「皈依」，老和尙點醒他說：

【耍孩兒】只見人生十歲，孩兒的顏如蕣華美，終朝遊戲薄昏歸。二
十歲駿馬光車，盈盈的高談雅麗。三十歲舉鼎干雲氣欲飛，一心在
功名地。四十連州跨郡，垂瑞出入皇闈。

【五煞】幢旄五十時，歌舞羅金翠。婀娜六十成家計。容顏七十無歡
趣，明鏡清波嬾得窺。八十歲聰明去，記不得前言往事，致政懸車。

【四煞】九十時日告衰，那些形體是志意。非言多謬，誤心多悸。平
生感念交垂淚，孫子前來或問誰？人百歲全無味，眼兒裏朦瞳濁鏡，

〔註63〕 見〈與汪雲陽〉，《湯顯祖集》詩文集卷四十八。
〔註64〕 〈貴生書院說〉見《湯顯祖集》詩文集卷三十七。

口兒裏唾息涎垂。

回首人生各階段，二十歲的高談雅麗，三十歲的一心功名，都已過去；人生七十則已無歡趣，百歲更是全無味，因此產生「蜉蝣一夢」的慨嘆，爲免受輪迴之苦，而決定「明日上表辭官，還山禮佛。只怕遲了，濟不得生死大事」，拋棄相國之位，因爲生死大事更爲重要，他說「感念輪迴，常有諸苦，爲此發念諸佛菩薩前，願拋煩惱，竟證禪心」。擺去塵心，便是擺去一切身外之事物，不論遊仙抑或皈佛，基本上，他們都有人生如夢的看法，這樣的人生觀通常出現在劇中年長者的身上，「回首」之際，有「今昔相看，眞成一夢」（杜秋娘語）的慨嘆，這也很符合實際人生的眞實，所以隨秋娘入道觀的善才，她些許年紀，自然覺得凡心不止，靜不下心來。

《紫簫記》藉著劇中不同人物表現出多樣的人生思維，或求入世功名，或求出世佛道，而這些同時存在的不同思維，恰恰吻合了湯顯祖早年的思想背景。我想，一個人思想人格的形成，和家庭教育有密切關係，尤其湯顯祖又是一個事親甚孝的人，家庭對他產生的影響更不可忽視。其儒釋道並存的人生觀，是可以在家庭背景中找到緣由的，試觀如下：

祖父湯懋昭，據陳炌〈酉塘公傳〉記載：

> 性秉潔清，心存遠大，讀書過目不忘，作文頃刻立就。髫齡補弟子員，每試輒冠多士，望重儒林，學者推爲詞壇上將。年至四十，棄廩餼，遠棼囂，隱處于酉塘莊，因而爲號；并題聯以寫意，曰：「金馬玉堂富貴輸他千百倍，籐床竹几清涼讓我兩三分。」由是閉戶潛修，或賦詩以言志，或彈琴以娛情，嗜慾不亂于中，勢利不奪于外；超然曠然，其自命誠高，而其所挾持者，洵非苟焉已也。〔註65〕

年四十而選擇隱處的酉塘公，他超然曠然的心志，和《紫簫記》中隱居的尙子毗有些相似，酉塘公「非苟」的人生態度，在湯顯祖科舉時拒絕與權貴結納的行事上，是可以看到乃祖風範。酉塘公晚年喜道術，湯顯祖有〈和大父遊城西魏夫人壇故址詩〉序云：

> 家大父蚤綜籍於精黌，晚言荃於道術。捐情末世，托契高雲。家君恆督我以儒檢，大父輒要我以仙遊。〔註66〕

〔註65〕見《文昌湯氏宗譜》卷首，收於《湯顯祖研究資料彙編》上冊，上海古籍出版，頁119。

〔註66〕《湯顯祖集》詩文集卷二《紅泉逸草》。

其〈三十七〉詩也說「家君有明教，大父能陰騭」，都見祖父懋昭晚年仙遊道
術，《紅泉逸草》還有〈和大父雲蓋懷仙之作〉、〈侍大父白雲橋秋望〉詩，祖
父的遊仙思想對湯顯祖自有影響。《紫簫記》中寫霍王晚年遊仙，是可以在此
找到思想淵源的。「儒檢」和「仙遊」，同時影響湯氏早年思想，那麼《紫簫
記》是很真實反映了作者這樣的家庭背景。

祖母魏夫人：她是湯顯祖年少最親近依戀的長者，其〈三十七〉詩有言：
「自脫尊慈腹，展轉大母膝」，老祖母如同慈母般照顧這多病的長孫，前章所
舉〈齡春賦〉也已提及他倆祖孫情深。據帥機撰〈魏夫人誄〉記載：

> 生平精心道佛，好誦元始金碧之文。年九十矣，聰靈如一。……一
> 旦無疾，脩然而往。太守以下，俱就臨哭。顏色如生，輕棺就祖，
> 故世率以為尸解。〔註67〕

可知魏夫人亦好道佛，逝世時甚至有道家「尸解」的傳說。

湯父尚賢：因欲繼承其父酉塘公之志，故號承塘。王志〈承塘公傳〉稱
他「為文高古，舉行端方，學者僉稱畏友」，為人「尚義而不計利」，享年八
十八，是一個德高壽高的人。湯顯祖早年的儒業求學，有得於乃父安排，但
承塘公晚年，亦有長生追求，此可見於傅占衡〈湯母傅孺人墓誌銘〉所云：

> 李夫人者，若士先生庶母也。亦知書史，事其君子承塘公而寵。承
> 塘公既以子貴，所欲者長生也。喜延方士，讀養生家言，常以與李
> 夫人。李夫人亦能之，壽八十餘，色若孺子。〔註68〕

湯父及庶母延方士、求長生之事，均在晚年。由以上傳記之所言，知其父祖
輩親近道佛，自然也為湯顯祖播下了這樣的思想種子。

此外，湯顯祖早年受業的老師徐良傅，亦懷有仙道思想，其〈挽徐子拂
先生〉序云：

> 先生經為人師，行無機阱。閱世六十年，疽後而逝。先時頗有懷仙
> 之致，其詩有云：「夜半敲冰煮石，朝來茹朮餐苓。老子解遊玄牝，
> 羲之錯寫黃庭。」示詩復有「若不盡捐煙火臟，教君何處住蓬萊」
> 之語。契念甚深，然已後之矣。僕自登徐公之門，輒以魯連相待。
> 哲人下壽，哀何時已？〔註69〕

〔註67〕帥機《陽秋館集》卷三，收錄《湯顯祖研究資料彙編》上冊，頁120。
〔註68〕見《湘帆集》卷六，收錄書同前註，頁126。傅占衡，字平叔，臨川人。清初
　　　　諸生。
〔註69〕《湯顯祖集》詩文集卷二《紅泉逸草》。

另一啓蒙師泰州學派的羅汝芳，據《明史》卷二八三記載：

> 汝芳從永新顏鈞講學，後鈞繫南京獄當死，汝芳供養獄中，鬻產救
> 之，得減戍。……鈞詭怪猖狂，其學歸釋氏，故汝芳之學亦近釋。

羅汝芳是湯顯祖年少敬佩的老師，其「近釋」的思想，必也在湯顯祖的心田播下若干影響。看看他在庚午（隆慶四年）舉鄉試後題西山雲峰寺壁上的〈蓮池墜簪題壁二首〉：

> 搔首向東林，遺簪躍復沈。雖爲頭上物，終是水雲心。
>
> 橋影下西夕，遺簪秋水中。或是投簪處，因緣蓮葉東。

詩中不自覺流露出禪意，達觀禪師便是因此詩而與湯氏「初遇」〔註70〕，以爲有宿緣，可度之出世。這兩首庚午秋舉後的詩，其心境和《紫簫記》第二十二齣「惜別」的最後一曲〔香柳娘〕可以參看：

> 【香柳娘】惹春風鬢絲，惹春風鬢絲，南來北去，飄風泊浪寧由自。
>
> 信人生馬蹄，信人生馬蹄，愁殺路傍兒，紅塵蔽千里。要封侯怎的？
>
> 要封侯怎的？賣藥修琴，浮生一世。

這是李十郎在取得狀元後的感嘆，奔波功名路上的人生馬蹄，付出了青春與自由，封侯又如何？「賣藥修琴，浮生一世」也許比南來北去往追逐功名的人生，更爲自在。這一曲人生省思，透露出湯顯祖生命本質中淡泊名利的歸隱心理，和「墜簪題壁」時的心境頗爲相通，在入世中有出世的念頭，兩者都是他鄉舉後所作，只是戲曲表現爲意識的、直接的，題壁詩則是不經意的心理流露。雖是不經意，有心的達觀禪師卻敏銳地看到他「未出仕即有歸隱心」，而對他留下深刻印象。

《紫簫記》中功名與道佛並存的人生思維，是符合作者個人的生平背景，其萬曆三年以前的《紅泉逸草》詩集中，可看到許多有關道佛的詩句，試列舉其顯而易見者如下：

> 眞人友龍鳥，乘雲度煙氲。（〈答莘別駕〉）
>
> 厭世轉尋丹臼訣，懷人空散白雲謠。（〈靈谷對客〉）
>
> 余慕蒲衣子，君過倉海君。（〈紅泉別友〉）
>
> 第少仙童色，空承大父言。（〈和大父雲蓋懷仙之作〉）

〔註70〕達觀《紫柏老人集》卷二十三〈與湯義仍〉言：「野人追蹤往遊西山雲峰寺，得寸虛於壁上，此初遇也。」「寸虛」即指湯顯祖，這次的「初遇」，實際上只是「神遇」，二人見面要到萬曆十八年。

弟子各乘雲，浮丘不可原。（〈登西門城樓望雲華諸仙〉）

豫章出丹盆釜，羊角留清言。（同右詩）

石井桐床煙霧裡，飛丹滴寶轉人顏。（〈經黃華姑廢壇石井山〉）

人世無緣列仙從，空知延首詠霓裳。（〈玉皇閣〉）

書從羊洞寄，人在鹿門歸。（〈侍大父白雲橋秋望〉）

南岳夫人弟子多，西瑤福地比嵯峨。（〈和大父遊城西魏夫人壇故址
詩〉）

桂枝青偃蹇，歲晏始尋仙。（〈送姜元敘往八公山〉）

服食誰令晚，豐肌日就無。（〈挽徐子拂先生〉）

送君芳草月，謁帝蒼梧雲。（〈送趙十遊湘零便入桂林〉）

青芝若翠羽，服食君如何。（〈今別離〉）

子列西瑤殿，雲霞似赤城。（〈送吳道士還華山〉）

紫氣朝乘斗，金光晏吐榮。（同右詩）

偌多詩作，可見湯顯祖早年佛道思想的傾向，父祖、師長、朋友〔註71〕都對
他有所影響。最大的影響力仍應是來自於家庭，看看他的兄弟，也同樣有恬
淡的人生思想。據陳際泰的〈儀庭公傳〉，寫其三弟鳳祖：「解官歸，杜門謝
交，足跡不至公府，安于家食爲快，即用未竟其才，亦無所恨；居常飲酒賦
詩，淡如也。」〔註72〕艾南英的〈亦士公傳〉，寫其六弟寅祖：「承父訓，終
不以科名爲念，潛心古道，斂才不用。」〔註73〕

　　詩禮傳家，淡泊名利，湯顯祖是在這樣的家風中成長。那麼他一面走
著傳統士子的科舉功名道路，一面又「若進若退」（〈酬心賦〉語）淡然處
之，也是很自然的事。《紫簫記》功名與佛道思想的呈現，正符合作者求學
及家庭的背景，平順無波的劇情內容，也符合作者萬曆四年以前的生活景
況。

三、其　他

　　一般認爲《紫簫記》是一本劇情平順無奇的才子佳人劇，不似其餘四夢，

〔註71〕湯顯祖少年同窗共讀的知友謝廷諒，便有求仙隱居的思想，《問棘郵草》有〈友
　　　　可便欲求去，次韻賞之〉及〈送謝廷諒往華蓋尋師〉詩。

〔註72〕《文昌湯氏宗譜》卷首，收錄於《湯顯祖研究資料彙編》上冊，上海古籍出
　　　　版，頁127。

〔註73〕同註72，頁128。

具有時代社會之意義。《紫簫記》寫於湯顯祖入仕之前，對於官場黑暗，他尚
未投入其中，自然沒有深刻的體會，劇作平順的內容正是作者生活的反映。
然仔細閱讀，仍可在劇中人物身上，看到作者對時代的若干批評，由於他正
為舉子業而準備，在讀書求仕的階段，故注意的是當時文壇上復古運動所帶
來模擬剽竊的創作風氣，湯顯祖不滿意這樣的文風。在第二齣「友集」，十郎
和花卿等三友作元日詩，書僮青兒也來湊熱鬧：

> 〔青兒持酒上跪介〕小青兒也新正口占幾句。〔眾笑介〕好，你也學
> 做詩。〔青兒〕我相公玉笈金書，牙籤寶紩。中間覓怪搜奇，分門索
> 類。俺相公目即成誦，在青兒手不停批。〔花卿〕這等是近墨者黑，
> 你便占來。〔青兒占詩介〕書房僮幹小青兒，春日春盤青菜絲。老我
> 百年愁爛熳，呼兒覓紙一題詩。〔花笑介〕好！杜子美是我的老朋友，
> 他的詩到被你小使們抄來抄去，也抄熟了。〔青兒〕也抄不全，只抄
> 得些杜律虞註。〔十郎〕小廝不要胡謅，看酒過來。

青兒的插科打諢，為整齣戲帶來輕鬆氣氛，對演員、對觀眾都有良好的調劑
效果，而且科諢之中，別有深意藏於其中。

王驥德《曲律》卷三〈論科諢〉云：

> 插科打諢，須作得極巧，又下得恰好。如善說笑話者，不動聲色，
> 而又令人絕倒，方妙。大略曲冷不鬧場處，得淨、丑插一科，可博
> 人哄堂，亦是戲劇眼目。

丑角的插科，有莊諧對照，冷熱調劑的效果，可博人哄堂，但也是「戲劇眼
目」，不可等閒視之。青兒的占詩，他說「抄不全，只抄得些杜律虞註」，作
者正是藉青兒之口，在嬉笑怒罵中諷刺當時文壇上剽竊古人詩句的風氣。「杜
律虞註」一語雙關；據明人陸容《菽園雜記》記載：

> 《杜律虞註》本名《杜律演義》，元進士臨川張伯成之所作也，後人
> 謬以為虞伯生所注。予嘗見《演義》刻本，有天順丁丑臨川黎送久
> 大序及伯成傳序，其略云：「注少陵詩者非一，皆弗如吾鄉先進士張
> 氏伯成，《七言律詩演義》訓釋字理極精詳，抑揚趣致極其切當，蓋
> 少陵有言外之詩而《演義》得詩外之意也。然近時江陰諸處，以為
> 虞文靖公注而刻板盛行，謬矣。其〈桃樹〉等篇，「來行萬里」等句，
> 復有數字之謬焉。吾臨川故有刻本，且首載曾昂夫、吳伯慶所著伯
> 成傳並輓詞，敘述所以作《演義》甚悉。奈何以之加諡虞公哉！」

按文靖蚤居禁近繼掌絲綸；嘗欲釐析詩書，彙正三禮，弗暇，獨暇
爲此乎？楊文貞公固疑此注非虞，惜不知爲伯成乎。嫁白詭坡，自
昔難免哉！〔註74〕

可知《杜律虞註》本是湯顯祖同鄉前輩之作，但後人已誤其作者爲虞集（伯
生），因爲虞集有《虞伯生詩讀編》三卷，且虞集亦爲元代臨川區域的文人，
或因此而生誤。文人胡亂地「抄不全」，每自以爲是，其實卻謬誤可笑。

　　明代中期有前後七子推行的詩文復古運動，以復古、擬古的方法擬振明
初以來日益衰敝的散文詩歌。前七子活動時期在弘治、正德年間，還稍帶嘉
靖初年，後七子活動時期，在嘉靖二十三年以後，比前七子晚幾十年，但其
文學主張，前呼後應，聲氣相求。茲列七子姓名及生卒如下：〔註75〕

　　（前七子）

王九思	明憲宗成化四年（1468）～明世宗嘉靖三十年（1551）
王廷相	明憲宗成化十年（1474）～明世宗嘉靖二十三年（1544）
李夢陽	明憲宗成化十一年（1475）～明世宗嘉靖十年（1531）
康　海	明憲宗成化十一年（1475）～明世宗嘉靖十九年（1540）
邊　貢	明憲宗成化十二年（1476）～明世宗嘉靖十一年（1532）
徐禎卿	明憲宗成化十五年（1479）～明武宗正德六年（1511）
何景明	明憲宗成化十九年（1483）～明武宗正德十六年（1521）

　　（後七子）

謝　榛	明孝宗弘治八年（1495）～明神宗萬曆三年（1575）
李攀龍	明武宗正德九年（1514）～明穆宗隆慶四年（1570）
徐中行	明武宗正德十二年（1517）～明神宗萬曆六年（1578）
宗　臣	明世宗嘉靖四年（1525）～明世宗嘉靖三十九年（1560）
王世貞	明世宗嘉靖五年（1526）～明神宗萬曆十八年（1590）
梁有譽	不詳
吳國倫	不詳

可見《紫簫記》創作的年代，正是後七子活躍文壇的時代，李攀龍主張「文

〔註74〕明人陸容撰《菽園雜記》卷十四，廣文書局印行。
〔註75〕引錄葉師慶炳著《中國文學史》下冊，學生書局，頁259。均據世界書局《歷
　　　　代人物年里通譜》；其中李夢陽生卒依上海書店出版吳榮光編《歷代名人年
　　　　譜》，則爲成化八年生，嘉靖八年卒。

自西京，詩自天寶而下，俱無足觀。」（《明史》卷二八七李攀龍傳）王世貞
亦謂「文必西漢，詩必盛唐，大曆以後書勿讀」（《明史》卷二八七王世貞傳），
他們提倡復古革新，其實造成擬古剽竊的風氣，《四庫全書總目提要》《弇州
山人四部稿》有如是說：

> 自李夢陽之說出，而學者剽竊班、馬、李、杜，自世貞之集出，學
> 者遂剽竊世貞。故艾南英《天傭子集》有曰：後生小子，不必讀
> 書，不必作文，但架上有前後四部稿，每遇應酬，頃刻裁割，便可
> 成篇。〔註76〕

湯顯祖也有這樣的評論：

> 我朝文字，宋學士而止。方遜志已弱，李夢陽而下，至琅邪，氣力
> 強弱巨細不同，等贗文爾。……又其贗者，名位頗顯，……且多藏
> 書，纂割盈帙，亦借以傳。〔註77〕

琅邪即王世貞。他認為李夢陽、王世貞都是「贗文」，主要是批評他們模擬古
人，沒有個人的創新。此外，〈答陸君啓孝廉山陰〉詩亦有「文家雖小技，目
中誰大手？何李色枯薄，餘子定安有？國初開日月，龍門實維斗。」〔註78〕
龍門指宋濂，他於元末不仕，曾讀書龍門山中。明初以來文人，臨川獨推崇
宋濂。對於當時前後七子掀起的復古、擬古運動，湯顯祖視他們為「贗文」，
既言「何李色枯薄」，又言「李粗何弱」（〈與幼晉宗侯〉），都見批評七子派文
章。他認為：

> 弟少年無識，嘗與友人論文，以為漢宋文章，各極其趣者，非可易
> 而學也。學宋文不成，不失類鶩；學漢文不成，不止不成虎也。因
> 於敝鄉帥膳郎舍論李于鱗，於金壇鄧孺孝館中論元美，各標其文賦
> 中用事出處，及增減漢史唐詩字面處，見此道神情聲色，已盡於昔
> 人，今人更無可雄。妙者稱能而已。〔註79〕

所言「此道神情聲色，已盡於昔人，今人更無可雄」，即認為一代有一代之文
學，擬古終成為古人影子而已，無法超越。對於文章，他主張要有「靈性」
〔註80〕，要能創新，不落入程式之中，他曾以繪畫為例，說：

〔註76〕《四庫全書總目提要》第四冊，商務印書館，頁3677。
〔註77〕見〈答張夢澤〉，《湯顯祖集》詩文集卷四十七。
〔註78〕《湯顯祖集》詩文集卷十六。
〔註79〕見〈答王澹生〉，《湯顯祖集》詩文集卷四十四。
〔註80〕其〈張元長噓雲軒文字序〉云：「誰謂文無體耶。觀物之動者，自龍至極微，

> 蘇子瞻畫枯株竹石，絕異古今畫格。乃愈奇妙。若以畫格程之，幾
> 入不格。朱家山水人物，不多用意。略施數筆，形象宛然。正使有
> 意爲之，亦復不佳。〔註81〕

好的文章亦如好畫，不可以用舊有格式去習套，而要有創作者的「自然靈氣」
乃佳。他也實踐這樣的文學主張，丘兆麟題其詩集原序，即言：「時論稱先生
制文、傳奇、詩賦昭代三異。曷異爾？他人擬爲，先生自爲也。」〔註82〕湯
顯祖早年的《問棘郵草》便因表現獨創精神，而爲徐渭大力推崇。

因爲文學主張不同，所以湯顯祖與王世貞等不相往來，〈答費學卿〉有
云：

> 弱冠過敬亭，梅禹金見賞，謂文賦可通於時，律多累氣。因學爲律，
> 粗以紀遊歷，寄贈言懷，無與北地諸君接逐之意。北地諸君，亦何
> 足接逐也。〔註83〕

「北地諸君」指李夢陽、何景明等七子派文人。甚至後來他任職南京，正巧
王世貞爲南京刑部侍郎，其弟王世懋後來且成爲湯顯祖之主官，但他們的游
宴唱和，湯顯祖都不參與。其〈復費文孫〉書云：

> 弱冠乃倖一舉，閉戶閱經史幾遍，急未能有所就。倖成進士，不能
> 絕去雜情，理成前緒。亦以既不獲在著作之庭，小文不足爲也。因
> 遂拓落爲詩歌酬接，或以自娛，亦無取世修名之意。故王元美陳玉
> 叔同仕南都，身爲敬美太常官屬，不與往。敬美唱爲公宴詩，未能
> 仰答。雖坐才短，亦以意不在是也。〔註84〕

湯顯祖不阿權貴的人格特質，此又一見也。他從來秉一己原則立身處事，不
曾搖擺。

《紫簫記》中青兒「杜律虞註」的諢語，是對當時七子派擬古剽竊古人
詩句的譏諷。從戲曲的創作年代及作者詩文集中表現的文學思想，兩相配合，
我們可以知道丑角的插科打諢，是有作者思想深意於其中。再看，第二齣後
半，教坊子弟迎春回來，告訴十郎：「俺們教坊中供奉，不唱舊詞」，「但得巧心

莫不有體。文之大小類是。獨有靈性者自爲龍耳。」《湯顯祖集》詩文集卷三
十二。
〔註81〕見〈合奇序〉，《湯顯祖集》詩文集卷三十二。
〔註82〕見《湯顯祖集》附錄，洪氏出版社，頁1531。
〔註83〕《湯顯祖集》詩文集卷四十八。
〔註84〕《湯顯祖集》詩文集卷四十六。

一詞，不用纏頭雙錦」，十郎稱許他們：「原來你們都唱新詞了，到有志氣。」
以唱新詞爲有「志氣」，湯顯祖藉十郎之口，說出自己對文學創新的重視。此
外，第三十三齣「出山」，一心隱居的尚子毗回憶其在唐都游學時說：

> 俺正與李君虞、花敬定、石子英相聚爲樂，唐帝忽催游國子監，彼
> 時正是昌黎一老儒，喚做韓愈，正作四門博士，說中國秀才都傳誦
> 他文字。俺取他數作觀之，好沒意致。

稱韓愈爲「老儒」，並對其文章有所批評。韓愈代表唐代儒學的振興者，而湯
顯祖則處在明代反理學的思潮中，他曾自言年少時讀「非聖之書」〔註85〕，
對拘守儒家道統的韓愈，顯然無好感，韓愈復古倡「非三代兩漢之書不敢
觀，非聖人之志不敢存」〔註86〕，又力排佛道，或許因這些都不同於湯顯祖
早年的思想傾向；尚子毗簡單幾句評論，透露出湯顯祖的想法，這些批評韓
愈的文字，對劇作情節而言，是可有可無的，作者有意的批評正是其思想的
表現。青兒、尚子毗的話，同樣是對復古文學觀的一種否定，也符合湯顯祖
文章重視眞實情感的創作思想。

除了表現文學批評外，《紫簫記》還呈現一種歌誦君主的忠君思想，整齣
戲出現頗多聖旨，第二、十七、十九、二十一、三十等齣都有「聖旨」情節，
這麼多聖旨，至少表示作者重視君權力量。第十七齣「拾簫」唐憲宗元和帝
上場，值元宵燈節，他再三強調「朕與民同樂」，下旨：

> 都下士女，貴賤道俗，並許至華清宮玩燈，盡丙夜，不得呵止，稱
> 與民同樂之意。

第十九齣「詔歸」，送小玉歸家之聖旨爲：

> 朕雅愛風謠，泛採奇秀。知隴西李益，博學弘詞；妻小玉，復是霍
> 王叔父之女。看燈失侶，畏行多露；巧拾瑀簫，智能衛潔；朕甚嘉
> 之。即撤華清宮鳳燭，兼賜所禹瑀簫一管，送歸李益之宅。其謝本
> 不必親齎，附霍嗣王府進上。叩讀謝恩。

我們看到一個與民同樂，並且體恤、體諒子民的聖王仁君，連謝本一事都爲
民設想到，以不增加其麻煩、負擔，這樣的態度，正是一種不擾民的心理表
現，和湯顯祖後來治理遂昌的清靜爲政，有相同的精神。小玉感激道「天恩

〔註85〕其〈秀才說〉云：「十三歲時從明德羅先生遊。血氣未定，讀非聖之書。所遊
四方，輒交其氣義之士，蹈屬靡衍，幾失其性。」《湯顯祖集》詩文集卷三十
七。
〔註86〕《韓昌黎集》卷十六〈答李翊書〉。

難報」，在《紫簫記》中，偌多「聖旨」顯現君權的力量，同時也描繪出明君的形象，代表此一時期作者對皇帝是有所期許的。試觀湯顯祖詩作，《紅泉逸草》有〈丙寅哭大行皇帝〉哀世宗皇帝卒；〈壬申歲哭大行皇帝〉哀穆宗皇帝卒，可見此時湯顯祖對皇帝懷有傳統的尊崇與期許。

第三節　關目情節

關目即劇本的結構、關鍵情節的安排和構思〔註 87〕。西方亞里斯多德在其《詩學》一書指出悲劇藝術有六個組成部分即情節、性格、思想、語言、歌唱、造型。在這六個成分裡，首重情節，認為「情節乃悲劇之基礎，有似悲劇的靈魂」（《詩學》第六章）。關目情節的好壞，實劇作成功與否的關鍵，若關目不佳，即使曲文優美，亦不能取勝於場上。由於戲曲文學承詩詞發展而來，先時曲家仍大都著眼於音律、文詞；明代中葉以後，關目情節乃漸為重視。李卓吾論述《拜月》稱：「此記關目極好，說得好，曲亦好，真元人手筆也。」又稱《紅拂》：「此記關目好，曲好，白好，事好。」〔註 88〕均以關目為最要事，卓吾不同他人之眼光亦可由此見之。

湯顯祖亦重視情節結構，其〈紅梅記總評〉有云：

> 所嫌者，略於細筍鬥接處，如撞入盧家及一進相府更不提起盧氏婚姻，便就西席，何先生之自輕乃爾！〔註89〕

〈焚香記總評〉亦有云：

> 獨金罍換書，及登程，及招婿，及傳報王魁凶信，頗類常套，而星相占禱之事亦多，然此等波瀾，又甎甃上不可少者。此獨妙於串插結構，便不覺文法沓拖，真尋常院本中不可多得。〔註90〕

所謂「細筍鬥接處」，「串插結構」，都指情節結構而言，湯顯祖自是明代最杰出的戲曲家，在大多數戲曲理論家熱中於談論音律、曲文之時，他已能著眼於情節結構。到清代李漁《閒情偶寄》則標舉「結構第一」，言：「填詞首重音律，而予獨先結構」〔註 91〕，他所稱的「結構」包含：戒諷刺、立主腦、

〔註87〕依《中國戲曲曲藝詞典》之定義，上海辭書出版社，頁 34。
〔註88〕見《李溫陵集》卷八〈雜述〉，文史哲出版社，頁 479。
〔註89〕《湯顯祖集》詩文集卷五十補遺。
〔註90〕同上註。
〔註91〕李漁，《閒情偶寄》卷一詞曲部，長安出版社，頁 6。

脫窠臼、密針線、減頭緒、戒荒唐、審虛實等項目，可見主要仍指情節安排之結構。亦可見隨著時代，戲曲家對場上表演的關注愈來愈多。

一、情節與小說相近似者

《紫簫記》雖取材〈霍小玉傳〉，但已「關目迥別」，「略引正面，點綴生情，插入唐時人物，不拘年代先後，隨機布置」（《曲海總目提要》語），《紫簫記》中的幾個人物如花卿、石雄、尚子毗、尚綺心、嚴遵美、杜黃裳、郭娘娘、郝玼、閭朝、杜秋娘、郭小侯、元和帝等人都是唐代歷史上確有的人物〔註92〕；湯顯祖乃是運用以實作虛的戲劇手法，並非自己脫空杜撰。關於戲曲用事的虛實，王驥德《曲律、雜論上》有云：

> 古戲不論事實，亦不論理之有無可否，於古人事多損益緣飾為之，然尚存梗概。後稍就實，多本古史傳雜說略施丹堊，不欲脫空杜撰。

> 元人作劇，曲中用事，每不拘時代先後。馬東離《三醉岳陽樓》，賦呂純陽事也。〔寄生草〕曲：「這的是燒豬佛印待東坡，抵多少騎驢魏野逢潘閬。」俗子見之，有不訾以為傳唐人用宋事耶？畫家謂王摩詰以牡丹、芙蓉、蓮花同畫一景，畫袁安高臥圖有雪裡芭蕉，此不可易與人道也。

情節以實作虛時，是不可太拘泥於史事如何，有時作者正有其深意於不合理的地方，如王維的雪裡芭蕉圖。明代戲曲家徐復祚即言：

> 要之傳奇皆是寓言，未有無所為者，正不必求其人與事以實之也。
> 即今《琵琶》之傳，豈傳其事與人哉？傳其詞耳。〔註93〕

「傳其詞」正是我們面對戲曲的基本態度，史實背景代表作者的學識涵養；但應就戲論戲，且傳奇大半寓言，正不必求其合於史實，《紫簫記》雖以唐代人物為角色，亦不必一一考求之。

《紫簫記》情節已大異於〈霍小玉傳〉，保持主要的基本架構是鮑姓媒婆居中攝合霍王女與才子李益的這一段姻緣。戲曲和小說對照下，還可看到若

〔註92〕譚正璧，〈湯顯祖戲劇本事的歷史探溯〉及董康《曲海總目提要》中，均對《紫簫記》的唐時人物有所探討，可參看。二文均收入《湯顯祖研究資料彙編》下冊。

〔註93〕徐復祚，《三家村老曲談》，收於任中敏編《新曲苑》第一冊，中華書局，頁93。

干相類或相同的文字敘述，列表如下：

齣數	齣目	紫簫記	霍小玉傳
二	友集	小生姓李，名益，字君虞，隴西人氏。	大曆中，隴西李生名益，年二十。
六	審音	四娘：記得他有「開簾風動竹，疑是故人來」之句。	母謂曰：汝嘗愛念「開簾風動竹，疑是故人來。」即此十郎詩也。
七	遊仙	霍王：只是鄭姬有小玉未嫁，怎得出家？暫賜汝名淨持，賜汝女紅樓一座，寶玉十對，可從我封邑姓霍。	鮑具說曰：「故霍王小女，字小玉，王甚愛之。母曰淨持。淨持，即王之寵婢也。王之初薨，諸弟兄以其出自賤庶，不甚收錄。因分與資財，遣居於外，易姓為鄭氏，人亦不知其王女。」
十一	下定	櫻桃：蘇姑子作了好夢。	鮑笑曰：蘇姑子作好夢也未？
十四	假駿	四娘：挾筴追鋒，還推老手。	（鮑十一娘）追風挾策，推為渠帥。
十四	假駿	十郎：青兒，跟俺到花老爺宅子上去，借馬成親。	（十郎）遂令家僮秋鴻於從兄京兆參軍處假青驪駒，黃金勒。
十四	假駿	花卿：這樣駿馬，馱上一個才子，到那有色目的人家呵！一種風流，十分門戶。	（鮑十一娘）但慕風流。如此色目，共十郎相當矣。
二十	勝遊	小玉：妾年十八，君年二十。願君待三十歲，是妾年二十八矣。此時足下改聘茂陵，永拋蘇蕙，妾死無憾矣。	玉曰：妾年始十八，君纔二十有二，迨君壯室之秋，猶有八歲。一生歡愛，願畢此期。然後妙選高門，以諧秦晉，亦未為晚。妾便捨棄人事，剪髮披緇，夙昔之願，於此足矣。
二十	勝遊	小玉：十郎，奴家蟇金指盒兒裡，有烏絲欄紙數枚，綠沈管筆，螺子墨，你可寫下數句，作奴終身之記。	（小玉）遂取繡囊，出越姬烏絲欄素縑三尺以授生。生素多才思，援筆成章，引諭山河，指誠日月。

　　第二十齣「勝遊」以後，戲曲和小說的情節發展完全不同，一朝大團圓方向發展，一朝負心的悲劇發展，再也無相似文字。由上表所列，也可以看到《紫簫記》和〈霍小玉傳〉情節相近似處非常有限，且大都是一些細微枝節。

二、主要增加之情節

　　就劇情發展而言，《紫簫記》可說是湯顯祖的創新之作，雖屬才子佳人戀愛故事，但沒有落入「私訂終身後花園，落難公子中狀元，奉旨完婚大團圓」的套式。王驥德曾批評元曲：

> 元人雜劇，其體變幻者固多，一涉麗情，便關節大略相同，亦是一
>
> 短。又古新奇事迹，皆爲人做過。今日欲作一傳奇，毋論好手難遇，
>
> 即求一典故新采可動人者，正亦不易得爾。(《曲律‧雜論上》)

如何在情節上出奇創新，脫除窠臼，是劇作家所努力構思的。

《紫簫記》現存的三十四齣，雖然沒有大的曲折、波瀾，但花卿以妾易馬，櫻桃假扮鮑女以巧探十郎底細，都見作者構思新穎，力求脫套。由「開宗」的〔鳳凰台上憶吹簫〕詞知後半部劇情有和親出塞、十郎娶小、小玉賣簫、尚子毗救友等充滿起伏跌宕的劇情，應是相當具有戲劇性，可惜今日已不得見〔註94〕。爲便於分析論述，先將各齣要旨依次臚列：

第 一 齣　開宗　概述全劇大意。

第 二 齣　友集　李益與石雄、花卿、尚子毗三友吟詩聚會。

第 三 齣　探春　鄭六娘偕小玉，母女一同春游。

第 四 齣　換馬　花卿以伎妾鮑四娘易郭小侯駿馬。

第 五 齣　縱姬　郭小侯以鮑四娘不忘舊主，使居別院自主行止。

第 六 齣　審音　鮑四娘往霍府教小玉唱曲。

第 七 齣　遊仙　霍王因〈人日詞〉而入山修道，杜秋娘亦爲女道，留小玉母女相依。

第 八 齣　訪舊　李十郎欲往探鮑四娘。

第 九 齣　託媒　十郎託四娘往霍府說媒。

第 十 齣　巧探　四娘至霍府提親，小玉定下巧探之計。

第十一齣　下定　櫻桃奉命探得十郎眞情，並取聘禮歸。

第十二齣　捧盒　櫻桃途遇四娘，同歸霍府。

第十三齣　納聘　鄭六娘允婚，四娘教小玉新婚閨房事。

第十四齣　假駿　四娘要十郎向花卿借馬備婚事。

第十五齣　就婚　十郎往霍府與小玉成親。

第十六齣　協賀　櫻桃調笑小玉；花卿等三友來賀十郎新婚。

第十七齣　拾簫　元宵觀燈，小玉和家人失散，藉所拾紫玉簫得以保身。

〔註94〕《紫簫記》後半有被湯開遠（顯祖第三子）焚棄之說。錢謙益《列朝詩集》丁集中言：「開遠好講學，取義仍續成《紫簫》殘本及詞曲未行者，悉焚棄之，大耆實云。」大耆爲湯顯祖之次子。朱彝尊《靜志居詩話》亦有相同記載。

第十八齣　　賜簫　　小玉獲賜簫，並由女官護送返家。

第十九齣　　詔歸　　十郎、六娘擔心小玉，幸得內官送回。

第二十齣　　勝遊　　小玉與十郎遊園，並題詩爲盟。

第廿一齣　　及第　　十郎中狀元，授翰林供奉，將往朔方參軍。

第廿二齣　　惜別　　十郎與三友將各奔前程，相飲話別。

第廿三齣　　話別　　六娘吩咐櫻桃備酒筵，擬與十郎話別。

第廿四齣　　送別　　小玉送別十郎，悲切泣淚。

第廿五齣　　征途　　十郎於途中傷懷。

第廿六齣　　抵塞　　杜黃裳迎十郎抵達塞上。

第廿七齣　　出思　　小玉閨中思念十郎。

第廿八齣　　夷訌　　吐番王贊普擬南侵中原，欲以尚子毗爲帥。

第廿九齣　　心香　　小玉母女至西王母觀爲十郎祝禱。

第三十齣　　留鎮　　聖旨召回杜、李二人，杜相國請十郎留邊調停半月。

第卅一齣　　皈依　　杜黃裳爲老僧四空點醒，皈依佛門。

第卅二齣　　邊思　　十郎懷念小玉，適小軍迎其南歸，乃贈劍二將留別。

第卅三齣　　出山　　贊普請尚子毗出山，尚則勸阻侵唐，允使唐議和親事。

第卅四齣　　巧合　　七巧之夕，會十郎抵家，一門團圓。

全劇依情節可分爲五個段落。第七齣「遊仙」之前爲第一段，除重要人物一一出場外，主要情節在「換馬」一事，鮑四娘的多情令人印象深刻。第八齣「訪舊」到十六齣「協賀」爲第二段，以十郎和小玉婚事爲主，前一段的鮑四娘爲此段重要媒介人物，亦可見劇情層層推進，前後貫串銜接。第十七齣「拾簫」到廿一齣「及第」爲第三段，其中「拾簫」、「賜簫」二齣點題，由首齣的「起無端貝錦，賣了瓊簫」知紫玉簫於後半部戲應有重要地位，賣簫之情節和〈霍小玉傳〉賣紫玉釵給寄附鋪侯景先，不知相關如何，可惜今已未能知其巧思安排。此段「勝遊」齣對愛情主題的建立具有重大意義，唯此乃見原本不識的生旦二人婚後所產生的眞情實愛。第廿二齣「惜別」到廿六齣「抵塞」爲第四段，以別情爲主，逐步渲染感情，「主情」的劇作思想也得到深化；前段「及第」齣引出參軍朔方之旨則爲此段別情的導火線。第廿七

齣「出思」到三十四齣「巧合」爲第五段，「幽思」、「心香」、「邊思」三齣以思情爲主，運用對襯法顯示生旦二人兩地相思，強化愛情主題。「夷訌」、「出山」又爲後半部戲的「和親出塞」事預留伏筆。就情節的層層推進，前後劇情的針線密合而言，頗多可圈點處；唯杜黃裳「皈依」一齣較爲獨立，但可視爲對此角色找到一個下場歸宿，所謂不使一人無著落；此外亦是作者早期佛道思想的呈現，可與第七齣霍王的遊仙相呼應。

《紫簫記》在取材創作時，加入之重要情節有愛妾易馬、納聘就婚、觀燈拾簫、朔方參軍等，分述於下：

（一）愛妾易馬

第四齣「換馬」演花卿約李十郎至營中飲酒，並命其伎妾鮑四娘唱曲侑酒助興，適汾陽王之孫郭小侯騎射而過，花卿羨他馬射絕精，十郎在旁攛掇道：「將軍若有此馬，便出塞封侯。」「昔馬伏波老年，尚平武陵蠻，鑄馬相。」引動花卿雄心壯志，可惜郭小侯不肯賣馬，他道：「斗堆金侯家何用」，倒認爲鮑四娘爲「百萬蛾眉，何用千金馬骨」，花卿和小侯在這裡表現了不同的人生價值觀。旁觀的李十郎因此爲他倆出了一個主意，他說：「花驃騎愛金埒之名馬，郭小侯賞玉塵之妙音，倘肯相移，各成其美。」此計一出，小侯「願向花卿覓愛卿」，花卿則「何妨一笑贈傾城」，二人一拍即合，完全不顧鮑四娘的意願。四娘是個多情女子，她罵十郎「冤家！爲你來惹出這斷腸事。」「恨不得殺了那馬呵，紫叱撥將人斷送」。

以人易馬，這段情節是有所本的。《太平廣記》卷三四九有〈韋鮑生妓〉條：

> 酒徒鮑生，家富畜妓。開成初，行歷陽道中，止定山寺，遇外弟韋生下第東歸，同憩水閣。鮑置酒，酒酣，韋謂鮑曰：「樂妓數輩焉在，得不有攜者乎？」鮑生曰：「幸各無恙，挈之滯維揚，日連斃數駟，後乘旣闕，不果悉從。唯與夢蘭小倩俱，今亦可以佐歡矣。頃之，二雙鬟抱胡琴方響而至，遂謂韋曰：「出城得良馬乎？」對曰：「予春初塞遊，自廊坊歷烏延，抵平夏，止靈武，而迴部落。駒駿獲數疋。龍形鳳頸，鹿脛兔臑，眼大足輕，脊平肋密者，皆有之。」鮑撫掌大悅。乃停杯命燭，閱馬於輕檻前。數匹與向來誇誕，十未盡其八、九。韋對鮑曰：「能以人換，任選殊尤。」鮑欲馬之意頗切，密遣四絃更衣盛粧，頃之乃至，命捧酒勸韋生，歌一曲以送

之，云：「白露濕庭砌，皓月臨前軒。此時頗留恨，含思獨無言。」

又歌送鮑生酒云：「風颭荷珠難暫圓，多生信有短因緣。西樓今夜三

更月，還照離人泣斷絃。」韋乃召御者，牽紫叱撥以酬之。

《太平廣記》下注出於《纂異記》。此又見於《全唐詩》卷八百，收有鮑家四絃作〈送韋生酒〉及〈送鮑生酒〉詩兩首，事同前述記載，但「多生信有短因緣」詩句作「多情信有短因緣」。韋生以紫叱撥易得鮑家四絃，湯顯祖《紫簫記》則改爲郭小侯以紫叱撥易得鮑四娘。在第二十齣「勝遊」時，小玉對十郎說：「那竹林外有人在作聲，好似青樓鮑四絃」，於是十郎說：「快喚一聲鮑四娘」，這個細節，也表露鮑四娘正由鮑家四絃這個故事而來。

　　愛妾易馬的風氣，由來甚久，《樂府解題》中提到古辭有〈愛妾換馬〉篇，舊說淮南王所作，辭今不傳。唐李冗《獨異志》卷中載：

後魏曹彰性倜儻，偶逢駿馬，愛之，其主所惜也。彰曰：「余有美妾，

可換，唯君所選。」馬主因指一妓，彰遂換之。馬號曰「白鵠」，後

因獵獻於文帝。

李白〈襄陽歌〉有「千金駿馬換小妾，笑坐雕鞍歌落梅」或指此事。南北朝以來，此風不止，梁簡文帝有〈和人以妾換馬〉詩：

功名幸多種，何事苦生離。誰言似白玉，定是媿青驪。必取匣中釧，

迴作飾金羈。真成恨不已，願得路傍兒。（《全梁詩》卷一）

此外，庾肩吾有〈以妾換馬〉詩[註95]，劉孝威有〈和王竟陵愛妾換馬〉詩[註96]，《全隋詩》卷四有僧法宣的〈愛妾換馬〉詩。《全唐詩》卷十八橫吹曲辭有紀唐夫的〈驄馬曲〉：

連錢出塞蹋沙蓬，豈比當時御史驄。逐北自諳深磧路，連嘶誰念靜

邊功。登山每與青雲合，弄影應知碧草同。今日虜平將換妾，不如

羅袖舞春風。

「虜平」之後便思及可以將馬換妾，兩者如此輕易便聯想在一起，可知此風尚。《全唐詩》中還可看到張祐〈愛妾換馬〉兩首[註97]，劉禹錫的〈裴令公見示誚樂天寄奴買馬絕句，裴言仰和且戲樂天〉詩[註98]，偌多詩作，說明

〔註95〕庾肩吾〈以妾換馬〉詩見《全漢三國晉南北朝詩》中冊，卷七，世界書局出版，頁1092。

〔註96〕詩見《全漢三國晉南北朝詩》下冊，卷十一，世界書局出版，頁1217。

〔註97〕《全唐詩》卷五百十一，第八冊，頁5826。

〔註98〕詩有「若把翠娥酬騄駬，始知天下有奇才」。《全唐詩》卷三六五，第六冊，

自南北朝至隋唐，以妾換馬成為一種風尚，姬妾如同主人的物品，可隨意贈送。

劇中鮑四娘是花卿的家妓，而唐代家妓是可以隨便贈送的〔註99〕，試看下面記載：

> 兵部侍郎李尚樂妓崔紫雲詞華清峭，眉目端正。李在洛為她宴客。杜牧輕騎而來，連飲三觥，謂主人曰：「嘗聞有能篇詠紫雲者，今日方知名，倘垂一意，無以加焉。」諸妓回頭掩笑，杜口占詩罷，上馬而去。李尋以紫雲送贈之。（《侍兒小名錄》）

> 郭曖宴客，有婢鏡兒，善彈箏，姿色絕代。李端在座，時竊寓目，屬志甚深。曖覺之，曰：「李生能以彈箏為題，賦詩娛客，吾當不惜此女。」李即席口號，曖大稱善，徹席上金玉酒器，并以鏡兒贈李。（《釵小志》）

唐孟棨《本事詩》〈情感第一〉也有贈妓的記載：

> 韓翃少負才名。天寶末，舉進士。孤貞靜默。所與遊，皆當時名士。然而蓽門圭竇，室唯四壁。鄰有李將妓柳氏，李每至，必邀韓同飲。韓以李豁落大丈夫，故常不逆，既久逾狎。柳每以暇日隙壁窺韓所居，即蕭然葭艾，聞客至，必名人，因乘間語李曰：「韓秀才窮甚矣，然所與遊，必聞名人，是必不久貧賤，宜假借之。」李深領之。間一日，具饌邀韓。酒酣，謂韓曰：「秀才當今名士，柳氏當今名色；以名色配名士，不亦可乎？」遂命柳從坐接韓，韓殊不意，懇辭不敢當。李曰：「大丈夫相遇杯酒間，一言道合，尚相許以死，況一婦人，何足辭也。」卒授之，不可拒。

> 劉尚書禹錫罷和州，為主客郎中、集賢學士。李司空罷鎮在京，慕劉名，嘗邀至第中，厚設飲饌。酒酣，命妙妓歌以送之。劉於席上賦詩曰：「鬖鬌梳頭宮樣粧，春風一曲杜韋娘。司空見慣渾閒事，斷盡江南刺史腸。」李因以妓贈之。

妓妾命運操在主人手上，柳氏得贈與韓翃，是極幸運的；反之，像唐傳奇〈步飛煙〉傳的武公業，便因其妾飛煙和趙象有私，把她「縛之大柱，鞭楚血流」

頁4124。

〔註99〕參王書奴，《中國娼妓史》第五章，上海書店，頁149。

而死，可知主人甚至可以奪取其妾的性命。唐代婦女命運猶爲男子附屬，妓妾地位卑微，更無自主命運的權利，即使在明代浪漫思潮興起，挑戰傳統禮教，但姬妾的命運依然無法自主，仍是主人的財產，可以隨意贈送。

　　明代上至帝王權貴，下至市井富商，莫不買妾自娛。風流文士有以妾易馬事，市井中則有「買瘦馬」的行市，「瘦馬」即指被拍賣爲妾的女子，被買妾人任意挑揀相看，與牲口市場無異。明張岱《陶庵夢憶》卷五〈揚州瘦馬〉對此買妾過程有詳細敘述，因爲買妾的人多，「瘦馬」也成爲一個生意興隆的行業，其云：

> 揚州人日飲食於瘦馬之身者數十百人。娶妾者切勿露意，稍透消息，牙婆駔儈咸集其門，如蠅附羶，撩撲不去。黎明，即促之出門，媒人先到者先挾之去，其餘尾其後接踵伺之。

買妾即買瘦馬，妾與馬竟如此相關，妾亦如馬只是一物品而已！《紫簫記》的愛妾換馬一事，雖以唐代社會爲背景，其實更是明代社會的景況。

　　再看《喻世明言》卷六有〈葛令公生遣弄珠兒〉，寫梁朝名將葛周，爲中書令兼領節度使之職，鎮守袞州。他姬妾眾多，但獨寵弄珠兒。葛周的部下申徒泰亦慕弄珠兒，後來因爲申徒泰隨葛周出征，奮戰立功，班師之後，葛周便以弄珠兒贈之，愛妾成了酬賞之物。時代改變，但姬妾命運依然未變，《紫簫記》中鮑四娘對主人把她與郭小侯的駿馬相易，也只能默然接受，她是姬妾，沒有爭取自主的權利。

　　爲什麼易馬的人是花卿呢？這也有所本，劇中愛馬的花卿說「杜子美是我的老朋友」（第二齣），自言「出鎮西蜀，今已還朝閒住」。觀看杜甫詩作，有〈戲作花卿歌〉詩：

> 成都猛將有花卿，學語小兒知姓名。用如快鶻風火生，見賊惟多身始輕。綿州副使著柘黃，我卿掃除即日平。子璋髑髏血模糊，手提擲還崔大夫。李侯重有此節度，人道我卿絕世無。既稱絕世無，天子何不喚取守東都。

及〈贈花卿〉詩：

> 錦城絲管日紛紛，半入江風半入雲。此曲秪應天上有，人間能得幾回聞。〔註100〕

前詩有駿馬，後詩有唱曲，對於杜甫的友人花卿，湯顯祖寫他以愛妾易馬，

〔註100〕見《杜詩鏡銓》卷八，筆正書局，頁593～594。

情節上是採用「虛實相半」﹝註101﹞的寫法，在現實的基礎上，充分發揮作者的想像力，虛中有實，實中有虛。

在郭小侯、花卿、鮑四娘各人不同的追求中，湯顯祖藉劇情也揭示了人生價值的思維，一般人總是不能珍惜手上所擁有的，而去追求手上沒有的事物，但到手之後又如何？郭小侯終讓四娘自由的居於別院，花卿也嚐到寂寞的滋味，一切並沒有盡如人意，「換馬」一事，提供人生追求的思考於其中。鮑四娘深情不移也強化「主情」的劇作思想，她並是往後情節的重要關係人。「換馬」在劇情上有承先啓後的重要功能，因爲「換馬」之後，鮑四娘乃能自如的居於郭小侯的別院，不必朝夕侍奉花卿，也因此得往小玉家教曲，成了十郎和小玉婚事的媒介。沒有「換馬」，則往後劇情便無法開展，因爲四娘既是花卿的家中妓妾，自然以侍奉花卿爲職事，也無由成就十郎和小玉之姻緣。

（二）納聘就婚

從第八齣「訪舊」到十六齣「協賀」，主要劇情便是把十郎和小玉二人從各不相干的地方拉合在一起，使才子和佳人二條線會合，會合點便是第十五齣「就婚」，穿梭其間的一是鮑四娘，一是小玉的婢女櫻桃。納聘就婚的情節可說是《紫簫記》對〈霍小玉傳〉的重大改變，〈霍小玉傳〉的悲劇乃因小玉的娼妓身分使她和李益無法正式結合，李益雖立誓娶小玉，但赴官返家後，仍依母命，聘娶盧姓甲族女子爲妻；可見有媒有聘的婚事是婦女終身幸福的保障。

《紫簫記》第七齣安排霍王遊仙情節，除了有湯顯祖早年的佛道思想外，主要是藉霍王上場，肯定小玉爲王女的身份，隨後便展開「訪舊」（李益訪四娘）、「託媒」、「巧探」（櫻桃奉命探李益家庭背景）、「下定」、「納聘」等情節，爲生旦二人婚事逐步鋪路，其中小玉的機智，十郎的痴夢，櫻桃、四

﹝註101﹞明人謝肇淛，《五雜組》卷十五言：「凡爲小說及雜劇戲文，須是虛實相半，方爲游戲三昧之筆。亦要情景造極而止，不必問其有無也。古今小說家如《西京雜記》、《飛燕外傳》、《天寶遺事》諸書，《虬髯》、《紅線》、《隱娘》、《白猿》諸傳，雜劇家如《琵琶》、《西廂》、《荊釵》、《蒙正》等詞，豈必眞有是事哉？近來作小說，稍涉怪誕，人便笑其不經，而新出雜劇，若《浣沙》、《青衫》、《義乳》、《孤兒》等作，必事事考之正史，年月不合，姓字不同，不敢作也。如此，則看始傳足矣，何名爲戲？」肯定「虛實相半」的創作方法。見《筆記小說大觀》第八編。

娘的科諢都爲這段情節增添許多喜劇的氣氛，營造出「就婚」的美滿前奏曲。從第八齣「訪舊」到十五齣「就婚」，作者用了八齣戲來寫納聘就婚事，可見其在表現愛情主題上的重要性。

　　湯顯祖仍是以儒家思想爲主的人，結婚依《禮記、昏義》規定有「六禮」：納采、問名、納吉、納徵、請期、親迎。其中「納徵」便是納聘財，在先秦時代，聘禮所納幣帛不多〔註102〕，這和後世的買賣婚姻大有不同。〈霍小玉傳〉中亦寫納聘一事，爲李益聘娶盧女，所謂「盧亦甲族也，嫁女於他門，聘財必以百萬爲約，不滿此數，義在不行。」百萬聘財之事反映了唐代的社會眞實，爲此，唐太宗曾下詔禁止：

> 十六年六月詔：氏族之盛，實繫於冠冕，婚姻之道，莫先於仁義。……問名惟在於竊貲，結禍必歸于富室，乃有新官之輩，豐財之家，慕其祖宗，競結婚媾，多納貨賄，有如販鬻。或貶其家門，受屈辱於姻婭；或矜其舊族，行無禮於舅姑。積習成俗，迄今未已。既紊人倫，實虧名教。自今年六月禁賣婚。〔註103〕

高宗顯慶四年又詔：

> 四年十月十五日詔：後魏隴西李寶，太原王瓊，滎陽鄭溫，范陽盧子選、盧渾、盧輔，清河崔宗伯元孫，凡七姓十一家，不得自爲婚姻。仍自今已後，天下嫁女受財，三品已上之家，不得過絹三百匹；四品五品，不得過二百匹；六品七品，不得過一百匹；八品以下，不得過五十匹。皆充所嫁女貲妝等用，其夫家不得受陪門之財。〔註104〕

然而婚姻崇尚財禮，亦不是唐代開始，早在魏齊時代便有此風；趙翼《廿二史箚記》卷十五有云：

> 魏、齊之時，婚嫁多以財帛相尚，蓋其始高門與卑族爲婚，利其所有財賄紛遺，其後遂成風俗，凡婚嫁無不以財帛爲事，爭多競少，

〔註102〕孫希旦，《禮記集解》〈昏義第四十四〉注云：「先納聘財而后昏成。春秋則謂之納幣。其庶人則緇帛五兩，卿大夫到玄纁，玄三纁二，加以儷皮，諸侯加以大璋，天子加以穀圭。」頁1294，文史哲出版。玄纁指黑絳兩色絲織品，取陰陽畢備之義，儷皮指鹿皮兩張，取配合成雙之象，這些聘禮都是農家可得之物。

〔註103〕《唐會要》下冊卷八十三〈嫁娶〉，世界書局，頁1528。

〔註104〕同上註。

> 恬不為怪也。魏文成帝詔曰：「貴族之門，多不奉法，或貪利財賄，
> 無所選擇。今貴不分賤，虧損人倫，何以示後！」此可見財婚由來
> 久矣。〔註105〕

由此記載，可知寒門不惜財賄來爭取與高門結姻，藉以提高自己的社會地位。
〈霍小玉傳〉中李益百萬聘禮以婚盧氏女，正是這種魏、齊以來風氣的延續；
唐太宗、高宗的下詔禁賣婚，也顯示風氣盛行之嚴重。

《紫簫記》第十齣「巧探」，鮑四娘為李益來說媒，與六娘一段對話：

> 【江兒水】他文字呵，墨光飛素霓；他積的書呵，粉跡度花蟲。〔六
> 娘〕這等是書底藏身一蠹魚，怕沒有甚風調？〔四娘〕儘有琴心曲
> 髓供調弄。〔六娘〕家世何等？〔四娘〕故家？青箱畫榮門庭重。〔六
> 娘〕他們下得多少聘禮？〔四娘〕你要他時，胡瓶瑞錦連車送。〔六
> 娘笑介〕這是閒說，果是兒馨，何須阿堵，只要白璧一雙。

阿堵即錢財，「只要白璧一雙」，這種婚聘觀念，是湯顯祖在劇中表現的進步
思想，是不同於明代社會婚姻論財的風氣。明人謝肇淛《五雜組》言：

> 今世流品可謂混淆之極，婚娶之家，惟論財勢耳。（卷十四〈事部
> 二〉）

又言：

> 人能捐百萬錢嫁女而不肯捐十萬錢教子；寧盡一生之力求利，不肯
> 報半生之功讀書；寧竭貨財以媚權貴，不肯捨些微以濟貧乏，此天
> 下之通惑也。（卷十三〈事部一〉）

可見《紫簫記》所說「果是兒馨，何須阿堵，只要白璧一雙」的劇情，是何
等不同於明代一般風尚。

由於都市商業的發展，市井階級的興起，婚姻除了考慮家世外，聘財尤
不可少，自唐宋以來便有愈趨財帛婚姻的世俗化社會現象，先秦古風已遙不
可及了。宋司馬光說：

> 今世俗之貪鄙者，將娶婦，先問資裝之厚薄；將嫁女，先問聘財之
> 多少，至于立契約云「某物若干」、「某物若干」，以求售某女者。
> 亦有既嫁而復欺紿負約者，是乃駔儈鬻奴賣婢之法，豈得謂之士大
> 夫婚姻哉！其舅姑既被欺紿則殘虐其婦，以攄其怒。由是愛其女
> 者，務厚資裝以悅其舅姑，殊不知彼貪鄙之人不可盈厭；資裝既竭

〔註105〕趙翼，《廿二史劄記》卷十五〈財婚〉，世界書局，頁197。

　　則安用汝力哉！于是質其女以責貨于女氏；貨有盡而責無窮。故
　　婚姻之家往往終爲仇讎矣。是以世俗生男則喜，生女則戚，至有不
　　舉其女者，因此故也。然則議婚姻有及於財者，皆勿與爲婚姻，可
　　也。〔註106〕

司馬光反對以財帛來議婚姻，而他所提出的正是有見於宋代士大夫婚姻出現
的情況。這種婚姻論財的風氣有增無減，湯顯祖深不以爲然，《紫簫記》中李
十郎拿出的聘禮是九子金龍鏡和三珠玉燕釵，是他家先人遺物，十郎告訴前
來「巧探」的櫻桃：

　　【東甌令】瑤筐燕，珠釵朵，鏡裏和龍卷花臥。女郎，只是客中一時
　　難措，若論郡主身價呵，黃金百萬買雙娥，買得心兒麼？女郎，想
　　郡主心中，也有了這人麼？但得一心人，錢刀定何用！他半指心兒
　　納著可，下著葳蕤鎖。

強調婚姻以「心」爲重，重心輕財，藉著六娘、十郎的言語，可以看見作者
反對婚姻重財的社會習尙。

　　對於劇中九子金龍鏡的家傳物，十郎說是「楊子江心鑄就」，這也是有所
本的。唐李肇《國史補》有云：

　　揚州舊貢江心鏡，五月五日，揚子江中所鑄也。或言無有百鍊者，
　　或至六、七十鍊，則已易破難成，往往有自鳴者。〔註107〕

可見揚子江心鑄就寶鏡，並非脫空杜撰。劇中言此鏡背有款識：「隴西李相國，
天寶五年五月五日，揚子江心鑄」。六娘見此聘儀，亦言「我昔在內家，聞有
楊子江心鏡，是玄宗皇帝年間鑄的，……當鑄此鏡，聽說有雙龍護舟，鏡背
自然成雙龍蟠合之象，非關人巧，委係天成。」六娘之說又爲《國史補》作
了一些補充。李益言九子金龍鏡爲「先相國」遺下，以先人遺物爲聘禮，其
意義更大於金錢財貨。

　　納聘就婚的情節，是《紫簫記》三十四齣中最精彩而又充滿喜感的一段
戲，有鮑四娘爲媒，有霍母之命，有十郎的傳家物爲聘，生旦二人的婚姻才
有堅實的基礎與保障。這裡呈現的是傳統儒家的婚姻觀念，要有父母之命，
媒妁之言〔註108〕，而刻意揚棄唐宋以來婚姻論財的習尙，強調「心」爲重，「財」

〔註106〕司馬光，《書儀》卷三「親迎」條。四庫全書本。
〔註107〕李肇，《國史補》卷下，收於《筆記小說大觀》第二十一編，頁701。
〔註108〕《孟子·滕文公下》有言：「不待父母之命，媒妁之言，鑽穴隙相窺，踰牆相
　　　　從，則父母國人皆賤之。」

爲輕。〈霍小玉傳〉的百萬聘財爲唐代社會現實的反映;《紫簫記》的「只要白璧一雙」則爲湯顯祖對社會習尙不滿的反映,「主情」的思想亦見其中,「但得一心人,錢刀定何用」,眞情不是用金錢可以買得到的。此處,情節和主題密切結合。

(三)觀燈拾簫

第十七齣「拾簫」是點題的大戲,上場腳色有十人之多,是全劇最熱鬧的一齣。寫元宵節君民同樂的景象,元和帝下旨:「都下士女,貴賤道俗,並許至華清宮玩燈,盡丙夜,不得呵止,稱與民同樂之意。」到了三更,金吾衝散了小玉和六娘、十郎,此時,落單而不知如何出宮的小玉,巧拾紫玉簫,她急中生智:

> 【浪淘沙】徹道響雲除,月墮金樞。冤家!宮門屈曲,教奴從那路出去?千門萬戶怎跏蹰?〔作跌拾簫科〕呀!原來是一管紫玉簫在地上滑著,想起一計來。奴家嬌弱女孩兒,外間燈市闃塞,縱出得去,也落少年之手。不如就取著紫玉簫在手,遇著清宮太監,拿到內家殿前,更有分訴處。倘天恩垂問,便將我十郎才名說一番,或見矜憐送出。拾卻紫簫閒按取,引出仙都,引出仙都。〔嚴呼喝上〕〔小玉驚伏介〕

這一齣「拾簫」有下列三含義:一爲點題,二爲藉此情節彰顯小玉的性格,三爲郭娘娘稱小玉「郡主」,更肯定其王女之身分。第十八齣「賜簫」演宮中女官送小玉回府,第十九齣「詔歸」,小玉返家後敘述失散後遭遇:

> 〔小玉〕天恩有幸,不曾著甚驚。一從相失了阿娘和十郎,內家傳呼轉急,怎生出得?走得慌呵,丹墀一跌,原來是管紫玉簫滑著。尋思計來,外間看燈人鬧,都是少年遊冶兒,縱出得宮門,不得清白還家。因此躲在殿西頭,儘著穿宮拿去,拿到永巷娘娘宮中訊問。兒將父王名字,并李十郎才學家世說起,那娘娘便相敬順,引奏御前,恩賜玉簫鳳燭,眞是天恩難報。

這段藉拾簫以保清白身的情節,和《大宋宣和遺事》亨集元宵觀燈的記載相仿,該故事寫宣和六年正月十五日,徽宗「與民同樂」:

> 至十五夜,去內門直上賜酒,兩壁有八廂,有二十四個內前等子守著,喝道:「一人只得吃一盃!」有光祿千人,把著金卮勸酒。眞個是:金盞內酒凝琥珀,玉甌裡香勝龍涎。一似:

　　　　蟠桃宴罷流瓊液　勅賜流霞賞萬民

那看燈的百姓，休問貴富貧賤老少尊卑，盡到端門下賜御酒一盃。……是夜鰲山腳下人叢鬧裏，忽見一箇婦人吃了御賜酒，將金杯藏在懷裏，喫光祿寺人喝住：「這金盞是御前寶玩，休得偷去！」當下被內前等子拿住這婦人，到端門下。有閤門舍人且將偷金盃的事，奏知徽宗皇帝。聖旨問取因依，婦人奏道：「賤妾與夫婿同到鰲山下看燈，人鬧里與夫相失。蒙皇帝賜酒，妾面帶酒容，又不與夫同歸，爲恐公婆怪責，欲假皇帝金盃歸家與公婆爲照。臣妾有一詞上奏天顏，這詞名喚〈鷓鴣天〉：

　　　　月滿蓬壺燦爛燈，與郎攜手至端門，貪觀鶴笙歌舉，不覺鴛鴦失卻群。天漸曉，感皇恩，傳賜酒，臉生春。歸家只恐公婆責，也賜金盃作照憑。」

徽宗覽畢，就賜金盃與之。

　　《紫簫記》和《大宋宣和遺事》此段情節，有若干異同，湯顯祖或由此帝王「與民同樂」雅意中得來靈感，試列表一比較之：

項目 書名	時　間	事　　故	物　品	目　的	結　果
紫簫記	元宵燈夜	小玉與丈夫、母親被金吾衝散	拾紫玉簫	保清白身	御賜玉簫鳳燭送歸
大宋宣和遺事	元宵燈夜	人鬧裡婦人與其夫失散	藏賜酒金盃	恐公婆怪責	御賜金盃

　　「拾簫」、「賜簫」、「詔歸」連續三齣戲寫點題的紫玉簫，就情節而言，可爲下半部賣簫事預留伏筆，於此處則藉以刻劃小玉之機伶與聰慧；此外，也藉鄭六娘之口道出小玉性情：「若是惡少們懊著他呵！他性子不是金篦自刺，定向玉井頭骨董一聲了。」（「詔歸」齣）在情節發展中，對人物性情有所刻劃。這段拾簫觀燈的過程中，有劇情曲折的變化，有「天恩難報」的思想，有人物性格的呈現，可見劇作情節和主題思想、人物性格是在環環相扣中前進推展。

（四）朔方參軍

　　劇情發展到第二十齣「勝遊」，十郎與小玉遊園立誓，「主情」的劇作思想已達到最高潮，若以文章的起承轉合論，此時已到「轉」的階段，要另闢

波瀾來充實劇情。就十郎而言，婚事已成，此後要展開仕途追求，此為男子人生一大事。第二十一齣「及第」，開始有新的情節變化，十郎中狀元，授翰林供奉，「五日之後，著往朔方參丞相杜黃裳軍事」，造成生旦分離，以寫兩地相思之情，這也是才子佳人劇的俗套。就情節結構而言，朔方參軍是情節上的一條副線，主線是生旦的愛情。這條副線有其功能：一則可調劑場上文武場不同的變換，二則提供分別的情節發展，以強化愛情主題的呈現，三則也是作者人生功名追求的思想表現。

朔方參軍的取材構想，是本於史傳中李益的生平，《舊唐書》卷一三七本傳言：

> 李益，肅宗朝宰相揆之族子。登進士第，長為詩歌。貞元末，與宗人李賀齊名。每作一篇，為教坊樂人以賂求取，唱為供奉歌詞。……久之不調，而流輩皆居顯位，益不得意，北游河朔，幽州劉濟辟為從事，常與濟詩，而有「不上望京樓」之句。

《新唐書》卷二○三記載：

> 少癡而忌克，防閑妻妾苛嚴，世謂妒為「李益疾」。同輩行稍稍進顯，益獨不調，鬱鬱去。游燕，劉濟辟置幕府，進為營田副使。嘗與濟詩，語怨望。

《全唐詩》卷二八二言其：

> 李益，字君虞，姑臧人。大曆四年登進士第，授鄭縣尉。久不調，益不得意。北遊河朔，幽州劉濟辟為從事。嘗與濟詩，有怨望語。

都有北遊參軍事，李益詩作寫及從軍內容的也占多數，如〈從軍有苦樂行〉、〈自朔方還與鄭式瞻崔稱鄭子周岑贊同會法雲寺三門避暑〉、〈夜發軍中〉、〈將赴朔方早發漢武泉〉、〈塞下曲〉、〈汧河曲〉、〈邊思〉、〈從軍北征〉、〈回軍行〉、〈聽曉角〉、〈夜上受降城聞笛〉等；可見朔方參軍的劇情內容是取財於人物史實，但參軍杜黃裳事又虛實相半。劇中杜黃裳自言：

> 自家杜黃裳，表字遵素，京兆萬年縣人也。早中詞科。從汾陽王郭子儀佐鎮朔方，歷事代德順宗三帝，復事今上。官拜檢校司空同中書門下平章事。身叨上相，首贊中興。東翦青齊，南平淮蔡，北安銀夏，西循晉絳。詔封邠國公，食邑萬戶。（第二十六齣「抵塞」）

所敘大致符合史實中之杜黃裳，《新唐書》卷一六九本傳記載：

杜黃裳字遵素,京兆萬年人。擢進士第,又中宏辭。郭子儀辟佐朔
方府,子儀入朝,使主留事。……王叔文用事,黃裳未嘗過其門。
婿韋執誼輔政,黃裳勸請太子監國,執誼曰:「公始得一官,遽開口
議禁中事!」黃裳怒曰:「吾受恩三朝,豈以一官見賣!」……平夏,
翦齊,滅蔡,復兩河,以機秉還宰相,紀律設張,赫然號中興,自
黃裳啟之。元和二年,以檢校司空同中書門下平章事,為河中、晉
絳節度使,俄封邠國公。

　　史實上,杜黃裳的中興之功及其不賣恩的人格,必為湯顯祖景慕,湯氏
〈與吳繼疎〉曾言:「弟最疾夫賣恩為名者。」﹝註109﹞但劇中杜黃裳皈依佛門,
則又大異於史實。第三十齣「留鎮」聖旨召還杜、李二人,但黃裳以朔方
重鎮,留李益調停郝玭、閻朝二將,還住半月。史書上是郭子儀留杜黃裳主
事朔方,此處則杜要李益「留鎮」,酌理邊情,半月之後,再把朔方交郝玭、
閻朝二將。杜黃裳言:

郝將軍築臨涇之塞,西戎不敢近邊。吐蕃王鑄一金人,與將軍一般
長大,購取將軍;又把將軍名字怖止兒啼;此李牧之兵也。閻將軍
獨守沙州一城,虜合重圍,唐援路絕,十年不下,士無叛志,此臧
洪之守也。朝廷委二君留後,足稱干城。老夫今夜南還,留李參軍
在此調停半月,老夫進到長城,回軍接取。

郝、閻二人皆唐史有其人。《新唐書》卷一七〇記載郝玭:

貞元中為臨涇鎮將。……玭在邊積三十年,每討賊,不持糗糧,取
之於敵。獲虜必剮剔而歸其屍,虜大畏,道其名以怖啼兒。……贊
普常等玭身鑄金象,令于國曰:「得生玭者,以金玭償之。」

可見劇中言郝玭事皆合於唐史,鑄金人,以名怖兒止啼,皆有其事。湯顯祖
對唐史之熟悉亦於此可窺知。閻朝守沙州事,見《新唐書》卷二一六〈吐
蕃〉下,攻城的是尚綺心兒,閻朝守城十年,「糧械皆竭」,最後登城諯降。
劇中所言大半屬實,但未及投降尚綺心兒事,或者後半部戲有之,此未可
知。

　　第三十二齣「邊思」,十郎將離朔方,他有贈劍二將的情節,言「寶劍二
口,聊用留別」,「故人把贈意不輕」,「心交寶劍贈生平,想後會風塵難定。」
有趣的是在湯顯祖萬曆四年以前的《紅泉逸草》詩中,他有「古刀雙口」贈

﹝註109﹞《湯顯祖集》詩文集卷四十八。

譚綸尚書之事，此情節之巧合，或亦可作爲《紫簫記》作年之旁證。實際生活中的贈雙口刀給譚綸將軍和戲曲中的寶劍二口贈郝、閻二位將軍相似，而戲曲創作的構思往往亦是根植於作者的生活經驗。

朔方參軍的情節大致本於唐史，在劇情發展中主要是造成生旦分離，兩地相思，所謂「傳情者，須在想像間，故別離之境，每多於合歡。」〔註110〕悲離之情較易營造感人氣氛，有此朔方參軍的情節，才能有小玉的「幽思」（第二十七齣），十郎的「邊思」（第三十二齣），製造兩地相思的對稱情節以強化愛情主題，於是三十四齣「巧合」，七夕大團圓的收結便顯得自然而合理。

三、針線密縫爲勝處

關於「密針線」，清戲曲家李漁如是說：

> 編戲有如縫衣，其初則以完全者剪碎，其後又以剪碎者湊成。剪碎易，湊成難，湊成之工，全在針線緊密。一節偶疏，全篇之破綻出矣。每編一折，必須前顧數折，後顧數折。顧前者，欲其照映，顧後者，便於埋伏。照映埋伏，不止照映一人，埋伏一事，凡是此劇中有名之人，關涉之事，與前此後此所說之話，節節俱要想到，寧使想到而不用，勿使有用而忽之。〔註111〕

「針線」之說在李漁之前已有人論及，王驥德批評沈璟《墜釵記》言：「何興娘鬼魂別後，更不一見，至末折忽以成仙會合，似缺針線」（《曲律・雜論下》）；陳繼儒評《幽閨記》有：

> 《拜月》曲都近自然，委是天造，豈曰人工。妙在悲歡離合，起伏照應，線索在手，弄調如是。興福遇蔣，一奇也，即伏下賊寨逢迎，文武并贅。曠野兄妹離而夫妻合，即伏下拜月緣由。商店夫妻離而父子合，驛舍而子母夫妻俱合，又應前曠野之離。商店兄弟合，又起下文武團圓，夫妻兄妹總成奇逢。結局豈曰人力，蓋天合也。命曰"天合記"。（《幽閨記總評》）

埋伏照應嚴密，是《幽閨記》結構爲人稱道的地方；亦可知明人對戲曲針線

〔註110〕祁彪佳，《遠山堂劇品》評〈崔氏春秋補傳〉，《中國古典戲曲論著集成》第六冊，頁165。
〔註111〕李漁，《閒情偶寄》卷一〈詞曲部・結構第一・密針線〉。

已有重視。《紫簫記》劇情跌宕不大，但針線密縫甚佳，前後齣之情節緊密相合，或照映，或埋伏，皆見作者用心，試列表見之：

齣目	劇　　　　情	齣目	劇　　　　情
二	花卿請十郎過衙一飲	四	十郎來訪
二	十郎作人日詞	六	鮑四娘介紹十郎人日登高之曲給小玉
二	十郎作人日詞	七	霍王因人日詞遊仙去
二	十郎作詞並告訴教坊子弟，元宵曲可用〈探春燈〉譜之	十七	元和帝稱許教坊所奏李益〈探春燈〉曲
五	郭小侯言四娘往霍府教唱	六	四娘教小玉唱曲
七	秋娘、善才往西王母觀爲女道士	十七	二人道扮，往觀元宵燈節
八	十郎問居民，知郭小侯府住在向冠里高樓子	十五	小玉登樓眺望、四娘告其郭小侯住在西邊向冠里高房中
九	十郎來託媒	十	四娘往霍府說媒
十	小玉巧計要櫻桃探一探十郎究竟，停當則可聘儀相付	十一	櫻桃探十郎並取聘禮歸
十	小玉答應討個小使賞櫻桃	十六	十郎許把青兒配櫻桃
十一	青兒取聘儀上場	十二	櫻桃說見青兒而喜之
十一	櫻桃要四娘捧盒在東廂等候	十二	櫻桃報說四娘捧聘禮在門外
十二	櫻桃告訴四娘可藉簪釵取笑小玉	十三	四娘爲小玉插釵並教其房中事
十四	四娘要十郎向花卿借馬	十四	十郎借馬
十四	花卿言改日約石、尚同往賀婚	十六	三友來賀新婚
十五	四娘見花卿馬感嘆	四	花卿以妾易馬
十六	十郎以爲櫻桃即爲四娘之女	十一	櫻桃詐言爲四娘之女前往巧探十郎
十六	三友言明日燈節可往游賞	十七	十郎與小玉家人同往觀燈
十七	小玉告訴郭娘娘有關霍王遊仙事	七	霍王遊仙
十七	小玉拾簫被送往長秋宮查問	十八	賜簫送歸
十九	小玉返家後訴說丹墀一跌拾簫之宮中事	十七	小玉跌拾玉簫事
二十	小玉、十郎遊園，對牛郎織女盟誓。	卅四	七夕團圓，小玉提及遊園之盟誓
廿一	十郎中狀元奉往朔方參軍	廿二	三友惜別各奔前程
廿三	六娘要櫻桃備酒送別	廿四	小玉、六娘霸橋送別十郎
廿六	杜黃裳請十郎明日出塞一遊	三十	杜黃裳言昨日與參軍出塞千里

齣目	劇　　　　情	齣目	劇　　　　情
廿七	小玉擬往西王母觀爲十郎祝禱	廿九	六娘、秋娘、小玉眾人相會西王母觀道院中
廿八	贊普擬親過羊同聘尚子毗出山	卅三	尚子毗勸前來之贊普採和親方式取代攻唐
三十	杜黃裳請十郎多留邊半月，再派人回取之	卅二	回軍來迎十郎南歸
卅一	老和尚擬點醒杜相國早尋證果	卅一	杜黃裳皈依
三十	杜黃裳言前歸會報與霍府知十郎將回事	卅四	六娘言杜相國說十郎早晚到家

《紫簫記》中人物、情節前後之貫串、銜接，針線可以說相當密合，層層推進，沒有突兀不接之處；大處接合自不待言，尤其值得一提的是一些細節，都可看到作者心思細密，未輕易放過，試列述如下：

（一）第八齣「訪舊」：十郎擬往訪居郭小侯別院的鮑四娘，他自是未曾前往，此爲第一回拜訪。他說：「迤逗是這條路來，前面卻有兩條路，一邊是華陽街，一邊是尚冠里，不免問取居民。大哥，郭小侯府在那邊去？」內應答爲「尚冠里高樓子去」。這一段情節是很細微的，關涉地理位置而已。第十五齣「就婚」那天一早，小玉和四娘登樓眺望，四娘告訴小玉：「郡主，你看那東頭一派衙門，遶著皇城的是十六衛，中有個驍騎花老爺府。這西頭尚冠里一帶高房子，是令公府，俺郭小侯在此中住。」「尚冠里」如此一個小小地名，在劇中都得以細密相銜接，其作劇時之仔細可由此窺知。

（二）第十一齣「下定」：櫻桃前來打探十郎，該齣末，十郎要青兒取上聘儀，此齣青兒只是拿物上場，未發一語，是一個不起眼的情節；但第十二齣「捧盒」，櫻桃告訴四娘：「今日到十郎書院，見他家青兒，到也眉目乾淨愛人子」，由此可見前齣青兒上場乃是一個「埋伏」，此處便見其作用。

（三）第十五齣「就婚」：櫻桃告訴小玉：「前日櫻桃與十郎對坐調笑，怕他見責。」於是婚禮進行時，安排侍候小玉的婢女換成浣沙，使十郎和櫻桃在婚禮時未碰面。這樣的人物安排另有作者用心經營處，如此才爲下齣預留伏筆。十六齣「協賀」第一個上場的便是前齣刻意迴避的櫻桃，作者的目的便是要安排此齣櫻桃的調笑逗趣；一上場櫻桃因爲口沒遮攔，被小玉跪罰，此時十郎上場，看見跪著的櫻桃，他說：「呀！鮑四娘令愛，不勞行禮。」這段劇情有其錯誤中的滑稽，爲場上製造出喜劇效果，由此亦知前齣婚禮中改由浣沙侍候小玉的情節安排，是別有用意的。在細微處，作者都要費心經營，戲曲創作要兼顧多方，著實不易。

（四）第十六齣「協賀」尾聲：花卿等三友告訴十郎「燈市最盛，明夕好同郡主游玩一會，俺們朋友不便相從了。可怕金吾玉漏催。」一句「可怕金吾玉漏催」正爲下齣「拾簫」之伏筆，淡淡一語，亦不是等閒字句，可見情節之結構是早在作者胸臆，一切都已胸有成竹。

（五）第二十齣「勝遊」：十郎、小玉恩愛遊園。此齣中小玉跌倒，十郎扶起她說：「有俺丈夫在此，帶月而行，未爲不可！著甚干忙，跌了腿子，綻了鞋兒？」這幾句話正照映前齣「詔歸」，小玉訴說燈夜：「走得慌呵！丹墀一跌……都是少年遊治兒，縱出得宮門，不得清白還家。」十郎表現出丈夫的體貼和護衛，有丈夫保護，是不必再匆忙而行。「跌倒」一小細節，仍可前後照映，若不細細觀看，也不容易發現作者心細如髮。

（六）第三十一齣「皈依」：杜黃裳向佛前自懺，其言：「唐太和元年六月初五日……」，這個小小的時間，指出是夏天時節，他請十郎多留半月，答應入長城後回軍取李十郎南歸。第三十二齣「邊思」，十郎要離朔方出關，他贈劍別郝玭、閻朝二將，言：「此時天氣炎熱，告別夜行。寶劍二口，聊用留別。」「天氣炎熱」正是夏天時節。前齣杜黃裳所言六月初五，加上半個月，依然是六月天，所以十郎此處「天氣炎熱」是符合劇情之時間；連天氣這樣細節，作者都仔細地注意到了，不能不教人嘆服。

（七）第二十齣「勝遊」：十郎與小玉立誓盟，言「妻，你看昆明池上，刻有牛郎織女，就對此爲盟。」此處伏筆要到第三十四齣「巧合」，十郎於七夕歸來，才見其妙處；小玉言：「今年七夕，恰好團圓。記得昆明池上，對了牽牛織女，結了誓言」，遊園立誓時提及的牛郎織女，是很微細的刻石景物而已，卻埋伏映照至末齣之七夕團圓。

以上所舉劇情細節的巧妙埋伏照映，都是自然而不著痕跡的，也如此才教人嘆服作者構思之細密。李漁曾言：

> 所謂無斷續痕者，非止一齣接一齣，一人頂一人，務使承上接下，血脈相連，即於情事截然，絕不相關之處，亦有連環細筍，伏於其中，看到後來，方知其妙，如藕於未切之時，先長暗絲以待，絲於絡成之後，纔知作繭之精，此言機之不可少也。〔註112〕

在不相關處，仍有連環細筍伏於其中，湯顯祖在其第一部戲曲創作便已發揮這種創作技巧，此可由前述所舉例子中見到，而湯氏評《紅梅記》便指其「略

〔註112〕《閒情偶寄》卷一〈詞曲部・詞采第二・重機趣〉。

於細筍鬥接處」。但,《紫簫記》仍有兩處針線疏漏地方,一為第八齣「訪舊」,李十郎擬訪四娘,此齣上場只有十郎和青兒二人,是一齣過場戲,十郎言:「既生人也,誰能無情?笑殺花卿,你有這般可人,卻沒緣沒故將去換馬。那四娘去時,何等有情。啼聲一試俱愁絕,回首千門別恨生。」回看第四齣「換馬」,花卿和郭小侯二人妾馬交換,當時始作俑者便是十郎,是他提出這一主意,此處卻說「沒緣沒故將去換馬」,在情節上是有出入不妥,銜接疏漏的毛病,這是《紫簫記》在針線上不夠緊密的地方。

另一處為第二十四齣「送別」,十郎將往朔方參軍,小玉悲切涕零,十郎〔解三醒〕曲云:「功名苦,只落得青樓薄倖,錦字支吾」,《紫簫記》中小玉非是〈霍小玉傳〉中的娼女身份,此「青樓薄倖」四字用語有混淆於小說人物之虞,並不妥當。至於其他人物安排如郝玭、閻朝、尚子毗、尚綺心等人,由於下半部戲未完成,故無法評論。小玉所拾玉簫也應有貫串劇情的功能,此亦無法見於現存之三十四齣戲中。

就劇情開展而言,《紫簫記》已達到「串插要無痕跡,前後須有照應」〔註113〕的創作理想;由於該劇幾可說是湯氏創新之作,在埋伏照映的細節構思上,甚至比後來的《紫釵記》還要周密,還可圈點。許多文學史、戲曲史,都批評《紫簫記》缺乏貫串全劇的戲劇衝突,缺乏深刻主題〔註114〕等,但卻沒有人對《紫簫記》串插照應的細密有公允的評價;現存的三十四齣戲雖僅是上半部,但臨川劇作的細密針線,已甚可稱道,《紫簫記》的優點,不應被一筆抹殺掉。

第四節　人物塑造

人物形象的塑造在戲曲和小說中均甚重要,唐代小說中以「傳」命名者,如〈鶯鶯傳〉、〈柳氏傳〉、〈虬髯客傳〉、〈馮燕傳〉、〈李娃傳〉、〈霍小玉傳〉等,均以人物為主,有精彩深刻描繪。元明以來因《三國》、《水滸》、《西游》、《金瓶梅》等長篇小說的出現,人物塑造的文學技巧,也得到相當重視,如李卓吾評《忠義水滸傳》便多從人物性格著眼評論。湯顯祖對稗官小說亦甚重視,其〈點校虞初志序〉云:

〔註113〕〈旗亭記凡例〉,《旗亭記》卷首,清乾隆間刊本。
〔註114〕參王永健著,《明清傳奇》第四章,江蘇教育出版社。張燕瑾著,《中國戲劇史》,文津出版社。

> 昔李太白不讀非聖之書，國朝李獻吉亦勸人弗讀唐以後書。語非不
> 高，然未足以繩曠覽之士也。何者？蓋神丘火穴，無害山川嶽瀆之
> 大觀；飛蔓秀蕚，無害豫章竹箭之美殖；飛鷹立鵠，無害祥麟威鳳
> 之遊栖。然則稗官小說，奚害於經傳子史？遊戲墨花，又奚害於涵
> 養性情耶？東方曼倩以歲星入漢，當其極諫，時雜滑稽；馬季長不
> 拘儒者之節，鼓琴吹笛，設絳紗帳，前授生徒，後列女樂；石曼卿
> 野飲狂呼，巫醫皁隸徒之游。之三子，曷嘗以調笑損氣節，奢樂墮
> 儒行，任誕妨賢達哉！讀書可譬已。〔註115〕

稗官小說無害於經傳子史，他肯定小說的價值，曾自言年少時喜讀非聖之
書，不拘拘於宋明理學者的儒家聖賢之書。我們相信小說在人物塑造上的技
巧，必帶給戲曲相當影響。

　　明代中葉起，戲劇家對人物塑造有較多關注，如王世貞便推崇《琵琶
記》：

> 則成所以冠絕諸劇者，不唯其琢句之工、使事之美而已，其體貼人
> 情，委曲必盡；描寫物態，仿佛如生；問答之際，了不見扭造：所
> 以佳耳。〔註116〕

所謂「體貼人情」、「描寫物態」正是指人物塑造而言。戲曲之所以動人，常
是透過劇中人物的感情表達所致，湯顯祖於〈焚香記總評〉有云：

> 作者精神命脈，全在桂英冥訴幾折，摹寫得九死一生光景，宛轉激
> 烈。其填詞皆尚真色，所以入人最深，遂令後世之聽者淚，讀者顰，
> 無情者心動，有情者腸裂。何物情種，具此傳神手！〔註117〕

劇中人物的情感摹寫得「宛轉激烈」，才能產生催人肺腑的戲劇效果，湯顯祖
對人物塑造的傳神是相當重視的。曲雖然是承詩詞發展而來，但戲曲代言體
的藝術特性，又使其在人物塑造上有其特別的創作要求，晚明孟稱舜對此有
一段極好的論述：

> 迨夫曲之爲妙，極古今好醜、貴賤、離合、死生，因事以造形，隨
> 物而賦象；時而莊言，時而諧謔，狐末靚狙，合傀儡於一場，而微
> 事類於千載；笑則有聲，啼則有淚，喜則有神，嘆則有氣。非作者
> 身處於百物云爲之際，而心通乎七情生動之竅，曲則惡能工哉！吾

〔註115〕《湯顯祖集》詩文集卷五十補遺，頁1482。
〔註116〕王世貞，《曲藻》，收見《中國古典戲曲論著集成》第四冊，頁33。
〔註117〕同註113，頁1486。

> 嘗爲詩與詞矣，率吾意之所到而言之，言之盡吾意而止矣。其於
> 曲，則忽爲之男女焉，忽爲之苦樂焉，忽爲之君主僕妾、僉夫端士
> 焉。其說如畫者之畫馬也，當其畫馬也，所見無非馬者，人視其學
> 爲馬之狀，筋骸骨節，宛然馬也，而後所畫爲馬者，乃眞馬也。學
> 戲者，不置身於場上，則不能爲戲；而撰曲者，不化其身爲曲中之
> 人，則不能爲曲，此曲之所以難於詩與辭也。〔註118〕

詩詞可以「率吾意之所到而言之」，曲則不然，「撰曲者不化其身爲曲中之人，
則不能爲曲」，這便是戲曲代言體的藝術要求，戲曲人物創作時必須設身處地
去描摹，是其創作有別於詩詞的一個根本特性。

一、人物與小說之異同

〈霍小玉傳〉提及的人物約有二十人，《紫簫記》除「眾」外的有名姓者，
計有二十五人，茲列一表見兩者主要關係人物之異同：

書名 人物	霍小玉傳	紫簫記
男主角	李十郎	李十郎
女主角	霍小玉	霍小玉
媒 婆	鮑十一娘	鮑四娘
小玉父	霍王（亡）	霍王（存）
小玉母	淨持	鄭六娘
親 友	尚公（生之從兄）、崔允明（生之中表弟）韋夏卿	石雄、花卿、尚子毗
侍 婢	桂子、櫻桃、浣沙	櫻桃、浣沙
家 僮	秋鴻	青兒、烏兒（未上場）
俠 士	黃衫客	
邊 將		杜黃裳、郝玭、閻朝

由表列可知，主要人物類別大致相同，但人物在故事中的事件則大大變
化，演出完全不同的內容。〈霍小玉傳〉集中於李十郎和霍小玉愛情的緣起緣
滅，顯示出唐代社會的婚姻觀念；《紫簫記》人物多，故事長，各角色也有相

〔註118〕孟稱舜，〈古今名劇合選序〉，見《中國古典戲曲序跋彙編》第一冊，齊魯書
　　　　社，頁 443。

當發揮，不完全集中在生旦二角。在平緩順利的才子佳人終成眷屬劇中，有明代婚姻觀及作者人生觀交錯其中，思想豐富而複雜。茲將《紫簫記》人物及其在各齣上場情形列爲一表，藉此可見全戲各人物的輕重情形。

齣目＼人名	1李益	2石雄	3花卿	4尚子毗	5青兒	6鄭六娘	7浣紗	8櫻桃	9霍小玉	10鮑四娘	11郭小侯	12霍王	13杜秋娘	14嚴遵美	15元和帝	16郭娘娘	17善才	18杜黃裳	19贊普	20尚綺心	21郝毗	22閻朝	23四空和尚	24法香	25法雲	26眾
1.開宗																										
2.友集	✓	✓	✓	✓	✓																					
3.探春						✓	✓	✓	✓																	
4.換馬	✓		✓							✓	✓															
5.縱姬						✓																				
6.審音					✓	✓	✓	✓	✓																	
7.遊仙						✓						✓	✓													
8.訪舊	✓				✓																					
9.託媒	✓									✓																
10.巧探						✓		✓	✓																	
11.下定	✓				✓				✓																	
12.捧盒								✓		✓																
13.納聘						✓		✓	✓																	
14.假駿	✓		✓		✓					✓																✓
15.就婚	✓					✓	✓	✓	✓																	✓
16.協賀	✓	✓	✓	✓			✓	✓																		
17.拾簫	✓					✓			✓	✓	✓															✓
18.賜簫								✓																		✓
19.詔歸	✓					✓																				✓
20.勝遊							✓	✓	✓																	
21.及第	✓																									✓
22.惜別	✓	✓	✓	✓	✓							✓	✓													
23.話別						✓		✓																		
24.送別	✓					✓		✓	✓																	✓
25.征途	✓																									✓

齣目\人名	1李益	2石雄	3花卿	4尚子毗	5青兒	6鄭六娘	7浣紗	8櫻桃	9霍小玉	10鮑四娘	11郭小侯	12霍王	13杜秋娘	14嚴遵美	15元和帝	16郭娘娘	17善才	18杜黃裳	19贊普	20尚綺心	21郝眦	22閻朝	23四空和尚	24法香	25法雲	26眾
26.抵塞	✓																	✓								✓
27.幽思								✓	✓																	
28.夷訌																		✓	✓							
29.心香						✓			✓				✓				✓									
30.留鎮	✓																	✓			✓	✓				
31.皈依																		✓					✓	✓	✓	
32.邊思	✓			✓																	✓	✓				✓
33.出山				✓																	✓	✓				✓
34.巧合	✓					✓			✓	✓			✓													✓
出場齣數	19	3	5	4	6	12	5	12	14	10	3	1	4	1	1	1	2	3	2	2	2	2	2	1	1	1

　　表中人物次序乃按出場先後排列。在三十四齣戲中，生角李益上場齣數有十九次之多，比例高達 56%，是全劇最吃重的角色。霍小玉是劇中最靈動的人物，也是作者取材塑造的重心，她出場十四次，占全劇 41%，其餘鮑四娘、鄭六娘、櫻桃都是戲份較重的角色，出場均在十次以上，亦即三分之一的戲有她們，可見女性角色在戲中顯得較為重要。

二、霍小玉性格之變化與成長

　　〈霍小玉傳〉和《紫簫記》中最深刻塑造的人物即是霍小玉，小說中她本為霍王府千金，但霍王死後，「諸弟兄以其出自賤庶，不甚收錄」，由此逐出家門淪為娼妓，母女墮入煙花，即因唐代門第尊卑中嫡庶等級的差異。小玉的個性氣質，文化修養也和這樣的身份背景有關。她才貌雙全，小說先藉鮑十一娘之介紹，道出一個「姿質穠豔」又精通「音樂詩書」內外俱美的女子，當小玉初見十郎時，傳云：「但覺一室之中，若瓊林玉數，互相照耀，轉盼精彩射人。」一室為之生輝，其貌美生動盡在不言中。作者運用旁側之筆來鋪寫小玉的精絕美貌，至於外貌之下的人物性格，則要透過其語言、行動來描寫。從她「低鬟微笑」、「言敘溫和，辭氣宛媚」，初見面時含蓄羞澀不肯唱歌，表現出傳統女子柔順溫婉的性情。小說開始時，指出李益乃「博求名妓，久而未諧」，他「誠託厚賂」請媒婆鮑十一娘去物色佳人，因此，千挑萬

選下的霍小玉自然是特殊不凡的，在故事發展中，我們確實看到小玉不同凡俗的堅韌性情。從「中宵之夜，玉忽流涕觀生」開始，我們看到小玉有著清醒理智的認知。當李生「自以為巫山洛浦不過也」的沈醉在極歡愛中，小玉卻在「低帷暱枕」之際，垂涕泣訴：「妾本倡家，自知非匹。今以色愛，托其仁賢。但慮一旦色衰，恩移情替，使女蘿無托，秋扇見捐。極歡之際，不覺悲至。」她不像十郎，只圖眼前歡愛，而更期盼愛情的永恒，待十郎指誠日月，寫下誓言，也使她暫時安下心來；二年後，李益授鄭縣主簿，臨去之時，小玉又說：「君之此去，必就佳姻。盟約之言，徒虛語耳。」可見小玉心中一直很明白這段愛情是難以天長地久，雖然如此，但她並不放棄追求，於是提出「妾年始十八，君纔二十有二，迨君壯室之秋，猶有八歲，一生歡愛，願畢此期。」的「短願」。從這些地方，我們看到小玉追求愛情的心志，娼女身份的不幸，並沒有使她放棄自己，在可能的現實中，仍努力尋求「最大」的幸福，是這樣的心志令人感動與感慨，也使小說充滿一種悲傷的基調。

　　小玉性格的主動與堅韌，凸顯在小說的後半段。李益奉母命而另聘盧氏女，逾期未給小玉音信，於是他想乾脆用「寂不知聞」隔斷音信的方式，使小玉自己死心「斷其望」，偏小玉是個勇於追求的人，「雖生之書題竟絕，而玉之想望不移」，不氣餒的性格使她用盡方法去打探十郎消息，「尋求既切，資用屢空」，甚至典賣具有紀念價值的紫玉釵，但求得到音信；小玉的真情、積極和十郎的欺瞞、退縮在故事中形成強烈對比。〈霍小玉傳〉的愛情悲劇固由於唐代重視門閥的社會因素，也在於人物性格有以致之。如果小玉同於李益的盤算，藉著了無音訊可讓她斷絕感情，那一切便會在歲月中歸於平靜；然而小玉畢竟是特殊的，她有堅韌的意志力，勇於行事，「財」與「命」都不比愛情重要。為了追求愛情，她不顧一切，歷經二年也不放棄。當她知十郎來到長安，卻「潛卜靜居，不令人知」地避不見面，不禁恨歎道：「天下豈有是事乎！」在怨恨中，她依然遍請親朋「多方召致」，一切總該面對面有所交待，但「日夜涕泣，都忘寢食，期一相見，竟無因由。冤憤益深，委頓床枕。」命在旦夕之際，黃衫客挾持李益前來，精神力量竟又使「沈緬日久，轉側須人」的小玉「欻然自起，更衣而出，怳若有神。」我們看到外貌柔順的小玉，有著何其堅韌的精神力量，是一個典型的外柔內剛的女子。她「含怒凝視，不復有言」，這一幕見面情景，沈靜之中蘊含無限驚濤駭浪；小玉有

憤怒，有傷感，她「凝視」、「返顧」、「掩袂」、「斜視」，最後舉杯酹地，迸裂出滿腔積怨說：

> 「我為女子，薄命如斯。君是丈夫，負心若此。韶顏稚齒，飲恨而
> 終。慈母在堂，不能供養。綺羅絃管，從此永休。徵痛黃泉，皆君
> 所致。李君李君，今當永訣！我死之後，必為厲鬼，使君妻妾，終
> 日不安！」乃引左手握生臂，擲盃於地，長慟號哭數聲而絕。

為了追尋愛情，小玉不惜一切，終至奉獻寶貴的青春生命，當愛情幻滅時，生命也變得沒有意義。

　　小玉堅定感人的愛情意志，作者還透過內作玉工的「悽然下泣」，延先公主的「悲嘆良久」以十二萬錢買下紫玉釵，及崔允明「每得生信，必誠告於玉」，「長安稍有知者，共感玉之多情」等人來側寫，肯定小玉這份堅定心志。小說中的霍小玉，隨著故事情節發展，性格愈見深化，她從和十郎初見面的溫婉、柔順、害羞的姑娘，轉變為主動、積極，勇於追尋愛情的婦女，正如故事開始鮑十一娘敘說的「高情逸態，事事過人」。小玉是個有主見的不凡女子，她不向命運屈服，貞定地追尋愛情，甚至死後還要化為厲鬼冥報負心郎，由愛生恨，強烈的自我意念撼人心弦，個性鮮明而突出。

　　《紫簫記》的霍小玉，也具有小說中主動的性格，但改變其淪為娼女身分，劇情安排霍王遊仙，及拾簫時郭娘娘對小玉以「郡主」禮遇，都有意強調其為霍王女的身分；所以戲中的小玉，有著活潑坦率的性格，揚棄小說中沈鬱的氣氛，並且特別著墨於小玉聰明靈巧的智慧。這主要在兩件事上看到，一是第十齣「巧探」，鄭六娘和她商量十郎提親事，為明白李益是否肯在京師住下，及其是否未曾娶妻，小玉要櫻桃假扮鮑四娘之女去打探實情，這一番巧計，連鄭六娘都要佩服她「我兒真個老成也」，除了聰明智慧，小玉主動參與，坦率不羈的性格也在此表露。另一件事是觀燈時與家人失散，藉拾得紫玉簫而巧生一計：「不如就取著紫玉簫在手，遇著清宮太監，拿到內家殿前，更有分訴處。」（第十七齣），為保住自身清白，免落遊陌少年輩之手，她選擇「寧歸法條」，「便死在金階下也甘心」，這種機智一則見其聰明，一則也表露她的性格志節，郭娘娘讚美她「好志氣！好能事！」「生小香娃，絕世心靈巧」，終得皇家賜簫送歸，聖旨亦稱許她：「巧拾璃簫，智能衛潔，朕甚嘉之。」特別標舉出小玉的智慧與志潔二事。

　　《紫簫記》的霍小玉，基本性格是主動而坦率的，尤其表現在語言對白

中，如第十三齣「納聘」，櫻桃帶回聘儀，先到小玉處回話，看見櫻桃，她「忙問」：「你來了，那人怎的？」毫不遮掩地表露心中急切；又言：「原來這等，果稱了人心。」當櫻桃取笑並邀功時，二人如是對話：

〔小玉〕還不曾到手，就要人記得你。你聽他幾時下聘？〔櫻桃〕鮑四娘已捧著聘禮在門外了。〔小玉〕這等，快請老夫人出來。

「不曾到手」，「快請老夫人」，這些眞率的語言及心情，刻劃出《紫簫記》中的霍小玉是坦率有餘，含蓄不足。再看第十五齣「就婚」，當天一大早她同四娘登樓眺望，看見遠處走馬上場的十郎，她「驚喜」說：「四娘，你看那人走那一灣馬呵，風情似柳，有如張緒少年；迴策如縈，不減王家叔父。眞個愛人也！」當她知道這「張緒少年」即是新郎官時，「小玉喜介」，對四娘說：「當眞生受你了！」表情的「喜」，言語的直接表露，在在刻劃了小玉坦率的性格。碰到個好演員，這樣俏皮率眞的霍小玉，應該很討喜的。

隨著劇情發展，小玉的性格也有所變化，除了依然表現出聰慧、主動的性格，更添了一份爲人婦的柔順及對愛情的堅心與期許。貼心婢女櫻桃對小玉這種變化看得最清楚，第二十齣「勝遊」，主僕二人對話清楚說出小玉的轉變：

〔櫻桃〕玉指翦裁羅勝，金盤點綴酥山。小姐呵，你交頸深心無限事，小眉彎。〔小玉〕櫻桃，你說咱深心無限事，有什麼事來？〔櫻桃〕郡主未遇李郎之時，俺伴著你打鞦韆，擲金錢，鬥鵪鶉，賭荔枝，拋紅荳，捉迷藏，你眉兒長展展的快活；到遇了李郎，滿了月來，只管守著李郎在紗窗裏坐，也不與俺二人耍一耍，見你眉尖上長簇將起來，敢是著傷了？〔小玉〕櫻桃，你怎知道？俺做女兒時，由得自家心性；帶了頭花後，便使不得女兒性子了。做人渾家的，當得日夜迎歡送愛，卻也不耐煩了。今日他要同游花園去，十數里路，俺怎走得？也只得勉強陪奉他。〔櫻桃〕郡主，怪道你常時更初一覺，睡到天明；自成了人後，夜裏和李郎絮叨叨到四五更鼓，番來覆去，那裏睡來？眞個是成人不自在哩。

「成人不自在」，爲人婦的小玉，以丈夫爲重，不再「由得自家心性」，那麼小玉表現的婦德是很儒家傳統的觀念，以順從爲德。孟子曾說：「以順爲正者，妾婦之道也。」（〈滕文公〉下），幾千年來，這種女性道德觀念成爲祖宗流傳下來的亙古不變定則，明代尤其是強調婦女貞德節烈的封建末世，《明史》記

載的貞烈婦女人數最多，而且更有追求「守得苦」，「死得烈」的怪象，女子節烈越慘苦，本人和家族就越光榮。在這樣的時代風氣下，湯顯祖有婦女追求幸福的進步思想，但也認同儒家傳統婦德柔順的觀念，所以寫小玉婚後以十郎為重，收拾起往昔女兒心性，遊園時她告訴十郎「只是奉承你歡喜」，一語道出婚後的心態，她以夫為重，但對於婚姻卻有若干隱憂。在第十六齣「協賀」，石雄等三友來賀婚，並建議十郎取功名為重，小玉即訴說：「三君在上，只怕十郎富貴，撇了奴家。」主動爭取友人對她的支持，花卿則說「十郎不是兩心人。」她得到一個口頭的保證。遊園時，當十郎沈醉愛情中時，小玉再度提出心中憂慮：

> 〔小玉〕十郎夫，俺看你錯愛奴家，忘其憔悴。只是一件，新人有時故，丈夫多好新。綠衣白華，自古所嘆。妾聞得昔有華山畿祝英臺二女，一感生情，便同死穴。況賤妾因緣奉君，砥礪磐石之心，有如皎日。但足下有四方之志，兼是隴西士族，亂定而歸，定尋名對。華落理必賤，誰得怨君！但私願耿耿，竊有請于君前。〔十郎〕願領教。〔小玉〕妾年十八，君年二十。願君待三十歲，是妾年二十八矣。此時足下改聘茂陵，永拋蘇惠，妾死無憾矣。〔十郎〕說那裏話！卿非卓女，生非實滔。一代一雙，同室同穴。〔小玉〕這也難料，只是暫時笑語呵。

「妾年十八，君年二十」這段話和〈霍小玉傳〉中提及的八年「短願」，有若干相似，小說中「君纔二十有二」，此處的「二十」其實巧合於湯顯祖自己的經歷，他〈送張伯昇世兄歸吳序〉言及：「猶記得己巳臘之四日，余婚焉。」〔註119〕己巳即隆慶三年，是時湯年二十歲。創作時，作者會不經意地流露個人的生活經歷。小說中霍小玉的八年短願是因為她清楚知道，想和十郎天長地久在唐代社會是不可能的。但明代《紫簫記》的霍小玉已非娼女，她的擔心自不同於小說的唐代社會情況，而是宋元以來新的社會現象；小玉說「新人有時故，丈夫多好新」，正指出問題所在，擔心十郎負心，這其實是宋元南戲的重要內容之一。

與湯顯祖同時代的沈璟，曾集南戲名寫了《書生負心》套曲，其中〔刷子序〕曲云：

> 書生負心，叔文玩月，謀害蘭英。張協身榮，將貧女頓忘初恩。無

〔註119〕《湯顯祖集》詩文集卷五十補遺，頁1473。

情，李勉把韓妻鞭死，王魁負倡女亡身。嘆古今，歡喜冤家，繼著
鶯燕爭春。〔註120〕

曲中提到《陳叔文三負心》、《張協狀元》、《李勉負心》、《王魁》、《歡喜冤
家》、《詐妮子》等六部南戲〔註121〕內容都是書生及第後負心的故事，這些婚
變戲是有其深刻的社會原因〔註122〕；明代初期由於統治階層強調戲曲教化功
能，所謂「不關風化體，縱好也徒然」，於是負心另娶的書生大都得到翻案，
如王玉峰把《王魁》戲文改成《焚香記》傳奇，以桂英死而復生與王魁團
圓收結。《趙貞女》戲文中背親棄婦的蔡伯喈，也被改寫為《琵琶記》中的全
忠全孝，以一夫二婦團圓作結。《荊釵記》的萬俟丞相勸王十朋說：「富易
交，貴易妻，此乃人情也。」十朋則說：「糟糠之妻不下堂，貧賤之交不可
忘。」《焚香記》的王魁拒絕韓琦丞相的招贅，他自稱：「念王魁曾讀詩書，
頗諳禮義，豈不知結髮之恩不可忘，再娶之條不可犯」，明代以戲曲來宣揚忠
孝節義，因此把書生負心的南戲翻案為大團圓，男女主角都是正面的人物。
霍小玉在《紫簫記》中擔心十郎變心，所反映的其實是宋元以來的社會現

〔註120〕沈璟，《南九宮詞譜》卷四。

〔註121〕《陳叔文三負心》在徐渭《南詞敘錄》「宋元舊篇」有著錄，本事見《青瑣高
議》後集卷四，謂書生陳叔文登第後，因家貧無錢赴任所，遇娼妓崔蘭英贈
以路費，於是瞞著前妻娶蘭英為妻，同赴任所。任滿回家，恐前妻見怨，竟
把蘭英推入江中溺死，後被蘭英鬼魂索去性命。《張協狀元》今有傳本，寫書
生張協上京赴試中，遇盜遭劫，為貧女救助，兩人結為夫妻。張協及第後，
拋棄貧女，並用劍砍傷她。《李勉負心》在《南曲九宮正始》、《南詞定律》等
曲譜中尚有佚曲，知其寫書生李勉拋棄前妻韓氏另娶。鈕少雅《南曲九宮正
始》中收有《王魁》的十八支佚曲，寫王魁未及第時與妓女敫桂英結為夫妻，
並曾在海神廟盟誓，後來及第另娶，並趕走桂英派去的送書人，桂英自刎而
死，鬼魂攝取王魁性命。《歡喜冤家》在《南詞敘錄》有著錄，本事無考，但
沈璟將它列於套曲中，應是書生負心戲。《詐妮子》在《南曲九宮正始》中有
佚曲，寫小千戶先與婢女燕燕有私情，後將她拋棄，與小姐鶯鶯結婚。以上
六部南戲，內容均是書生負心事。

〔註122〕宋元南戲多書生負心的婚變故事，反映了當時的社會現象。宋代因襲唐制，
以科舉取士，但錄取人數大為增加，唐代進士科得第，每年只有幾人，有時
十多人，最多也不過三、四十人，明經科得第的，每年有一、二百人。宋太
宗時增加錄取名額，《宋史》卷一五五〈選舉志〉記載，太平興國二年錄取的
有五百餘人。馬端臨《文獻通考》卷三十二〈選舉考〉五，記宋真宗咸平三
年的錄取總人數多達一千六百三十八人。由於宋代科舉，一經錄取即可授官，
所以出現許多「朝為田舍郎，暮登天子堂」的新官，也成為朝中卿大夫們擇
婿的對象，書生登上仕途，紛紛拋棄糟糠之妻，入贅豪門貴族，於是「富易
交，貴易妻」的悲劇大量出現，成為一個突出的社會問題。

象，明人即使翻案作戲，但書生負心故事依然流傳，否則沈璟也不會填入套曲中。

前述霍小玉在婚後兩次提到對十郎變心的憂慮，第二次她得到十郎以盟誓爲保證；在這些情節中，小玉主動的態度正是其性格的寫照，她從婚前到婚後，都主動去爭取自己長遠的幸福保障，這也是她聰慧的一面，湯顯祖筆下的霍小玉是積極、主動、有思見的女子。在第十六齣「協賀」，作者更直接對女子提出贊美：

〔小玉〕相公，妾看此三君意氣，俱公侯之相。〔十郎笑介〕女孩兒家曉得甚的來？〔小玉〕昔僖大夫之配蚤識趙狐，山吏部之妻暗窺嵇阮。方知女子過男子，不道今人讓古人。〔十郎笑介〕領教了。且向堂上問候老夫人。

「三君」指石雄、花卿、尙子毗三個好友。「方知女子過男子，不道今人讓古人」，湯顯祖正以這樣的心情來塑造霍小玉，他特別肯定婦女角色，在〈旗亭記題詞〉曾云：「世之男子不能如奇婦人者，亦何止一董元卿也。」〔註123〕認爲女子勝過男子。這種對婦人肯定的論見，同時代的李卓吾已曾提出，其〈答以女人學道爲見短書〉有言：

昨聞大教，謂婦人見短，不堪學道，誠然哉？誠然哉？……短見者只見得百年之內，或近而子孫，又近而一身而已；遠見則超于形骸之外，出乎死生之表，極於百千萬億劫不可算數譬喻之域也。短見者祗聽得街讀巷議，市井小兒之語；而遠見則能深畏乎大人，不敢侮於聖言，更不惑於流俗憎愛之口也。余竊謂欲論見之長短者當如此，不可止於婦人之見爲見短也。故謂人有男女則可，謂見有男女豈可乎！謂見有長短則可，謂男子之見盡長，女子之見盡短，又豈可乎！」〔註124〕

這是很客觀的論見，卓吾甚至認爲有些男子是不及女子的，表現出對封建社會性別歧視的一種反對。湯顯祖對霍小玉形象的塑造，正使其成爲一個有見識的不凡女子，也透露作者對婦女的認知與肯定。

不論小說或戲曲中，霍小玉對愛情的堅定，尤其是表現在二人分離後，小說中她不停止的打聽十郎消息，毅力驚人。《紫簫記》則表現在「幽思」情

〔註123〕《湯顯祖集》詩文集卷三十三。
〔註124〕李贄，《李溫陵集》卷五，文史哲出版，頁273。

緒上，同時也強調婚姻帶來的變化：

> 〔小玉〕正是了。你當初做女孩兒，早帖著繡窩兒睡了，不省得孤另。
> 長笑女伴們害相思的，如今到俺了。〔櫻桃〕一時著他慣了，久後較
> 可。〔小玉〕怕轉要相思。

> 【錦庭樂】往常間無愁怨，看春也尋常遍。怪他行怎會相思？恰如今
> 到了儂邊。怎由人願，把些闌干十二，做了關塞三千。

透過愛情追求的主題來寫霍小玉，唐小說中的小玉表現出主動、堅定，由含
蓄到激烈，由愛到恨；性格隨著愛情追求的幻滅而產生變化；感情始終不
變，而性格則由開始的含蓄被動轉變成積極勇敢。由生到死，展現出不屈服
現實的性格，是一大特色。《紫簫記》的霍王女，性格亦如小說的主動、堅
定，由婚前的坦率、活潑到婚後的柔順、堅定，作者並特別強調她聰明智潔
的一面，此不同於小說中的霍小玉。在劇情發展中，看到人物性格亦隨之成
長與變化，從情節、賓白、科介等方面很真實、合理地塑造出此劇中最生動
光彩的人物。

三、李益由逡巡負心到志誠情堅

　　從〈霍小玉傳〉到《紫簫記》，人物變化最大的應即李益這個角色，從小
說中的軟弱、逡巡、徘徊、沒有主見、負心的複雜形象，轉為《紫簫記》的
才華洋溢、體貼專情，較為單純的形象。小說中女主角霍小玉堅定追求愛情
的悲劇性格，博得後人無數同情與讚美，整體而言，霍小玉的形象是單純而
深刻化的；這也緣於古代婦女生活的單純，愛情可以成為生命的全部。李益
則不然，除了愛情，他還要考慮功名前程、社會輿論，因為面臨「選擇」，所
以李益就無法像霍小玉朝著單一目標前進，於是人物性格也隨著其背景因素
而顯得複雜；但一切乃源於生活的複雜，所以是可信的。

　　研究〈霍小玉傳〉者，對小說中的李益有許多批評，如從李益得鮑十一
娘消息，知有佳偶時的反應：「生聞之驚躍，神飛體輕，引鮑手且拜且謝曰：
一生作奴，死亦不憚。」指稱其性格浮誇；又從其與小玉見面前的「假青
驪駒、黃金勒」，「澣衣沐浴，修飾容儀」及「引鏡自照」等一連串動作，言
其虛偽而風流自賞；再從二人見面時李益說：「小娘子愛才，鄙夫重色。兩好
相映，才貌相兼。」之語指其好色等等〔註125〕。李益在小說中確是一個被批

〔註125〕見朱昆槐，〈一篇不平凡的唐朝小說「霍小玉傳」試評〉，《現代文學》四十四

評的人物，但浮誇、虛偽、好色等評語，都不很真切把握住人物複雜的性格，且有對反面人物全盤否定的意味。其實上述的浮誇、虛偽、風流自賞所指之處，正是小說中人物心理刻劃的地方，作者藉此描繪傳神地呈現出李益期待「佳偶」，「喜躍交并，通夕不寐」的興奮神情，對年僅二十的男子來說，這樣的雀躍，也是很合理的。至於「小娘子愛才，鄙夫重色」語，恐怕是當時習慣的用語與觀念，如許堯佐〈柳氏傳〉也說「翊仰柳氏之色，柳氏慕翊之才，兩情皆獲，喜可知也。」〔註126〕孟棨《本事詩》記載韓翊與柳氏事，亦言「秀才當今名士，柳氏當今名色，以名色配名士，不亦可乎？」〔註127〕《本事詩》另記載張又新對楊虔州語：「我少年成美名，不憂仕矣。唯得美室，平生之望斯足。」〔註128〕這些言論相似於〈霍小玉傳〉中李益「重色」所說「平生志願，今日獲從」；可見「愛才」、「重色」之說，乃是唐代社會普遍存在的觀念，尤其進士狎妓，更是一時風尚；據《開元遺事》記載：「長安右平康坊，妓女所居之地，京都俠少萃集於此。兼每年新進士以紅牋名紙游謁其中，時人謂此坊為風流藪澤。」進士狎妓，正是〈霍小玉傳〉的社會背景。因此，李益性格特徵，不能僅止好色、浮誇等皮相泛說，有深入探索的必要。

　　唐小說與《紫簫記》對李益的塑造，同樣標舉其文情橫溢的才子形象，小說記載「生門族清華，少有才思，麗詞嘉句，時謂無雙」，「自矜風調」；又藉小玉母之口稱其才：「素聞十郎才調風流，今又見儀容雅秀，名下固無虛士。」她告訴小玉：「汝嘗愛念『開簾風動竹，疑是故人來』即此十郎詩也」，十郎寫盟誓時是「素多才思，援筆成章，引諭山河，指誠日月，句句懇切，聞之動人」，由這些描述，塑造出李益才子的形象。《紫簫記》尤其極力鋪寫十郎才情，明傳奇體製大，也比唐傳奇更能誇大張顯十郎詩才。第二齣「友集」，李益上場一段冗長的定場白，敘述身世、家學，舞文弄墨的賓白，展露十郎的文士才學，也是作者才情的發揮，試引錄片段見之：

　　　期。劉坤儀，〈論霍小玉傳悲劇結局的必然性〉，《中外文學》十五卷九期。吳
　　　俐雯，〈飽醮血淚寫平康──「霍小玉傳」探析〉，《大陸雜誌》八十五卷五期。
　　　游世龍，〈霍小玉傳淺析〉，《東吳大學中國文學系刊》第十二期等文章之評
　　　析。
〔註126〕汪辟疆，《唐人傳奇小說》，世界書局，頁52。
〔註127〕孟棨，《本事詩》「情感第一」，上海古籍出版，頁10。
〔註128〕同前書，頁12。

帝里新元會，天門拂曙開。瑞雲生寶鼎，暖吹度靈臺。萬戶宜春帖，
千官獻壽杯。丹墀多計吏，搦管問賢才。小生姓李，名益，字君
虞；隴西人氏。先君諱揆，前朝相國；先母辛氏，狄道夫人。貴襲
貂裘，祥標鵲印。朱輪十乘，紫詔千篇。王子敬家藏賜書，率多異
本；梁太祖府充名畫，並是奇蹤。小生少愛窮玄，早持堅白。熊熊
旦上，層城抱日月之光；閃閃宵飛，南斗觸蛟龍之氣。對江夏黃童
之日暮，發清河管輅之天文。兄弟十人，生居其末，俗號十郎。正
是：賈家三虎，偉節最著；荀氏八龍，慈明無雙。朱公叔之恣學，
中食忘餐；譙允南之研精，欣然獨笑。文犀健筆，白鳳琱章。懸針
倒薤之書，雲氣芝英之簡。壇場草樹，院宇風煙。閒則飄舉五方，
游戲三昧。經稱小品，還下二百籤；賦爲名都，略點八十處。看郭
象之註逍遙，何如向子？斷平叔之言道德，不及王生。……

冗長的賓白多用四六句，對此種文字功力，王驥德《曲律、論賓白第三十四》
曾讚賞云：

賓白，亦曰「說白」。有「定場白」，初出場時，以四六飾句者是也。
有「對口白」，各人散語是也。定場白稍露才華，然不可深晦。《紫
簫》諸白，皆絕好四六，惜人不能識。

湯顯祖的「絕好四六」，一方面塑造了李益的才子形象，一方面也馳騁他個人
的文學才筆，劇中的李益其實相當程度代表了作者；由於填詞者爲文人，所
以寫生旦風雅的曲白，往往是較爲得心應手的事。吳梅曾說：

傳奇中之有生旦淨丑，所以分別君子小人，使人一望而知賢不肖也。
故作生旦之曲白，務求其雅，作淨丑之曲白，務求其俗。諺云：「做
那等人說那等話」，此語竟似專爲傳奇而設。……因填詞者係文人，
祇能就風雅一方面著想，至於淨丑則齟齬瑣碎，頗難下筆。〔註129〕

賓白要和人物身分相配合，所以李益定場白的四六文，便充分表露其才子風
貌；自稱「五陵豪傑，多所知名，四姓小侯，爭來識面」，作者並安排教坊子
弟向李益索新詞，言「今日十郎之名，遍滿京都」，「但得巧心一詞，不用纏
頭雙錦」，而他立揮而就，寫下人日詞及元宵曲。這段作詞的劇情，除了塑造
人物形象之外，也爲後來霍王因人日詞而遊仙，皇帝聞元宵曲而稱賞「眞才
子也！嚴穿宮，把他名字黏在御屏風上」的情節留下伏筆；此外，也與「每

〔註129〕吳梅，《顧曲麈談》第二章〈製曲〉，商務印書館，頁122。

一篇就，樂工賂求之，被于雅樂，供奉天子」〔註130〕的歷史真實相合。

才子形象的塑造是李益在〈霍小玉傳〉及《紫簫記》的共同特徵，但由於劇情悲喜收結不同，其人物性格便朝兩極化發展；小說中，李益因面臨娶甲族盧氏的婚姻選擇，成為愛情的負心漢。我認為李益最大的缺點並非虛偽、浮誇，基本問題出在他逡巡、軟弱的性格，相對於他個性的缺點，霍小玉恰正是一個堅定不屈的女子，二人在性格上有著明顯對比。李益在小說中是個相當沒有自我的人，他一切的行為都隨著世俗的腳步前進，沒有叛逆，隨波逐流，是這樣的基本性格，所以他成進士而「博求名妓」，湊百萬聘禮以婚娶甲族盧氏，屈服順從於現實環境；他不虛偽，只是缺乏獨立自主的個性。

仔細觀察小說中的描述，李益自始便表現徘徊、逡巡的個性，看他「引鏡自照，惟懼不諧也。徘徊之間，至於亭午。」猶豫的本性已隱然可見；到了小玉家，他聞鳥語又「心猶疑懼」，「愕然不敢進。逡巡，鮑引淨持下階相迎，延入對坐。」這些細微的描述，其實已透露人物性格，他決不是自主、自信的人，而是容易被外界事物影響，徘徊不定的人。在感情上的表現，依然是這種基本性格的呈現，當小玉中宵之夜垂涕時，他「不勝感歎」，並信誓旦旦；將行之時，聽小玉提八年「短願」，又「且愧且感，不覺涕流」，要小玉「固請不疑，但端居相待」，這些當下的感情，其實不用懷疑、否定他的真心，就他容易被環境影響的性格而言，這些話是有「當下的真心」，但卻不能堅守不移；所以回到家中，面對母親安排的婚約，他又屈服、順命於現實環境，雖說「太夫人素嚴毅，生逡巡不敢辭讓」，「逡巡」的性格正是一大關鍵因素，如果他可以堅持，可以反抗，便不致對小玉負心。再從他處理愛情與婚姻的方式看，為了順母命娶甲族女的婚姻，他採取逃避的方式來解決過去的愛情與承諾，以「遙託親故，不遺漏言」，「虛詞詭說，日日不同」的方式來逃避小玉不捨的尋訪，到了長安「入城就親」，又「潛卜靜居，不令人知」，「晨出暮歸，欲以迴避」，他沒有勇於承擔的精神，逡巡軟弱、順命的他，只有逃避，希望小玉能自動放棄愛情。事實上從小玉提出可悲的八年「短願」時，她追求愛情的堅定意念便已昭然揭示，如此之性情豈易「斷念」，於是悲劇在人物性格的主導下，也成為必然的發展。

〔註130〕元辛文房，《唐才子傳》卷四〈李益傳〉，此外，《舊唐書》卷一三七，《全唐詩》卷二八二，亦有此記載。

　　李益其實是個悲劇人物，他缺乏自主，隨波順命，無法解決與小玉的愛情，一味逃避，他並不是愉快的，時常背負著沈重的心理負擔，如他知道小玉生病，但因為「愆期負約」而「慚恥忍割，終不肯往」；被黃衫客挾持接近「鄭曲」時，他「神情恍惚，鞭馬欲回」；小玉長慟絕命，他「為之縞素，且夕哭泣甚哀」；將葬之夕，又夢見小玉來說「媿君相送，尚有餘情。幽冥之中，能不感歎。」埋葬時「送至墓所，盡哀而返」；與盧氏成婚時，他「傷情感物，鬱鬱不樂」。從以上這些描述，我們實在無法把李益看成一個虛偽、無情的人，他是值得同情的，悲劇與他性格的軟弱、徘徊，不能承擔，缺乏勇氣相關。在逃避中，他的心境無論如何是矛盾而不快樂的，時有疑懼在心中；其實在故事一開始，他初往會小玉時，聞鳥語而「心猶疑懼」，作者便已點出此人物性格的基本特徵。

　　小說收結於「冥報」，寫李益婚後「忽帳外叱叱作聲，生驚視之，則見一男子，年可二十餘，姿狀溫美，藏身映幔，連招盧氏」，從此「心懷疑惡，猜忌萬端，夫妻之間，無聊生矣。」後來又有作同心結的斑犀鈿花盒投入盧氏懷中事，他「憤怒叫吼，聲如豺虎，引琴撞其妻，詰令實告」，乃至「暴加捶楚，備諸毒虐」。盧氏被休之後，他甚至有妒忌殺妾事，恐嚇名姬營十一娘說「我嘗於某處得某姬，犯某事，我以某法殺之。」為了肅清閨門，出門「以浴斛覆營於床，週迴封署，歸必詳視，然後乃開」，這種猜忌，「至於三娶，率皆如初」。對於〈霍小玉傳〉此種收結，論者或以為違反「溫柔敦厚」的文學傳統，認為冥報迷信實「削弱全文完整性的敗筆」〔註131〕；此冥報收結的成敗，眾說不一。就小說情節發展而言，這段收結，一則合於小玉的「我死之後，必為厲鬼，使君妻妾，終日不安」的藝術真實；再則也吻合人物性格的塑造。從前述人物性格上看，李益本是個容易「疑懼」的人，加上小玉為他絕命的重大打擊，他疑懼的性格因而變本加厲，其行為也幾乎是病態的；從另一角度看，如果他果真是個絕情的人，小玉的死也不會造成他這樣的性情變化，我們從心理學的角度觀察人物時，李益是複雜的，絕非「負心」二字可以概括。因果報應的藝術創造，也相當程度可以大快人心，在佛教盛行的唐代，荒唐怪誕的報應情節可以為人接受，也可視為唐小說「作意好奇」的文學風格。

　　從歷史真實的角度看，李益猜忌妻妾的小說收結，是有其史傳依據，《舊

〔註131〕參見吳俐雯，〈飽醮血淚寫平康──「霍小玉傳」探析〉。

唐書》卷一三七言：

> 少有痴病，而多猜忌，防閑妻妾，過爲苛酷，而有散灰扃戶之談
> 聞於時，故時謂妒痴爲「李益疾」；以是久之不調，而流輩皆居顯
> 位。

元辛文房《唐才子傳》卷四記當時稱爲「妒痴尚書李十郎」。李肇《國史補》
卷中記載：

> 散騎常侍李益，少有疑病，亦心疾也。夫心者，靈府也。爲物所中，
> 終身不瘥；多思多慮，多疑惑，乃疾之本也。〔註132〕

宋王讜《唐語林》卷八也有同樣記載。史傳上對李益是有疑妒的記載，至於
負心忘情，則是小說中虛構情事，汪辟疆〈霍小玉傳〉按語有：「本傳所稱，
猜忌萬端，夫婦之間無聊生者，或爲當日流傳之事實。小說多喜附會，復舉
薄倖之事以實之，而十郎薄行之名，永垂千古矣。」〔註133〕寫李益薄行，或
有創作者之意圖，如所謂黨爭之好惡於其中。但翻看《全唐詩》的李益詩作
〔註134〕，則又不類薄行之人，對於愛情，他甚至有長相廝守的觀念，如其〈江
南詞〉：

> 嫁得瞿塘賈，朝朝誤妾期。早知潮有信，嫁與弄潮兒。

〈寫情〉：

> 水紋珍簟思悠悠，千里佳期一夕休。
> 從此無心愛良夜，任他明月下西樓。

〈雜曲〉：

> 妾本蠶家女，不識貴門儀。薰砧持玉斧，交結五陵兒。
> 十日或一見，九日在路岐。人生此夫婿，富貴欲何爲。
> 楊柳徒可折，南山不可移。婦人貴結髮，寧有再嫁資。
> 嫁女莫望高，女心願所宜。寧從賤相守，不願貴相離。
> 藍葉鬱重重，藍花若榴色。少婦歸少年，華光自相得。
> 誰言配君子，以奉百年身。有義即夫婿，無義還他人。
> 愛如寒爐火，棄若秋風扇。山嶽起面前，相看不相見。
> 丈夫非小兒，何用強相知。不見朝生菌，易成還易衰。

〔註132〕見《筆記小說大觀》第二十一編。
〔註133〕汪辟疆，《唐人小說》，世界書局，頁83。
〔註134〕李益詩作見《全唐詩》卷二八二。

　　征客欲臨路，居人還出門。北風河梁上，四野愁雲繁。

　　豈不戀我家，夫婿多感恩。前程有日月，勳績在河源。

　　少婦馬前立，請君聽一言。春至草亦生，誰能無別情。

　　殷勤展心素，見新莫忘故。遙望孟門山，殷勤報君子。

　　既爲隨陽雁，勿學西流水。嘗聞生別離，悲莫悲於此。

　　同器不同榮，堂下即千里。與君貧賤交，何異萍上水。

　　託身天使然，同生復同死。

由以上詩作可看到李益對夫妻相守的愛情期許，尤其〈雜曲〉所言「婦人貴結髮」，「見新莫忘故」，「同生復同死」等語，李益不同於小說所描述的薄情負心，倒是接近湯顯祖《紫簫記》中堅守愛情的李十郎。

　　李益在《紫簫記》中除了和小說一樣表現才子形貌外，作者又塑造他專情不二的形象。婚前對愛情充滿幻想之外，結婚之際，他強調「但得一人心」，以「眞心」爲婚姻中最重要之事。婚後和小玉觀燈失散，他憂心：「苦殺小玉妻！你若落在天家，怕你不慣考問，嬌滴滴的怎禁得摧挫；若落在人家呵，一發苦殺你了！」夫妻遊園時，他溫柔扶著小玉，立誓盟永結連心；將往朔方參軍，小玉悲切難禁，以淚相贈說：

　　十郎也下些淚，著妾袖上。〔十郎〕丈夫非無淚，不灑婦人衣。〔玉
　　作惱科〕好狠心的夫也！〔十郎〕妻，俺丈夫的眼淚在肚裡落。

這段臨別景象，十郎面對悲情的小玉，他顯得感性不足，難怪小玉要怨怪他「狠心」，說他「無情」。但這場戲，如果二人均痛哭悲泣，則很難分手，男子保持理性，也是較合理的安排；何況此去是爲功名前程，並非永訣。十郎的愛情，另有表達，他體貼地提醒小玉：「俺去後呵，一個人睡，不要著寒了。」離開後，又讓千戶官回頭來說：「狀元爺前面飲六郎老爺餞酒，著千戶拜上鄭老夫人、狀元夫人，請及早回府去。」這些細節安排，十郎體貼關懷的心，正是他情感的表現。去到塞上，他滿懷相思，倒是說：「妻，當時送俺灞橋，將淚珠兒滴在俺征袍上，至今猶自鮮明。俺搵著翠痕啼痕，便想著紅亭別景呵！」（第三十二齣），昔日不肯淚灑婦人衣，今日則珍惜當日淚痕，「別時俺無淚可落，今日孤苦邊頭，自然堪下淚了。」獨自「邊思」，眞情便毫無保留地渲洩出來。別情相思，是李益愛情堅定的又一描寫。

　　小說和《紫簫記》對李益的塑造有其異同，同是才子，同是重視功名前程，但由於社會背景不同，霍女身分改變等因素，李益的性格亦大爲不同，

前者是疑懼、逡巡，缺乏自我的負情者，後者則始終堅定，情專不移。就人物性格而言，小說的李益雖屬反面人物，但較為複雜深刻；《紫簫記》的李益則形象單純，雖是上場次數最多的主角人物，但隨著劇情開展，其性格的深化與成長則不如霍小玉的耐人尋味。從另一角度看，或許這也說明婚姻對女子的影響與改變，遠超過於男子，這也符合生活的真實。

四、鮑四娘、櫻桃與鄭六娘

（一）容色多情鮑四娘

媒婆鮑四娘，在小說中為鮑十一娘，蔣防敘述她為「故薛駙馬家青衣也，折券從良，十餘年矣。性便辟，巧言語，豪家戚里，無不經過，追風挾策，推為渠帥。」是一個廣結人緣，典型的媒婆形貌。李益「誠託厚賂」，她也樂得受人之託，忠人之事，小玉母親告訴十郎「頻見鮑十一娘說意旨，今亦便令承奉箕帚。」可見十一娘謀事之忠。便辟、巧言本是媒婆所擅長，小說描寫她時總是「笑」、「遙笑」、「調誚」，言語則曰：「蘇姑子作好夢也未？」「何等兒郎，造次入此？」帶著輕佻口吻；在動作、語言中傳達此人物「性便辟，巧言語」的形象，雖著墨描述不多，但其基本特徵已然可見。

《紫簫記》的鮑四娘則與小說有所異同，同的是扮演生旦二人的姻緣牽合者，同樣有媒婆巧言語的直率性格，但四娘多了一份對愛情專一的淒美形象，這是小說所無。當然，唐傳奇文言小說的短篇體製，是不能頭緒繁多，只能著力於主角人物的舖寫；明傳奇發展為綜合藝術，場上角色多樣，為使角色間勞逸均勻，所以除主角人物之外，其他角色也有相當空間可以發揮；劇情除主線外，通常還有副線作為調劑、銜接。鮑四娘和花卿的愛情便是一條副線，在劇情發展上，又發揮推動主線的無窮妙用。四娘重情，花卿重功名，第四齣「換馬」之後，四娘從此憂愁不解，一方面凸顯人物感情，一方面也得以開始展開扮演媒婆的劇情任務，這是湯顯祖在劇情安排上成功的一齣。

鮑四娘在《紫簫記》主要出現於前半部戲，在主情的劇作思想上，她又是劇中第一個重情女子，作者相當著力塑造她「容色多情」的形象。四娘命運關鍵的第四齣「換馬」，是很戲劇性的一場戲，花卿為求立功塞上，將四娘換郭小侯駿馬。花老爺口中的四娘是「容色多情，周旋少好。雙聲曲引，營妓無雙；一手琵琶，教坊第一」，她歌舞俱佳，郭小侯亦慕名而求「可勞一曲

否」，稱她「閉月華容，停雲絕唱」。愛妾換馬事說定後，四娘無限傷懷，「怨紅顏薄命飛蓬」，但她對花卿的深情、專情令人為之動容，在此命運轉變的當頭，亦未怨怒花卿，只是擔心他早晚無人伏侍，說：「老爺呵，妾侍奉歲久，妾去後，幾個家丁都是男子漢，小丫頭又不省事；夜來都睡著，誰人奉事得老爺周全？」她是如此體貼花卿，一心為之設想，多情的鮑四娘是《紫簫記》動人的主情形象，這也是湯顯祖在取材再創作時賦予人物全新的面貌。

四娘不但多情，而且專情，「換馬」之後，她「涕咽忘餐」，於是郭小侯讓她居「閒庭別院，隨她自便」，在劇情發展中，四娘總伴隨著對花卿的長長思念而來。她答應為十郎說媒，乃基於「君與花卿有故情，敢不成君之美」，故多情之外還見她幾許義氣，人物性格也隨著劇情豐富起來。作者藉著無限思念來寫四娘對愛情的專一，如她「掩涕」向前來「託媒」的李益說：

> 【尾聲】〔四娘〕憑將此淚寄花卿，從別後香閒粉膡。十郎，奴家失身青樓，朝東暮西，理當生受。你明日倘成就霍郡主呵，不要似花卿這般薄倖哩。怎擲下青樓薄倖名？

〔尾聲〕一曲，詞情動人，餘情不斷，湯顯祖劇作中的〔尾聲〕，在明代即為人推崇，凌濛初《譚曲雜箚》便說：「近世作家如湯義仍，頗能模倣元人，運以俏思，儘有酷肖處，而尾聲尤佳。」〔註135〕尾聲佳者，主要在能含不盡之情。時代略早於湯顯祖的李開先（1502～1568），曾提出對「詞尾」的看法，是專論尾聲的；其言「世稱『詩頭曲尾』，又稱『豹尾』，必須急併響亮，含有餘不盡之意。」他說：

> 尾聲，元人尤加之意。而末句最緊要。北曲尚矣，南曲如《拜月》，可見一斑。大都以詞意俱若不盡者為上，詞盡而意不盡者次之。若詞意俱盡，則平平耳，猶未舛也；而今時度曲者，詞未盡而意先盡，亦有詞既盡而句未盡，則復綴一語以腔，未必「貂不足」，真所謂「狗尾續」也。〔註136〕

鮑四娘「憑將此淚寄花卿」，「怎擲下青樓薄倖名」，無盡幽情，耐人回味。〔尾聲〕曲的不盡詞意，也刻劃了人物的綿綿長情。

婚事說妥後，鮑四娘建議十郎向花卿借人、馬，又請代轉訊息：「為問花

〔註135〕凌濛初，《譚曲雜箚》，《中國古典戲曲論著集成》第四冊，頁254。
〔註136〕參李開先，《詞謔》（收於《中國古典戲曲論著集成》第三冊），及張增元撰〈李開先曲論初探〉（收於《中華戲曲》第十四輯）。

卿，復能憶否？」（第十四齣）；待看見花卿的馬，又引她傷懷，向小玉訴說：
「俺見這生騎馬，許多感嘆！」（第十五齣），她始終念念不忘於花卿。感情
其實也是雙向的，四娘如此深情於花卿，花卿亦不是無情之人，否則也不能
得四娘如此專情。「假駿」一齣最看到此種感情的雙向交流，此齣前半場四娘
提借馬之事，後半場十郎往花老爺府上：

> 〔十郎〕營高細柳葉初齊，〔花卿〕日暖花邊教碧蹄。〔十郎〕莫惜千
> 金借名馬，〔花卿〕懸知一點透靈犀。〔坐介〕〔十郎〕將軍何緣說及
> 靈犀一點？〔花卿笑介〕繞間著丫鬟去看看鮑四娘，說過十郎館中，
> 可不是一點靈犀。〔十郎〕將軍不知，他近來有大功於小生。〔花卿〕
> 怎的來？〔十郎〕生託四娘為媒，聘了霍王之女。

其實不只是四娘「相思難擺」，花爺亦嘆「今日有他，也多哄得幾杯酒下喉去」，
又說二人「一點靈犀」，彼此心靈相通；花卿是劇中除李益之外的另一有情男
子，但二人同樣為功名而離別兒女私情。

　　除了塑造四娘感情專一的形象外，湯顯祖也著力寫其歌舞才華及直率不
諱的媒婆性格，就人物特徵而言，這也符合她身為花卿伎妾的身分背景。作
者安排「審音」一齣讓四娘教小玉唱曲，她說：「唱有三緊：一要調兒記得遠；
二要板兒落得穩；三要聲兒唱得滿。」又談論宮調，舉出「音同名不同」，即
同調異名的曲牌四十五對；又舉出「名同音不同」，即異調同名的曲牌五個，
強調「唱的不得廝混」，要區分清楚；還舉出「字句多少都唱得」，亦即可以
增減字句的曲牌八個，最後她說「中間還有道宮、高平、歇指，又有子母調
一串驪珠，休得拗折嗓子」〔註137〕，這一段教唱曲的賓白長達七、八百字，

〔註137〕《紫簫記》第六齣「審音」有云：〔四娘〕說那裏話？只要在行。郡主端坐，
　　　　聽俺道來。唱有三緊：一要調兒記得遠；二要板兒落得穩；三要聲兒唱得
　　　　滿。〔小玉〕調兒有許多？〔四娘〕一時數不起，略說大數：黃鐘二十四章，
　　　　正宮二十五章，大石調二十一章，小石調五章，仙呂四十二章，中呂三十二
　　　　章，南呂三十一章，雙調一百章，越調二十五章，商調十六章，商角調六
　　　　章，般涉調八章，共三百三十五章。從軒轅黃帝制律一十七宮調，至今留傳
　　　　一十二調。中間又有音同名不同的，假如：一枝花便是占春魁，陽春曲便是
　　　　喜春來，拋毬樂便是彩樓春，鬥蝦蟆便是草池春，六么遍便是柳梢青，昇平
　　　　樂便是賣花聲，沽美酒便是瑤林宴，漢江秋便是荊襄怨，採茶歌便是楚江
　　　　秋，乾荷葉便是翠盤秋，知秋令便是梧葉兒，荊山玉便是側磚兒，小沙門便
　　　　是禿廝兒，憨郭郎便是蒙童兒，村裏秀才便是伴讀書，殿前歡便是鳳將雛，
　　　　掛玉鉤便是掛搭沽，醉娘子便是醉也摩挲，喬木查便是銀漢槎，調笑令便是
　　　　含笑花，耍孩兒便是魔合羅，也不羅便是野落索，擂鼓體便是催花樂，靈壽

一方面刻劃四娘善曲的形象，一方面作者也明顯地藉機賣弄他精通曲調音律的才學。

　　湯顯祖戲曲的音律問題，明代以來便倍受議論〔註138〕，加上他自己又有如是語：

> 弟在此自謂知曲意者，筆懶韻落，時時有之，正不妨拗折天下人嗓子。兄達者，能信此乎？〔註139〕

臨川的意思其實是很清楚的，在《紫簫記》中藉四娘之口，明白揭示「休得拗折嗓子」；故〈答孫俟居〉書信中的「不妨拗折嗓子」是指在和「曲意」相左時的選擇，「曲意」重於「曲律」。徐朔方對此有客觀論說：

> 作曲家而反對曲律、曲譜，這是不可思議的事。湯顯祖不管怎樣魯莽滅裂，也不至于到此地步。他的創作基本上合律，演唱之盛大大超過沈璟的作品，就是有力的反證。湯顯祖不是一般地反對曲律，而是反對把曲律看作絕對化。〔註140〕

湯顯祖對曲調的認知，藉鮑四娘教小玉唱曲的情節上，已展露其才華，他的

杖便是呆骨朵，鸚鵡曲便是黑漆弩，滴滴金便是甜水令，陣陣贏便是得勝令，柳營曲便是塞兒令，急曲子便是急捉令，歸塞北便是望江南，玄鶴鳴便是哭皇天，初問占便是卜金錢，撥不斷便是續斷絃，臉兒紅便是麻婆子，凌波仙便是水仙子，潘妃曲便是步步嬌，相公愛便是駙馬還朝，紅衲襖便是紅錦袍，女冠子便是雙鳳翹，朱履曲便是紅繡鞋，三臺印便是鬼三臺，小拜門便是不拜門，朝天子便是謁金門，壽陽曲便是落梅風，折桂令便是步蟾宮。郡主，又有名同音不同的，假如：黃鐘雙調都有水仙子，仙宮正宮都有端正好，中呂越調都有鬥鵪鶉，中呂南呂都有紅芍藥，中呂雙調都有醉春風，唱的不得廝混。又有字句多少都唱得的，相似，端正好，貨郎兒，混江龍，後庭花，青哥兒，梅花酒，新水令，折桂令，這幾章都增減唱得。中間還有道宮高平歌指，又有子母調一串驪珠，休得拗折嗓子。郡主，你明日要嫁個折桂枝的姐夫。俺先唱個折桂令你聽。

〔註138〕對湯顯祖音律乖舛，提出意見的歷代皆有，如：王驥德《曲律》卷四〈雜論第三十九下〉云：「臨川尚趣，直是橫行，組織之工，幾與天孫爭巧；而屈曲聱牙，多令歌者咋舌。」沈德符《萬曆野獲篇》卷二十五「詞曲」條云：「湯義仍《牡丹亭夢》一出，家傳戶誦，幾令西廂減價。奈不諳曲譜，用韻多任意處，乃才情自足不朽也。」吳梅《顧曲麈談》云：「玉茗堂四夢，其文字之佳，直是趙璧隋珠，一語一字，皆耐人尋味。惟其宮調舛錯，音韻乖方，動輒皆是。一折之中，出宮犯調，至少終有一二處。學者苟照此填詞未有不聲律怪異者。若士家藏元曲至多，但取腕下之文章，不顧場中之點拍。」

〔註139〕見《湯顯祖集》詩文集卷四十六，〈答孫俟居〉。

〔註140〕徐朔方撰，〈湯顯祖與沈璟〉，《文學評論叢刊》第九輯，頁349。

基本態度是「休得拗折嗓子」，這是無庸置疑的。

四娘善唱和出身青樓的背景相配合，此外，在語言上也直率表露對男女情事的清楚，她對櫻桃說青兒太小（第十二齣）；教小玉新婚夜的「本事」（第十三齣），用二支〔玉交枝〕，二支〔漿水令〕告訴小玉洞房花燭夜當如何，雖涉私情，但不致淫穢。比較露骨的是少許雙關的賓白，她對小玉的說辭較為含蓄，但對櫻桃則較粗率。

小說中的鮑十一娘「性便辟，巧言語」，是一個熱心牽引的典型媒婆。《紫簫記》的鮑四娘多了一份柔情與善感，她扮演生旦之間的媒婆，但沒有小說中笑臉迎人的職業性表現，倒是一多情有義的女子，「多情」是作者對四娘著力塑造的人物特徵，也藉此傳達主情思想，因此，她比小說多一份淒美與執著。此外，她和櫻桃的科諢也每為場上帶來輕鬆與趣味。

（二）伶俐直率俏櫻桃

〈霍小玉傳〉中有三個侍婢：桂子、櫻桃、浣紗，乃為情節進行而安排的人物，桂子為十郎引路，浣紗有奉命賣釵事，均無人物性格塑造可言。《紫簫記》的侍婢有浣紗、櫻桃二人，浣紗也如小說中為情節所需之人物，作者有所刻劃的是櫻桃一人。她上場十二齣，比例高達三分之一強，戲份頗重，也是劇中最活潑、逗趣的角色。在十郎和小玉結合的過程中，櫻桃和四娘同樣扮演重要的居中角色，鄭六娘和小玉「商量」終身大事時，小玉矜持地表示「古有烈女事母，終身不嫁」的心志，櫻桃則提出一個兩全的構想，她說：

> 老夫人，俺郡主戀著你，不肯嫁人，那李十郎又是個好郎君，倘肯
> 在京師居住，同事夫人，亦不可知。何不再請鮑四娘問個詳細！

這個適時的建議，如柳暗花明，為婚事打開一條兩全其美的希望之路，櫻桃的機伶、聰明也藉此情節呈現。小玉則更細密的巧出一計：

> 〔小玉〕娘，鮑四娘與李生雅熟，定相遮護。女兒料他這樣人才，沒
> 做女婿處？到得如今。想是娶第二房，取了便回隴西去。隴西去此
> 千里而遙，怎麼去得！女兒一計，不如著櫻桃假作鮑四娘養女兒，
> 到李生客館，說商量親事，就中透出情懷，何如？〔六娘笑介〕我
> 兒真個老成也。櫻桃，你便聽郡主分付去，不要漏洩了。正是：全
> 憑青鳥舌，當作彩鸞吹。〔六娘下〕〔櫻桃〕郡主，用人之際，有話
> 儘言。

小玉要櫻桃「巧將言語看對答」，誇她比浣紗「乖巧」，主僕二人對話坦率，
情感之親密可見。

　　櫻桃在第十一齣「下定」，假扮四娘之女前往十郎處探訪底細，彼此各懷
心眼，情節充滿喜劇效果。櫻桃先喬十郎：

> 相公，家堂已定計了，只說相公求了婚，又在京師久住。待相公成
> 了這親，慢慢搬他回去，做大做小，都由相公了。

她假意和十郎站在一線上要共同欺騙霍家，這般說詞是櫻桃自己編造；李十
郎也準備利用此機會打探對方情況，故意說：

> 〔十郎笑介〕原來有這說。〔背語介〕俺正好喬他，探出郡主才貌家
> 事若何？〔回身問桃介〕呀！女郎，相似你說，郡主也忒揀選大了。
> 他有甚才貌，對得俺才子過？便思量做大娘子。〔櫻桃〕相公，到不
> 是誇，只怕你隴西的人才，相似京城女子，似這郡主的才貌也少，
> 　聽俺道來：

櫻桃於是把小玉才貌及霍府家境敘述出，十郎大為滿意，他調侃地說「俺便
在此終身，儘霍府享用了。」這一段櫻桃與十郎互喬的戲，場上真真假假，
觀眾其實是旁觀者清，台上二人，卻兀自演著戲，製造出相當喜感。本齣一
開始，十郎獨自翻看〈高唐賦〉、〈神女賦〉、〈好色賦〉、〈洛神賦〉他自言自
語，好色神思地癡狀，便已充滿喜感氣氛，乃至和櫻桃相互詐騙，自稱「俺
是個要享用的人」，作者故意扭曲人物，製造可笑的戲劇效果。櫻桃成功地探
得十郎確是初婚，隴西亦無家可歸，當可久居京師。作者藉情節塑造了櫻桃
機智、活潑的形象。

　　就性格而言，櫻桃坦率而主動，她主動向四娘爭取與青兒配對，又自作
主張把十郎灶下炊火的烏兒與浣紗配對；她和四娘如是對談：

> 〔四娘〕青兒是那十四五歲的，會幹些甚麼事？要他？〔櫻桃〕終不
> 然就要幹得大事，也有大的日子，些兒也是男兒氣。四娘，你作快
> 講，奴家有這般貌，若沒有主兒，十郎到家，定要郡主喫醋。有青
> 哥時，免得半夜鷦鷯，踮步摸魚兒。

櫻桃懷春求偶的情緒表露如此直率，由於婢女身分，她的言語表達更為大膽
粗鄙，是全劇賓白對話最為直接，毫不做作的人。尤其她對主人小玉，時常
口沒遮攔的俏皮打諢，譬如知道四娘提親事時，小玉以「奉事」母親為由，
說「斷然不嫁」，櫻桃立即開口：

【繡帶兒】〔櫻桃〕休差，嬌花女教人愛殺，恨不蚤嫁東家。夫人，
古人說得好：阿婆不嫁女，那得孫兒抱？〔小玉嗔介〕劣丫頭！我
不嫁人，爲憐母親夫人，你閒管怎的？〔櫻桃〕郡主，你憐老夫人
麼？只怕柘屐兩頭繫絲，別大來貪結桃花。〔小玉〕呸！你曉得甚的
來？〔桃背介〕哄咱，青春不多也二八，少不得籠窗動闥。好和歹
這些時破瓜，強指領搔揉凳頭凹軋。

她不像個丫頭，倒像個鬧事的妹子，小玉對她說話也不像主子那般權威，倒
像彼此互相拌嘴，二人直來直往，也側寫出感情如同姐妹。她嫌小玉「作樣」，
要媒婆四娘「開了盒兒，扯定郡主，對了這鏡，簪上這釵，笑他一會」，巴不
得好好捉弄小玉的心情是很頑皮的，也是肆無忌憚的。

再看「巧探」齣這一段對話：

〔櫻桃〕郡主，你先要作神仙女，如今這等要快活了。〔小玉〕癡丫
頭，俺做得神仙，也拖帶你做神仙的侍從；俺得快活，也拖帶你有
快活了。

這一番言語，令人想起《西廂記》第一本第三折崔鶯鶯夜燒香的祝禱，她一
炷香願先人早生仙界，二炷香願老母身安無事，三炷香鶯鶯未語，俏紅娘則
說「姐姐不祝這一炷香，我替姐姐祝告，願俺姐姐早尋一箇姐夫，拖帶紅娘
咱！」櫻桃的俏皮不亞於紅娘，霍小玉則較鶯鶯更爲開放與主動。明代社會
風氣愈趨世俗化，霍小玉自不能再似崔鶯鶯，一句「俺得快活，也拖帶你有
快活」，頗爲傳神，主僕之親近亦由此顯露。

小玉成婚次日，她又來調笑初夜之事，並搶染了紅的帕兒，小玉罵道：「輕
調弄，櫻桃嘴那些尊重？」最後小玉罰她跪，在此當頭，她還可藉機向上場
的十郎索得青兒爲配；櫻桃的伶俐、俏皮、大膽、求偶心切、語言直率等形
象，爲全劇帶來一種青春與活力。刻露的賓白較鮑四娘更爲過火，她求得了
青兒爲偶，但一如小玉婚後有「成人不自在」的感嘆，婚姻帶來的變化，不
是盡如人意的，且看她第二十齣「勝遊」的上場白：

〔櫻桃上〕意態精神畫亦難，花枝實個好團欒。曲囀新聲銀甲暖，醅
浮香米玉蛆寒。自家櫻桃是也。郡主配了李十郎，把青兒賜了櫻
桃，鳥兒賜了浣紗姐。正是：白的對白的，鳥的對鳥的。只一件來，
青兒性格伶俐知書，卻被十郎使得東去西去，除了夜間，日間再不
能勾同睡睡。到不如鳥兒兩口，鎮日在灶前灶後諢耍。這也難怪，

> 正是：乖的走碌磚，贏得眼頭熟；癡的不出屋，夜夜皮穿肉。俺看
> 李郎和郡主，什麼相偎相愛，爲他還不曾除授官職，儘著閒纏。今
> 又分付青兒，叫承奉們開了老殿下爺爺花園，打理裀褥床頓，以備
> 游倦一時之憩。老夫人又教俺取了白玉碾花尊，盛了蒲桃新釀，剔
> 紅蝶几上安著蕖葉碗數十樣，花饌玉果，伺候郡主。一對兒早得行
> 游者。

她有一串牢騷，語言頗見刻露，這也「肖似」其人物微賤之身分。藉賓白的
詼諧、大膽、坦率，並時常在言語中涉及性，表現一種滑稽與喜感。滑稽亦
即俳諧，劉勰《文心雕龍、諧隱篇》解釋：「諧之言皆也，辭淺會俗，皆悅笑
也。」姚一葦認爲我國「滑稽」一詞，主要係指語言的滑稽；其中「淫褻的
言語」亦爲一種滑稽，他說：

> 所謂淫褻的言詞乃指言詞中含有性的挑逗的成份，由於性的問題是
> 大家所諱言的，是文明社會的一種禁忌，是故從性的禁忌到性的放
> 縱可使人獲得一種快感，而爆發出笑來。如果採用佛羅依德的詞彙，
> 那便是把潛意識界的願望浮現到意識界來的一種滿足。是故此一性
> 質之滑稽便非單純屬於心理現象，且兼具生理方面之作用。一般言
> 之係屬滑稽的言詞中的一種卑俗的形式，流行於民間故事，歌謠、
> 笑話與土俗喜劇之中。〔註141〕

語言刻露，是櫻桃人物形象的特徵，也使她成爲一個相當喜感的角色，伶俐
而直率。

　　此外，櫻桃也是主情思想的一個呈現，她自主地追求婚姻，坦率地表達
情欲；就性格而言，可說是霍小玉的縮影，但又比小玉更見大膽露骨。劇中
她應是十四、五歲少女，充滿著青春活力，還帶有孩子般的玩興。第三十二
齣「捧盆」，演她拿著十郎聘禮回府，走在路上：

> 櫻桃過處有人覷，苦跟著郡主，不得游戲。今纏在御道走哩，這粉
> 梅花、黃鶯兒，都是嬌滴滴的。空便偷閒耍半會，將盆兒放在草裏。
> 蹕上樹去，摘這花兒，打著鶯兒，看待怎的？〔上樹打鶯科〕

玩興大發，便爬上樹去，正好鮑四娘路過，拾起盒兒：

> 〔桃在樹上見叫科〕鮑四娘，你偷我盒兒那裏去？〔四娘〕你是霍府
> 鄭櫻桃，緣何在梅樹上坐？〔櫻桃〕我在這裏等作媒。〔四娘〕休閒

〔註141〕姚一葦，《美的範疇論》第五章〈論滑稽〉，台灣開明書店，頁231。

說，下來問你。〔桃作遶梅樹走介〕〔四娘〕這是怎的？〔櫻桃〕這
叫做走媒。

櫻桃的俏皮如在眼前，「作媒」、「走媒」一語雙關，屬「機智的言詞」〔註142〕，
她的機伶常是藉言語來表現。事實上，戲曲曲文受形式限制，適合抒情寫
景，賓白則較易「肖似」人物。李漁論賓白有「語求肖似」：

> 務使心曲隱微，隨口唾出，說一人，肖一人；勿使雷同，弗使浮泛。
> 若水滸之敘事，吳道子之寫生，斯稱此道中之絕技；果能若此，即
> 欲不傳，其可得乎！〔註143〕

生旦之白要雅，淨丑之白要俗〔註144〕，櫻桃不是丑角，湯顯祖在《紫簫記》
未對人物作角色扮飾之分配；櫻桃應屬於「貼」，所以賓白要介於雅俗之間。
劇中櫻桃大致掌握這個方向，她有刻露坦率的曲白，也有文雅的抒情，如第
三齣，她第一次上場，和鄭六娘等人一起遊園，浣紗「開懷叫天暖介」，一派
少女懷春忘形的樣兒，此時櫻桃則相對顯得沈穩、含蓄：

> 【綿搭絮】〔櫻桃〕臉霞宜笑，幾度惜春宵。窣錦銀泥，十二青樓拂
> 袖招。杏花梢，暖破寒消。〔浣紗〕櫻桃姐，你看陌上游郎，好不嬌
> 俊！〔櫻桃嘆息介〕貪看寶鞭年少，眼色輕撩。〔六娘〕櫻桃，怎的
> 說那年少？〔合〕瑣香盒玉燕金蟲，淡翠眉峰祇自描。

此處的櫻桃，彷彿小玉形貌。綜觀全劇櫻桃的性格塑造、思想表現，相當程
度似是旦角的縮影，只是小玉有深入刻劃人物性格成長的部分，櫻桃則停留

〔註142〕同前書。姚一葦言：「機智作為滑稽的語言的一種形態，一種有趣的語言可以
　　　　發人一笑者，頗有類於吾人所謂的俏皮話。此種語言往往出人意表，故具高
　　　　度的知性的成份……此種語言是理性的，出自一種靈敏的、迅速的反應，為
　　　　一種思想的遊戲與語言的遊戲。」頁233。

〔註143〕李漁，《閒情偶寄、詞曲部、賓白第四》，長安出版社，頁50。

〔註144〕吳梅，《顧曲麈談》第二章〈製曲〉對生旦淨丑之賓白有精闢見解，其云：「傳
　　　　奇中之有生旦淨丑，所以分別君子小人，使人一望而知賢不肖也。故作生旦
　　　　之曲白，務求其雅，作淨丑之曲白，務求其俗。諺云：做那等人說那等話，
　　　　此語竟似專爲傳奇而設，無論立心端正者，我當設身處地，代生端正之思；
　　　　即遇立心邪僻者，我亦當舍經從權，暫爲邪僻之想。要須心曲隱微，隨口唾
　　　　出，如吳道子之寫生，鬚眉畢現，斯爲得之。顧近世詞家，摹寫生旦，則殷
　　　　乎莫尚，規模淨丑，則戛乎其難。此無他，因填詞者係文人，祇能就風雅一
　　　　方面著想，至於淨丑則齷齪瑣碎，頗難下筆，非惟書卷氣息一些不能闌入筆
　　　　端，即如詩頭曲尾，市井猥談，下至籤訣、星曆、卜筮、千字文、百家姓、
　　　　八股、尺牘等一切無謂之口頭語，無一不當熟悉，故淨丑曲文已倍難於生旦，
　　　　而其賓白則可謂難之又難，此所以淨丑曲白工者少也」。

於坦率與露骨。劇中主僕二人感情甚佳，也或由於彼此性格之契合。

　　坦率、主動、機伶是櫻桃在劇中主要的性格表現，為全劇最富青春朝氣的人物；她也是作者的一個全新的人物塑造，無所本於原傳小說，但卻是成功而可愛的角色。

（三）心細慈母鄭六娘

　　小玉母親鄭六娘，在小說中其名「淨持」，為「王之寵婢」，霍王死後，被遣居於外才「易姓為鄭氏」。《紫簫記》則其本稱鄭六娘，「淨持」是霍王遊仙前給她的賜名，說「鄭姬有小玉未嫁，怎得出家？暫賜汝名淨持，賜汝女紅樓一座，寶玉十廚，可從我封邑姓霍。」（第七齣）這樣的稱呼緣由，較小說更為合理。對淨持的描述，小說言「年可四十餘，綽約多姿，談笑甚媚。」在十郎和小玉的愛情上，她有著傳統家長的決定威權，她告訴十郎：

> 素聞十郎才調風流，今又見儀容雅秀，名下固無虛士。某有一女子，
> 雖拙教訓，顏色不至醜陋，得配君子，頗為相宜。頻見鮑十一娘說
> 意旨，今亦便令承奉箕帚。

「便令」二字看出母親對女兒的婚事有主導的決定權，但選擇十郎，是因為知道女兒平日對「開簾風動竹，疑是故人來」詩句的喜愛，可見她也不完全一意孤行，乃是有所選擇與判斷。當小玉害羞不肯應十郎之請唱歌時，「母固強之」，乃唱，又可見到淨持對柔順的小玉有著為人母的威權，這和《紫簫記》恰相反，鄭六娘對小玉的婚事採取和女兒「商量」的態度，她是個溫柔的母親，反倒是女兒顯得較有主見。劇中六娘因侍候二十年的霍王遊仙而去，倍感寂寞，時懷「老去真成夢」的傷感。作者把她塑造為慈祥、重情的好母親；她上場十二齣，和櫻桃一樣多，但她常是被動的，對劇情發展，大都不具主導作用。

　　六娘在劇中最為主動有表現的一處，在「納聘」一齣，這是櫻桃捧著十郎聘禮回府時，半路逢鮑四娘乃一同返回霍府；由於櫻桃奉命假扮為四娘之女去打探消息，本是瞞著與十郎原本舊識的四娘，以防串通，此時竟相偕而回，六娘心生疑惑：

> 〔六娘〕呀！櫻桃回來了，怎的說？〔櫻桃〕委是才子初婚，又在京
> 師住下，十分是好。已有聘禮到來，鮑四娘也在門外。〔六娘〕請進
> 來。〔四娘見科〕簾幙春風，門楣喜氣。小玉姐有美玉之貌，李十郎
> 有磐石之心。千里良緣，百年佳眷。可備紅筵香燭，陳此玉鏡珠釵。

〔六娘〕四娘且捧著。櫻桃，你在那裏會四娘的？〔櫻桃〕只是櫻桃去問了詳細，李郎只道當眞是四娘女兒，便將二件寶器送來爲聘。櫻桃持歸，過了五鳳門大東頭，紅梅樹下遇著四娘，要轉同回夫人話。〔六娘〕原來如此。〔四娘〕夫人好不精細！〔六娘笑介〕明日花紅，櫻桃分一半兒。

此處她表現了身爲母親的細心，也見對女兒終身幸福的謹愼。這個情節雖細小，但細膩地刻劃了人物的性格，她未隨霍王遊仙去，乃因霍王認爲小玉未嫁故，她對霍王專一的感情表現在柔順之德上；因此，對小玉婚事的謹愼，一則見遵霍王之命，二則也是慈母的天性；全劇中，她於此處表現最爲精明、積極與主動。此外，她大都順應劇情發展而上場，時常表現出對感情與年華的傷感。從作者主情的創作思想上看，六娘對霍王的情感，亦是主題的一種呈現。

小說中綽約媚人，較具威權的「淨持」（小玉母），《紫簫記》中轉變爲多情善感而又心細的鄭六娘。